文春文庫

乱都

天野純希

文藝春秋

乱都

目次

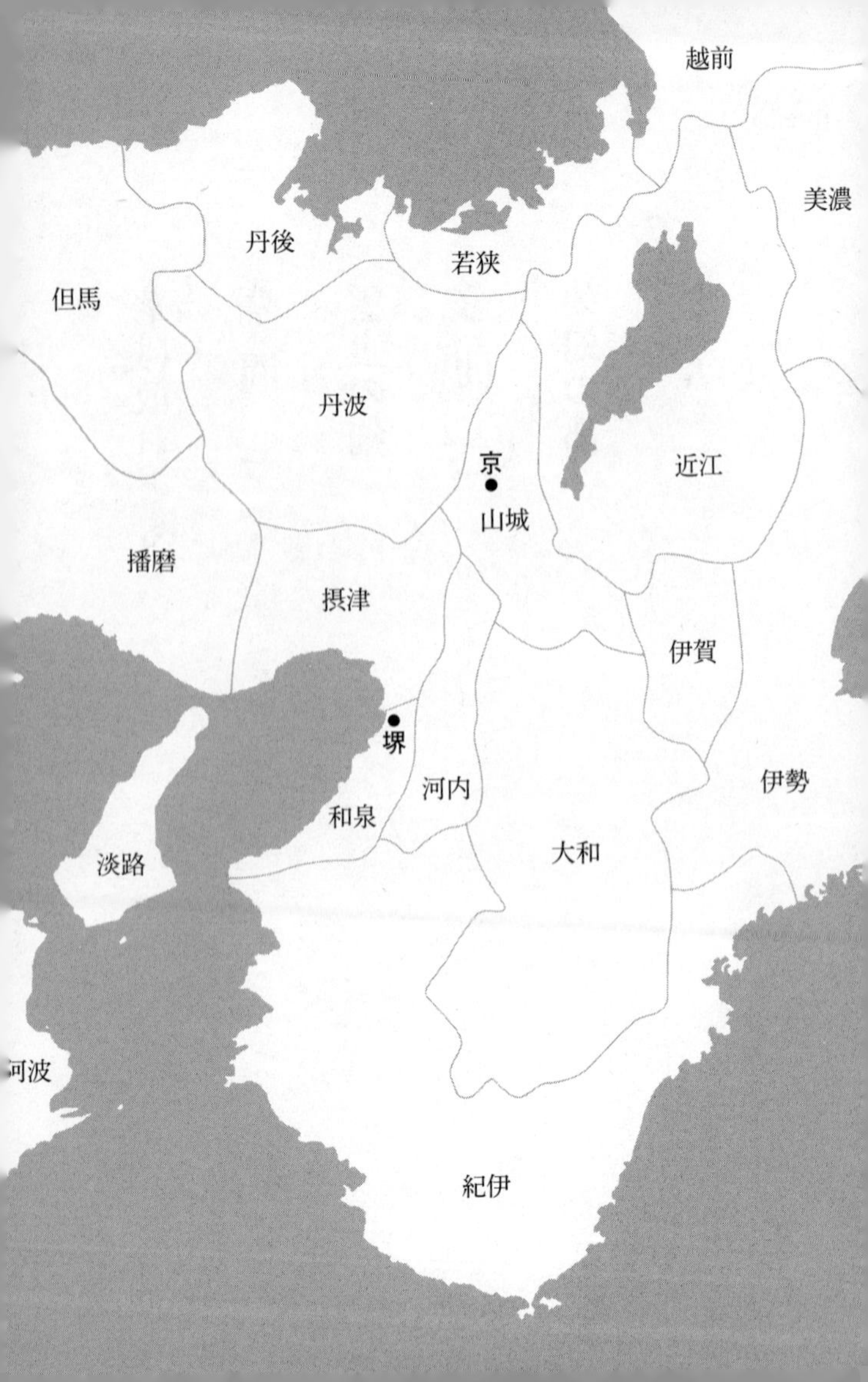

越前
美濃
丹後
若狭
但馬
丹波
京
近江
山城
播磨
摂津
伊賀
堺
伊勢
河内
和泉
大和
淡路
河波
紀伊

『乱都』関係系図

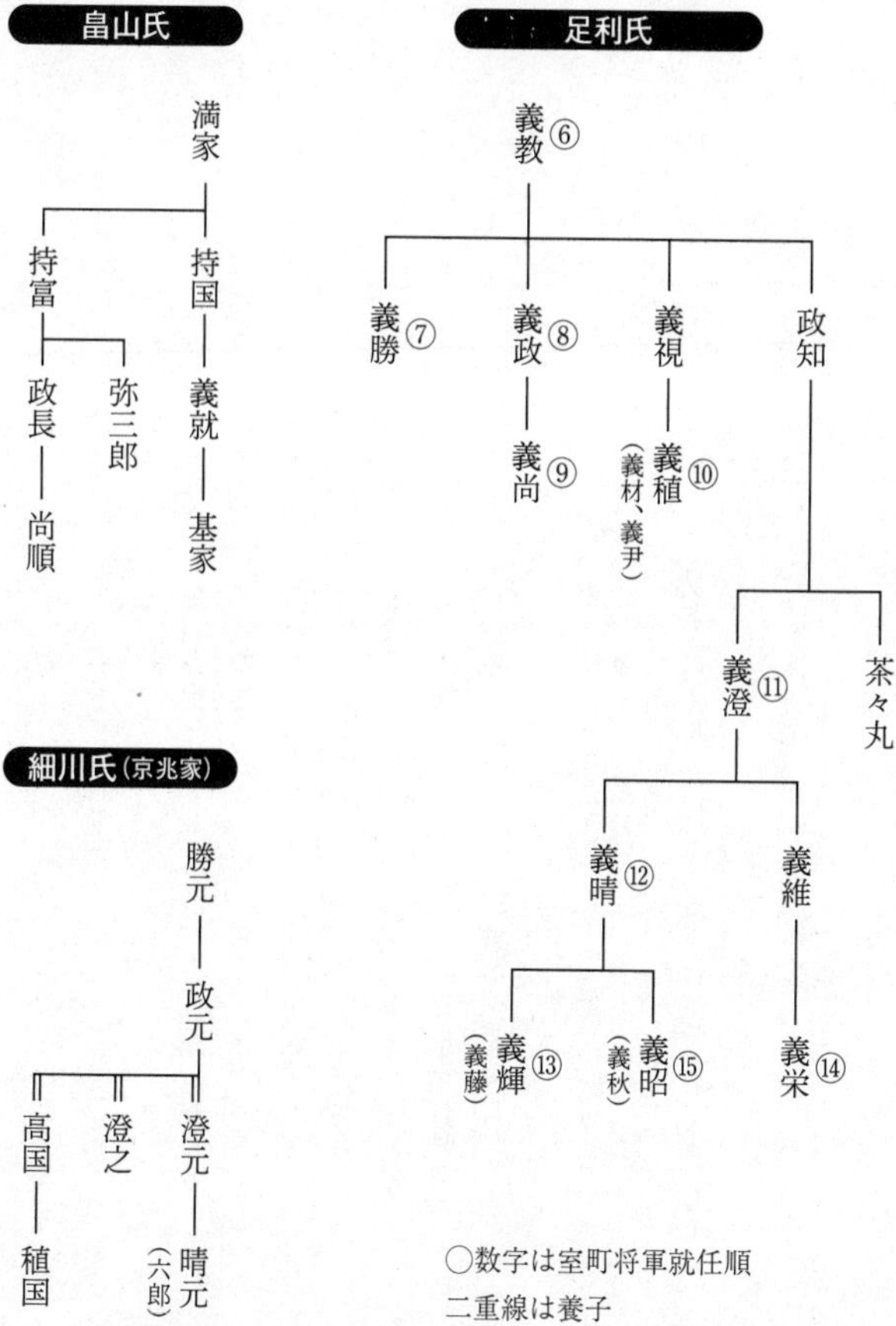

○数字は室町将軍就任順
二重線は養子

初出「オール讀物」

黎明の王　二〇一八年十一月号
天魔の都　二〇一九年二月号
都は西方に在り　二〇一九年五月号
凡愚の見た夢　二〇一九年八月号
華は散れども　二〇一九年十一月号
雲上の剣　二〇二〇年二月号
夢幻の都　二〇二〇年五月号

単行本　二〇二〇年十月　文藝春秋刊

「序」「幕間」「終章」は単行本時書き下ろしです。

DTP制作　エヴリ・シンク

乱都

序

「都には、魔物が棲《す》んでおりまする」

寝所を訪《おとな》ってきたその男は、名乗るなり、そう口にした。

すでに、夜は更《ふ》けている。外には見張りの兵がいるはずだが、騒ぎ立てる声は聞こえなかった。恐らく、銭でも摑《つか》ませて黙らせたのだろう。

この二月《ふたつき》ほど、私は廊下で足音が響くたび、死の恐怖に苛《さいな》まれていた。私の出自を考えれば、いつ、斬首を告げられてもおかしくはない。夜更けにいきなり現れたこの男も、私は最初、密命を受けた刺客《しかく》だと思っていた。

二月前から、私はこの僧房を出ることを禁じられていた。

寺の要所要所は武装した軍兵が固め、行き交う僧侶や稚児《ちご》、出入りの商人までもが槍を突きつけられ、厳しく誰何《すいか》される。そこで怪しいと見做《みな》されれば、問答無用で牢に放り込まれた。中には間者と疑われ、ひどい拷問を受けた者もいるらしい。

「あなた様に、都に巣食う魔物と戦うお覚悟があるならば、ここからお救い申し上げまする」

男は声を潜め、続けた。歳《とし》の頃は、三十を過ぎたくらいか。僧形《そうぎょう》に身をやつしてはいるが、恐らくは武士だ。それも、相当な修羅場をくぐっている。

「何を言っておる。魔物とは、いかなる者のことか」

「人の心に取り憑《つ》き、栄華を追い求めさせ、やがては滅亡にいたらしめる。此度《こたび》の変事も、その魔物が引き起こしたと申してよろしいでしょう」

馬鹿馬鹿しい。私はもう、三十路《みそじ》に近い。世間をろくに知らないまま出家したとはいえ、魔物だの妖《あやかし》だのと言われて、はいそうですかと信じるほど初心《うぶ》ではない。

「都に何が棲もうが構わん。私はここから出たい。助けよ」

「お焦りなされますな。あなた様を救い出す手立てを整えるには、あと数日の時がかかりまする。まずは、それがしの物語ることをお聞きいただき、覚悟のほどを伺いたいと存じまする」

和歌や茶の湯でも嗜《たしな》んでいるのか、男の物腰は柔らかだ。しかし、その奥には有無を言わさぬ強さが込められている。

「よかろう。どちらにせよ、退屈していたところだ。其の方の物語とやら、聞かせてみせよ」

「御意《ぎょい》」

軽く頭を下げ、男が口を開く。

黎明の王

——

麓《ふもと》に広がる河内《かわち》平野を、軍勢が埋めていた。

「なかなか壮観ではないか」

畠山右衛門佐義就《はたけやまうえもんのすけよしひろ》は、物見櫓《ものみやぐら》から敵陣を見下ろしながら呟《つぶや》いた。

真冬の風を受け、夥《おびただ》しい数の旌旗《せいき》が翻《ひるがえ》っている。

そこには、敵の主力である畠山家をはじめ、山名《やまな》、細川《ほそかわ》、京極《きょうごく》や赤松《あかまつ》といった錚々《そうそう》たる諸大名の旗印のみならず、錦の御旗《みはた》までが掲げられていた。まさに天下の大軍が、この嶽山城《だけやまじょう》を落とすためだけに集結しているのだ。

時勢は今、自分を中心に回っている。その実感は、悪いものではない。

「鎌倉の大軍を迎え撃った楠木正成《くすのきまさしげ》も、俺と同じ景色を眺めたのであろうな」

嶽山城を築いたのは、楠木正成だと言われている。籠城戦の名手らしく、立地も縄張りも見事なものだった。さして大きな城ではないが、斜面はきつく、攻め口も限られている。

とはいえ、敵は三万を下らない。そして城に籠もる味方は、わずか一千である。

「敵が動きますな」

側に控える腹心の誉田《こんだ》正康《まさやす》が、敵陣を指した。

敵の本陣から諸大名の陣へ、使い番が駆けていく。やがて法螺貝《ほらがい》が吹かれ、敵が楯を連ねて前進をはじめた。城内から矢と礫《つぶて》の雨が降り注ぐが、敵は犠牲を顧みず、急な斜面を登ってくる。

「政長《まさなが》め、勝ちを焦っているな」

眼下に迫る敵を見つめ、義就は笑った。

「これだけの大軍を与えられたからには、勝利は当然。手間取っただけでも面目を失う。そう考えておるのでしょう」

「朝廷から錦旗《きんき》を下賜されたということは、敵は官軍、我らは賊軍ということになるな」

「御意」

「では、賊軍らしい戦ぶりを見せてやるとしよう」

にやりと笑い、義就は手にした軍扇《ぐんせん》を翻した。

味方の矢がやんだ。こちらの矢が尽きたと見た敵が、勢いに乗って押し寄せてくる。城壁際まで敵が迫ったところで、義就は高く掲げた軍扇を振り下ろした。

合図の鉦《かね》が打ち鳴らされる。待ち構えていた味方の兵が、敵の頭上から油を撒《ま》く。続けて、火矢が射込まれた。たちまち火の手が上がり、敵兵が炎に包まれていく。肉の焼ける臭いが、義就のいるところまで漂ってきた。

悲鳴を上げながら、敵兵が次々と斜面を転がり落ちていく。その様を愉《たの》しみながら、義就は馬に跨《また が》った。

「門、開け」

大太刀《おおたち》を抜き放ち、開け放った城門を駆け抜けた。旗本の五十騎と、徒歩《かち》の三百が後に続く。

手綱を巧みに操りながら、斜面を下った。敵兵の背を馬蹄《ばてい》にかけ、向かってくる者は大太刀で薙《な》ぎ払う。二人を斬り伏せ、三人目の頭蓋を叩き割ると、立ちはだかる者はいなくなった。

算を乱して逃げる敵を追って、平地まで下りた。敗走兵が駆け込み、敵陣は混乱に陥っている。麾下《きか》を小さくまとめ、敵中を縦横に駆けた。

「殿、あれを」

麾下の一人が指差した。敵の本陣から、五百ほどがこちらへ向かっている。その先頭を進む白馬の若武者。

あれが、畠山尾張守《おわりのかみ》政長か。

これまで、畠山家の家督を巡って幾度となく戦場でぶつかり、政《まつりごと》の場でも駆け引きを繰り返してきた従弟。今回の戦も、政長が裏工作で義就の家督を奪い、幕府に働きかけて義就追討の綸旨《りんじ》まで出させたことが原因だった。

視線がぶつかった。義就とは似ても似つかない、貴公子然とした端整な顔立ち。その表情は、憎悪で醜く歪《ゆが》んでいる。

遊女腹め。政長の口が、確かにそう動いた。

殺すか。積年の恩讐を断ち切るには、いい機会だ。馬を進めようとした刹那《せつな》、敵の後方で喊声《かんせい》が上がった。

「城外の伏兵が、敵の背後を衝《つ》きましたぞ」

政長が顔を歪め、馬首を巡らせ駆け去っていく。

城の外に兵を配し、こちらが打って出た時には背後を衝いて援護する。あらかじめ決めてあった策だが、今回に限っては裏目に出た。伏兵の攻撃があと少し遅ければ、政長の首を獲《と》れただろう。

まあいい。戦はまだ、はじまったばかりだ。あの男の首を刎《は》ねる機会はいくらでもある。

血の昂《たか》ぶりの心地よい余韻を味わいながら、義就は撤収を下知《げじ》した。

二

最初の記憶は、自分を捨てた母の顔だった。

あれは、四歳か五歳か。まるで己の不幸の原因がすべて息子にあるかのように、憎悪に満ちた顔つきで義就を睨《にら》み、罵詈《ばり》雑言《ぞうごん》を並べ立てている。言葉の意味はわからずとも、母が父と、その胤《たね》である義就をひどく憎んでいることだけは理解できた。

かつては大名や公家を相手にする遊女だった母も、義就を産んでからは客がつかず、物心ついた頃には都の片隅のさびれた女郎屋で、気の荒い連中を相手に糊口《ここう》をしのいでいた。

白粉《おしろい》の匂い。遊女たちの嬌声《きょうせい》と酔漢の下卑《げび》た笑い声。虫の居所の悪い客や下人に蹴り飛ばされ、母にはいつ終わるとも知れない恨み言を聞かされる日々。

周囲に同年代の童《わらべ》はおらず、ただ一人の味方さえもいない。その頃の義就にとって、生きるとは他人の顔色を窺《うかが》い、怯《おび》えながら一日一日をやり過ごすことだった。

物心ついてしばらく経つと、母の言葉の意味がわかるようになってきた。

お前は日に日に、あの男に似てくる。見ているだけであの裏切り者の顔を思い出して、腹の底が煮える。お前など、産むのではなかった。

あの男とは言うまでもなく、義就の父だ。どれほど機嫌がいい日でも、父について訊ねると母はとたんに激昂するため、義就は父の顔も名も知らない。

別の男と子を生《な》し、いよいよ息子を持て余した母が義就を寺へ入れたのは、八歳の時だった。

寺へと続く道を並んで歩きながら、義就はぼんやりと母を見上げる。長年患《わずら》った腫れ物がようやく消えたような、これまで見たこともないほど晴れ晴れとした表情。それだけ、自分のことが邪魔だったのだろう。寺になど行きたくない。その言葉を、義就は何度も呑《の》み込んだ。

「立派なお坊さまになるのですよ」

山門の手前でそう言って踵《きびす》を返した母は、それきり振り返ることはなかった。

それから、僧侶となるための修行の日々がはじまった。

寺での暮らしは、それまでに輪をかけて惨めなものだった。力で勝る年長の小坊主に顎《あご》で使われ、身分の高い僧侶には夜伽《よとぎ》の相手を命じられる。年長者の言葉は絶対で、逆らうことなど許されない。何度も寺を抜け出そうとしたが、そのたびに折檻《せっかん》を受けた。

初めて人を殴ったのは、寺に入って半年ほどが過ぎた頃だ。

どこかで大人たちの噂話を聞きかじったのだろう。同年輩の稚児が、義就を嗤《わら》いながら「遊女腹」と罵《ののし》った。

その言葉を耳にした刹那、義就は頭の中で、理性の箍《たが》が外れる音を聞く。

自分を捨てた母を慕っていたわけではない。ただ、自分という存在を無造作に踏みにじられた。そんな気がしたのだ。

我に返った時、その稚児は顔中を血だらけにして倒れていた。稚児の折れた歯が自分の拳《こぶし》に刺さっていたのを、今もよく覚えている。後で僧侶たちにひどく打擲《ちょうちゃく》されたが、義就は生まれて初めて、力で相手をねじ伏せる心地よさを知った。

力の無い者は、強い者に虐《しいた》げられて生きるしかない。力があれば、誰に侮《あなど》られることもなく、己の意思を通すことができる。所詮、この世は力がすべて。それが、義就が悟った世の理《ことわり》だった。以後、義就は学問そっちのけで武芸に励み、己を鍛えることに日々を費やした。生まれつき、体は頑健《がんけん》だった。身の丈は同じ年頃の者より頭一つ高く、力も強い。十歳を過ぎると、よほどの年上でなければ力で負けることはなくなった。

畠山家の郎党と名乗る武士が訪ねてきたのは、十二歳の時のことだった。

世事に疎《うと》い義就でも、畠山家の名くらいは知っている。細川、斯波《しば》と並ぶ幕府重臣で、幕政を司る管領《かんれい》の職には、その三家の者でなければなれないほどの名門だった。その畠山家当主持国《もちくに》が、自分の実の父なのだという。

畠山家の御家事情は、なかなか複雑だった。

嫡出の男子に恵まれない持国は、不本意ながら弟の持富《もちとみ》を養子とし、跡継ぎに指名していた。しかし、どこかで自身の胤が寺にいることを聞きつけると、召し出して跡取りに据えようと考えたのだ。

だが、畠山家の事情など知ったことではない。寺を出ることができるのならば、行き先などどこでもいい。一も二もなく頷《うなず》いた。

それから数日後、義就は京の畠山邸に迎えられた。

「なるほど、悪くない面構《つらがま》えじゃ」

対面の場で持国が発した言葉は、それだけだった。

自分に似ていると言えば似ている。恐らくは、この男が自分の実の父なのだろう。ぼんやりと思っただけで、さしたる感慨はなかった。

「正康、当主として恰好がつくよう、しかと仕込んでおけ」

傍らに控える誉田正康に命じると、持国はすぐに座を立った。父は、息子としての自分には興味がないらしい。だが、義就は一向に構わなかった。寺を抜け出すことができた上、大大名の当主の座まで約束されたのだ。信じ難いほどの僥倖《ぎょうこう》だった。

屋敷には母もいるのではないか。そう思ったが、誰に訊ねても母の消息を知る者はいない。どこかで野垂れ死んだか、あるいは別の男と貧窮に喘《あえ》いでいるのか。どちらにしろ、あの女には不幸なままでいてもらいたいと、義就は思った。

慌ただしく元服の儀が執り行われると、持国は持富との養子縁組を解消し、義就を家督後継者に指名する。持富は兄の裏切りにも等しい行為に異を唱えることなく、後継の座を下りた。

それから数年は、何事もなく過ぎていった。武芸と学問、礼儀作法から和歌にいたるまで、学ばなければならないことは山のようにあったが、あの寺での日々に比べればどうということもない。

しかし、事はそれだけで終わらなかった。義就の元服から四年後に病没した持富の遺児弥三郎《やさぶろう》を擁する一部の家臣団が、義就の相続に公然と反対しはじめたのだ。

「俺の母が、遊女だからか」

義就の問いに、正康は首を振る。

「さにあらず。持国様はご自身の側近を重用し、譜代の臣を軽んじる向きがござる。それが、彼《か》の者どもの不興を買ったのです」

管領家の当主といえど、その程度のものか。家臣たちの機嫌を取らねば、後継者を決めることさえできない。

だが実態はともあれ、弥三郎派は「出自の卑《いや》しい義就は、畠山家当主に相応《ふさわ》しからず」という大義名分を掲げている。遊女腹という汚名は、終生消えることはないのだろうと、義就は思った。

享徳《きようとく》三年四月、持国、義就を廃そうとする弥三郎派の陰謀が露見した。持国は直《ただ》ちに兵を動かして首謀者を討ち取ったものの、弥三郎は難を逃れる。

弥三郎を匿《かくま》ったのは、持国の政敵である管領細川勝元《かつもと》と、その舅《しゆうと》の山名宗全《そうぜん》だった。勝元と宗全は手を組み、畠山家の勢力削減を目論んだのだ。

細川、山名が弥三郎支持に回ったことで、形勢は一気に逆転した。

それから間もない八月のある晩、義就はどこかから聞こえてくる騒がしい音に目を覚ました。

武装した兵の足音。それも、十や二十ではない。慌ただしく襖《ふすま》が開き、正康が顔を見せた。

「急ぎ、落ち延びるお仕度《したく》を」

弥三郎派の襲撃だった。鼓動が速まり、背中にじわりと汗が滲む。遠くで喊声が沸き起こる、いくつかの悲鳴が聞こえてきた。

「父上は」

「すでに落ち延びられました。若殿も、お急ぎくだされ」

「俺を見捨てていったか」

弥三郎派も、主君殺しは避けたいはずだ。となれば、敵の目は義就に向く。その間に、自らは安全な場所へ逃げ込むつもりだろう。

実に持国らしいやり口だが、さして怒りは覚えなかった。あの父に、義就はいかなる期待もしていない。

「父上は何処《いずこ》へ」

「ご一族の、畠山義忠《よしただ》様のお屋敷へ向かわれました」

「では、俺は京を離れる」

「賢明なご判断かと。されど、まずは生きて、この虎口《ここう》を脱するが肝要にござる」

頷き、太刀を摑んだ。正康の後について、寝所を出る。

敵はすでに、邸内に雪崩《なだ》れ込んでいた。敵の数は、二百は超えているだろう。庭は争闘の巷《ちまた》と化し、防戦に努める父の家臣たちが、次々と斬り立てられていく。

裏庭へ回ると、松明《たいまつ》を掲げた数人の一団が、こちらに気づいて駆け寄ってきた。いたぞ。討ち取って手柄とせよ。口々に喚《わめ》き合っている。

「若殿、ここはそれがしが」

太刀を抜き放ち、正康が言った。

「ならん。この程度の相手に、背を向けられるか」

義就は抜刀し、まとわりつく恐怖を振り払うように駆け出す。

いきなり斬り込んでくるとは思わなかったのか、敵は意表を突かれたようだった。義就は先頭の武者の懐に飛び込み、太刀を振り上げる。

骨を断つ手応《てごた》え。薙刀《なぎなた》を握る敵の両腕が、宙を舞う。

「おのれ、遊女腹が！」

敵の一人が叫び、背筋がぞくりと震えた。敵の武者たちの姿が、幼い頃に自分を虐げた者たちと重なる。

叫んだ男に向かって踏み込み、鎧《よろい》の隙間《すきま》を狙って突きを放った。喉元を貫かれ、恐怖に顔を歪める男の口から、血が溢れ出す。太刀を抜き、さらにもう一人の首筋に刃を叩きつけた。

血飛沫《ちしぶき》を上げながら、己を縛《いまし》めるすべてのものを振り払うように、義就は雄叫《おたけ》びを上げた。

気づくと、敵は全員倒れていた。正康も、二人を倒したらしい。

血の海に沈む敵兵を見下ろし、義就はしばし、恍惚《こうこつ》とした気分に浸った。

「ぞっとするほどの、太刀筋にござった」

「何のことはない。急ぐぞ」

太刀の血を拭い、鞘《さや》に納める。

これが戦か。ならば、何も恐れることなどない。むしろ、己のすべてをさらけ出すことのできる、たった一つの場ではないか。

臆することなく戦えた己に満足し、義就は駆け出した。

その後、持国は建仁寺《けんにんじ》に逃げ込んで隠居を表明し、義就はわずかな家臣と共に伊賀へ落ち延びた。将軍足利義政《あしかがよしまさ》は持国、義就の没落を見て取るや、畠山家の後継を弥三郎と決定する。

「征夷大将軍とは武門の棟梁と聞いていたが、風に靡《なび》く草と同じか」

吐き棄てると、正康は「御意」と答えた。

「足利家の強勢は、今や遠い昔。将軍家とて、細川や山名といった大大名の顔色を窺わねば、その地位をまっとうすることはかないませぬ」

将軍権力の強化に努め、諸大名を抑制しようとした先々代将軍足利義教《よしのり》が謀殺されたのは、義就が五歳の時のことだ。それ以後、幕府はかつての威光を失い、諸大名の政争の場と化している。

「当世は力がすべて。殿も、強うなられませ。剣や戦だけではなく、政や謀《はかりごと》、時勢を見る目。そのすべてを持ち合わせなければ、強者とはなれませぬ」

義就は頷いた。

生き延びるには、強くあらねばならない。天下の政などに興味はないが、このまま山の中で朽ち果てるつもりなど、毛頭なかった。

享徳三年の十二月、義就が伊賀で集めた軍勢を率いて上洛すると、将軍義政はあっさりと弥三郎を見限り、義就を畠山家当主と認めた。幕府は大和へ落ち延びた弥三郎の討伐を、義就に命じる。

大和へ攻め入った義就は戦勝を重ね、弥三郎派の諸城を次々と落としていく。戦らしい戦ははじめてだったが、勝利は呆気《あっけ》ないほど簡単に手に入った。

だが義政は、大和で勢力を拡大していく義就を警戒したらしい。一度は義就に与えられた大和の領地を召し上げた上、弥三郎に与《くみ》する大和の国人筒井《つつい》氏を赦免する。

さらに、義就を支持していた義政の乳母今参局《いままいりのつぼね》が失脚すると、義就と義政の不和は決定的となった。義政は長禄《ちょうろく》三年七月、弥三郎を赦免すると同時に、義就に家督を弥三郎へ譲り渡すよう命じたのだ。

弥三郎はそれから間もなく病没するが、弥三郎派の家臣たちはその弟政長を擁立した。政長は、義就より五つ若いものの政戦両略に長《た》け、家臣からの信望も弥三郎より厚いという。

だが、所詮は大名の一族として生まれ、何一つ不自由無く育ってきた男だ。自分とは、潜ってきた修羅場の数が違う。戦場で向き合えば敗《ま》けるはずがないと、義就は思った。

しかし、政長は幕府への働きかけを強め、ついには義就追討の綸旨と錦旗を得る。三万に及ぶ政長方に押された義就は、河内嶽山城での籠城を余儀なくされた。戦の手腕はともかく、政略にかけては政長の方が一枚上手だと、義就も認めざるを得ない。

嶽山城での戦は、実に二年半にも及んだ。

とはいえ、その間ずっと戦い続けたわけではない。幕府軍の士気は総じて低く、緒戦の総攻めを幾度か凌ぐと、敵は城を遠巻きにしたまま、持久戦に切り替えた。そこへ飢饉と疫病が重なり、最初に城を囲んだ軍勢の半数近くが撤退する。それ以後は、ひたすら睨み合いが続くだけだった。

つまるところ、政長以外の大名たちに、本気で義就を討とうという気はなかったのだろう。政長の手勢が単独で仕掛けてくることは何度かあったが、天険に拠《よ》った義就の敵ではなかった。

結局、城内の兵糧《ひょうろう》が尽きたため、城は放棄せざるを得なくなった。

だが、幕府の大軍を相手に一歩も退《ひ》かず戦い続けたことで、義就の将としての声望は大きく高まっている。負けたにもかかわらず、吉野に落ち延びた義就の下を去る家臣はほとんどいなかった。

「さして面白くもない戦だったが、戦い抜いた甲斐はあったな」

足利尊氏《たかうじ》も、幾度も戦に敗れたが、その都度挽回して最後には幕府を開いた。やはり、勝ち続けることだけが強さというわけではないらしい。

「天下は今後、ますます乱れましょう。殿の勇名は、これから訪れる乱世で、必ずや大きな武器となり申す」

乱れているのは、畠山家だけではない。越前の斯波家でも家督争いが長引き、東国では古河公方《こがくぼう》と関東管領が激しく争っている。畿内では飢饉や疫病、それに伴う一揆が頻発し、都は飢えた民で溢れていた。

今や、足利という家は方々の柱が軋《きし》み、大きく傾いている。遠からず、音を立てて崩れ去るだろう。その先の天下がどう動くのか、今はわからない。

まずは、生き残ることだ。そのためには政長を討ち、畠山家当主の地位を確固たるものにしなければならない。

「乱世か」

面白い時代に生まれたものだ。この世に生を享《う》けたことに、義就ははじめて感謝した。

三

山深い河原に、兵たちの喊声が響いていた。

五十人ずつに分かれての、戦稽古である。兵たちが身に付けているのは粗末な胴丸《どうまる》だけで、兜《かぶと》も脛当《すねあ》てもなく、薙刀に見立てた木の棒で打ち合っている。指揮を執っているのは、義就の郎党たちだ。

兵は、世に足軽と呼ばれる者たちである。いずれも、元は食い詰めた百姓や野盗崩れで、他の大名家であれば人としてまともに扱われることもない。だがその分、功名心は強く、銭や食糧、敵地での略奪といった餌をちらつかせてやれば、こちらの言うこともよく聞く。

これからの戦は、足軽による集団戦が主体になると、義就は見ていた。

どれほど個人の武勇に優れた騎馬武者も、一人で戦の流れを変えることはできない。武士のように名を惜しむことのない足軽は、敗色が濃くなればたちまち浮足立つが、勢いに乗れば強い。特に、城攻めや市中、山間部での戦では、足軽たちが力を発揮するはずだ。

「だいぶ仕上がってまいりましたな、殿」

模擬戦が終わると、誉田正康が声をかけてきた。

「いや、まだまだだ。この連中を、実際の戦の場で手足のごとく動かせるようにならねばならん」

寛正《かんしょう》四年八月、将軍義政の生母が没した。それに合わせて罪人の一斉赦免が行われ、義就の罪状も消滅する。嶽山城陥落から、わずか四月《よつき》後のことである。

とはいえ、畠山家の家督は依然、政長の手にあり、義就は引き続き大和の天川《てんかわ》に潜伏していた。幕府の屋台骨は揺らいでいるが、細川や山名はまだ、義就をはるかに上回る強大な勢力を持っている。

奪われた家督を取り戻し、畠山家を一つにまとめるには、武力だけでは足りなかった。将軍家に働きかけ、当主は義就の他にいないと認めさせなければならないのだ。

義就が手を組む相手として選んだのは、義政の側近として将軍御所《ごしょ》内で絶大な影響力を有する幕府政所執事《まんどころのしつじ》、伊勢貞親《いせさだちか》である。

貞親の狙いは細川、山名の勢力を削って自身の地位を保つところにあるが、伊勢家はろくな武力を持たない。貞親としても、義就と組むことには大きな利がある。

文正《ぶんしょう》元年八月、義就は天川を出陣し、九月に入ると河内の政長方の諸城に攻めかかった。無論、伊勢貞親と示し合わせての行動である。

ところがそれから間もなく、京から政変の報《しら》せが届いた。

伊勢貞親が、将軍義政の弟で次期将軍に内定している義視《よしみ》が謀叛《むほん》を企てていると讒言《ざんげん》し、義政に義視の殺害を進言した。いったんは同意した義政だが、細川、山名らの抗議を受けるとすぐさま前言を翻し、逆に貞親の討伐を命じる。貞親は近江《おうみ》へ落ち延び、伊勢派の面々はことごとく失脚したという。

「細川と山名が、伊勢派を追い落とすために手を結んだということか」

「御意。じきに、河内へも幕府の追討軍が派遣されるかと。いかがなされますか」

「無論、攻めてくる敵は打ち破る」

義就のもとには、すでに数千の味方が馳せ参じている。九月十五日、義就は政長が派遣してきた軍に攻めかかり、十七日には嶽山城の奪回を果たした。十月には再び大和に侵攻し、布施《ふせ》、高田の両城を攻め落として河内に帰還する。

だが、問題はここからだ。政長は今、細川勝元の後ろ盾を得て幕府管領の地位にある。さらに、細川と山名が手を組んだとなると、事は厄介だ。政長に加え、本腰を入れた細川、山名の軍をすべて相手にするのは、あまりに分が悪い。

意外な相手から密使が送られてきたのは、十一月も半ばを過ぎた頃だった。

「ほう、山名宗全殿が、俺をお招きくださるとはな」

宗全は義就を、自身の屋敷に迎えたいという。つまりは、軍を率いて上洛しろということだ。

伊勢貞親という共通の敵を葬った細川と山名は、互いを次なる敵と認識しているのだろう。政長が細川派に属する以上、山名宗全が義就を取り込もうとするのは当然と言えた。

「山名殿は、ついに決断したようですな」

使者を下がらせると、正康が言った。

「細川派を排除し、己が幕府の実権を握るおつもりかと。事がうまく運べば、幕府の有り様は、今とは大きく変わることとなりましょう」

「赤入道め、とうとう野心を剥き出しにしてきたか」

宗全は、一時は衰退していた山名家を、類《たぐい》まれな武勇と政の手腕で再び大大名にまで押し上げた人物だ。その厳めしい風貌から、一部では赤入道と仇名《あだな》されている。

「いいだろう。虎穴に入らずんば何とやらだ、宗全の招きに応じるといたす」

宗全はすでに、国許からかなりの兵を京に呼び寄せているという。

しかし、宗全に京で戦をするつもりはないはずだ。大軍を見せつけることで将軍義政を威嚇《いかく》し、細川派を幕政から遠ざけるつもりなのだろう。常に形勢が有利な方へつく義政の人となりを考えれば、勝算は十分に立つ。

文正元年十二月二十六日。降りしきる雪の中、義就は軍勢を引き連れ入京を果たした。政長に家督を奪われて以来、六年ぶりの帰洛だが、さして感慨は湧かない。京は相変わらず狭く息苦しく、腐臭に満ちている。自分を虐げてきた連中が今もこの町のどこかで生きているのかと思うと、あたり構わず火を付けて回りたい衝動に駆られた。

「よう、おいでくだされた」

山名邸に出向くと、宗全が上機嫌で出迎えた。

広間には酒肴が用意され、宗全の娘婿で越前守護の斯波義廉《よしかど》、その重臣で越前守護代の朝倉孝景《あさくらたかかげ》、若狭《わかさ》守護武田信賢《たけだのぶかた》といった、山名派の重鎮たちが揃っている。六年にわたり幕府に抗し続けた義就を、いずれも好奇の目で眺めていた。

「嶽山城、そしてその後の河内、大和での戦ぶり、この宗全、感服仕《つかまつ》った。右衛門佐殿こそまさに、当代一の武将であられる」

「なんの。尾張守政長一人討てぬ、弱輩者にございますれば。屋敷も政長めに占拠されておりますゆえ、しばしこちらに厄介となりまする」

「ご安堵《あんど》召されよ。すでに道筋は立っておる。じきに、貴殿を畠山当主とするお沙汰が下されよう」

宗全と直接言葉を交わすのははじめてだが、底の知れない男だと義就は思った。

年が明ければ、宗全は六十四になる。大振りな顔立ちに赤ら顔。いかにも豪傑然とした風貌で、前例やしきたりに縛られず己の意思を通す様は、赤入道と称されるに相応しい。

だがその一方で、伊勢貞親を追い落とし、今も細川派との政争を有利に運んでいる。その手練手管を見れば、その本質は武将というよりも、謀略家に近いのかもしれない。

「右衛門佐殿、貴殿は強い。されどこの京では、戦に強いだけでは生き残ることはかなわぬ。今こうしている間にも、世は大きく動いておる。己が望みを押し通すには、その流れを見失わぬが肝要ぞ」

「ありがたきお言葉。肝に銘じておきまする」

答えると、宗全は声を上げて豪快に笑った。

明けて文正二年正月。宗全の目論み通り、将軍義政は畠山家家督を政長から剝奪し、義就に与えた。併せて、幕府管領の座も政長から斯波義廉に代えられている。

当初、義就の無断上洛に立腹していたという義政が態度を一変させたのは、やはり山名派の武力が無言の圧力になったからだろう。細川派も急遽《きゅうきょ》、国許から兵を呼び寄せてはいるが、その動きは遅きに失している。強い方につくという義政の性向を知り抜いた、宗全の勝利だった。

一月十五日、細川勝元は与党の政長、赤松政則《まさのり》、京極持清《もちきよ》らと語らって将軍御所を取り囲み、義政に義就討伐の命を出させようと企てたが、その計画を察知した宗全は義就、斯波義廉と共に警固《けいご》の名目で御所に入り、これを事実上占拠する。

「宗全殿の手腕は見事なものだな、正康。将軍という玉を握った以上、勝元は我らに手出しできまい」

「御意。御所を攻めれば、すなわち逆臣。勝元に、そこまでの胆力はありますまい」

「政長は京を捨て、いずこかに落ち延びよう。あ奴さえ討てば、俺の本願は遂げられる」

十七日夜、政長は自邸に火を放った。だが、そのまま京を退去することなく、将軍御所北東の上御霊社《かみごりょうしゃ》に陣を張ったという。

御所の南には京極持清、西には勝元の屋敷があり、それぞれ手勢を抱えていた。形としては、山名派の籠もる御所を、細川派が三方から包囲している。勝元も、このまま敗北を受け入れるつもりはないということだろう。

「右衛門佐殿。すまんが、上御霊社に出向いて政長を蹴散らしてはくれんかのう。後詰《ごづめ》として、我が孫の政豊《まさとよ》と、越前守護代の朝倉孝景をつけよう」

「それは望むところですが、よろしいのですか?」

戦火が都中に広がることを恐れたのだろう。義政は、義就と政長の戦にいかなる加勢もしないよう、山名、細川双方に命じていた。

「かまわぬ。政長さえ討てば、御所様《ごしょさま》とて観念なさろう。もはや御所様の手に、天下の権は握られておらぬと」

これからは、宗全が天下を動かす。そう宣言したも同然だった。息を呑む義就に、宗全が訊ねる。

「右衛門佐殿は、おいくつになられた?」

「三十一にござるが」

「若いのう」

感慨深げに顎鬚《あごひげ》を撫《な》で、宗全は続けた。

「思えばわしの生涯は、歴代将軍家に振り回され続けてまいった。わしが山名の惣領になったのも、先々代将軍、義教公の気まぐれで兄が追放されたからよ。義教公はその後も散々悪政を重ね、恨みを抱いた赤松満祐《みつすけ》に討たれたが、当代の御所様はまた別の意味で、困った御仁《ごじん》よ」

義就は頷いた。義政が毅然とした態度で政を行っていれば、諸大名の家督争いもここまでこじれてはいなかっただろう。

「御所様の優柔不断のせいで、天下は乱れに乱れた。幕府という器は残すにしても、そろそろ中身を洗いざらい取り替えた方がよかろうて」

「将軍家の首を、挿《す》げ替えると？」

「あの御所様を頂点に戴いていては、諸大名の家督争いはやまず、天下万民のためにもならぬ。ならば、別の将軍家を立てるより他あるまい」

「そこまでお考えにござったか」

「不忠の誹《そし》りはまぬかれまい。されどこの歳になれば、恐れるものなど何もありはせぬ。今生《こんじょう》の最後に、この手で天下を、歴史を動かすのだ。血が滾《たぎ》りはせぬか、右衛門佐殿」

にやりと笑う宗全に、義就も笑みを返した。

「お覚悟のほど、しかと承りました。されど政豊殿、朝倉殿の援軍は、あくまで後詰としていただきたい。政長は、この手で討ち果たすべき敵に候《そうろう》」

「よかろう。見事、尾張守政長が首、獲ってまいられよ」

翌十八日、義就は手勢三千を従え、政長勢が待ち構える上御霊社へ向けて御所を出陣した。後方には山名政豊、朝倉孝景が一千ずつを率いて控えている。

上御霊社は、西は川、南は相国寺《しようこくじ》の堀に守られている。義就は、正康に一千を預けて東に配し、自身は残る二千を率いて北に布陣した。

物見の報告によれば、政長勢は千から千二百。屋敷を焼いた時には二千を引き連れていたというから、形勢不利と見て逃亡した兵が多く出たのだろう。

「細川、京極の動きは？」

「ございません。いまだ屋敷の門を固く閉ざしておるとの由《よし》」

勝元の立場は苦しいだろう。援軍を出せば将軍の命に逆らうことになり、出さなければ盟友を見捨てたと見做され、武人としての面目を失う。宗全に、王手飛車取りをかけられたようなものだった。

上御霊社に布陣する政長勢に、義就は目を向けた。

この社《やしろ》の祭神は、桓武《かんむ》天皇の弟で、非業の死を遂げた早良《さわら》親王だった。他にも、権力闘争に敗北して憤死した貴人たちが多く祀られている。自らも政争に敗れた政長は、そうした貴人たちの怨霊《おんりよう》を味方につけようと、この地に陣を構えたのだろう。

政長勢の発する覇気が、ここまで漂ってくる。すでに、逃げる者は逃げ、死を覚悟した者だけが残っているはずだ。

嶽山城で矛を交えてわかったが、政長は、戦下手でも弱将でもない。むしろ、勇猛さと用兵の手腕を持ち合わせていた。加えて、兵たちは決死の覚悟を固め、怨霊までが味方についていると信じている。

「者ども、怨霊など恐れるな。我こそは当代一の武勇を誇る、畠山右衛門佐義就ぞ。少しでも怯懦《きょうだ》の振舞いをいたした者は、この右衛門佐が斬り捨てると心得よ」

政長勢に気を呑まれかけていた味方の将兵の顔つきが引き締まり、義就は苦笑した。この連中は、怨霊よりも自分の方が恐いらしい。

「はじめよ」

高く掲げた右手を振り下ろした。夕暮れの空に向かって開戦を告げる鏑矢《かぶらや》が飛び、甲《かん》高《だか》い音を奏でる。

たちまち、頭上が敵味方の放つ矢で覆われた。

「怯《ひる》むな。押し出せ！」

義就の下知に答え、遊佐《ゆさ》河内守率いる先手衆が社へ突っ込んでいく。喊声が轟《とどろ》き、無数の悲鳴が上がる。

敵は先手衆を迎え撃ちながら、森に配した弓兵に横合いから矢を射かけさせている。先手衆は苦戦し、死傷者が続出した。

「足軽衆、功名の機ぞ。前に出て、あの森の中の敵を狩り立てるのだ」

足軽たちが、一斉に駆け出した。進め。勝てば、恩賞は思いのままぞ。口々に叫びながら森へ飛び込み、敵の弓兵に襲いかかる。

やがて、横矢がやんだ。先手衆も、勢いを盛り返している。

「前に出る。続け！」

義就は馬を下り、徒歩立ちになって駆けた。血の臭いが鼻を衝く。

怒号と得物《えもの》を打ち合う音が耳を聾《ろう》し、血の臭いが鼻を衝く。正面から斬りかかってきた武者の刀を撥ね上げ、大太刀を振る。血がしぶき、絶叫が上がった。

全身の血が昂ぶるのを、義就は感じた。剝き出しの憎悪に身を晒《さら》し、命を奪い合う。生の実感が込み上げ、覚えず笑みが浮かぶ。

鳥居をくぐり、境内《けいだい》へ攻め入った。

「尾張守を探せ。狙うは、政長の首ただ一つぞ！」

遮《さえぎ》る敵を斬り払いながら叫んだ。

勢いは味方にある。すでに日は落ちかかっているが、社の方々で火の手が上がり、視界は明るい。

敵が大きく崩れた。正康の別働隊も、境内に攻め入ったらしい。

「おのれ、逆賊が！」

喚きながら向かってきた敵の首を、大太刀で斬り飛ばした。

周囲にいた敵の雑兵《ぞうひょう》が、背を向けて逃げはじめる。前方の人垣が割れ、敵本陣が見えた。

政長。抜き身の太刀を手に、義就をじっと見据えている。近くの武者が袖を引いているが、退く素振りは見えない。

「我こそは畠山家当主、右衛門佐義就である。偽当主、尾張守政長殿、いざ尋常に勝負せん！」

「天下を乱す逆賊が、何を申すか！」

家臣の制止を振り払い、政長が応じた。

「そなたのごとき遊女腹の下郎が当主となっては、我が畠山家末代までの恥。この場で葬ってくれようぞ！」

「遊女腹か」

呟き、義就は小さく笑った。久しく耳にしなかったその雑言に、懐かしさすら感じる。

思えば自分は、政長に嫉妬していたのかもしれない。

武士の身分。周囲からの期待。誰にも虐げられず、打擲されることも、飢えへの恐れもない暮らし。あの男は、自分が血の滲む思いをしながらようやく手に入れたものを、生まれながらにしてすべて持っていた。

「よかろう。長き因縁だったが、ここで終わりにいたそうか」

「望むところよ」

太刀を構えた政長の殺気が、義就の肌をひりつかせる。

いい気魄《きはく》だ。それでこそ、俺の仇敵に相応しい。もっと冷徹で計算高い男かと思ったが、思いの外《ほか》、気骨がある。

義就は太刀を握る手に力を籠《こ》めた。このまま本陣まで斬り込めば、政長の首を獲れる。これで終わるのか。不意に、胸中にそんな思いが湧いた。

ここで政長を討てば、細川派は排除され、宗全が幕府の実権を握ることになるだろう。後に待つのはせいぜい、宗全の跡目を巡るつまらない政争だ。

燃え広がった炎の熱気が、頬を打つ。すでに、敵味方に火の手に巻かれる兵が出はじめていた。それでも政長は、太刀を構えたまま義就を見据えている。

束の間考え、義就は命じた。

「退き貝を吹け。撤収する」

「しかし、尾張守はあそこに」

「放っておけ」

義就が太刀を納めると、政長も護衛の武者たちを引き連れて後退していった。

ここで腹を切るほど、政長は潔《いさぎよ》い将ではない。火を放ったのも、炎と煙に紛れて落ち延びるためだろう。

炎に包まれた社殿が、今にも焼け落ちそうになっている。煙に遮られ、政長主従の姿はもう見えない。

天を焦がさんばかりに燃え盛る炎を見上げ、義就は心が躍るのを感じていた。

自分は今、まぎれもなく、この国の中心にいる。時代を、歴史をこの手で動かしている。その感触は、想像したよりもはるかに心地いい。

もっとだ。もっと燃えて、この都ごと、この国ごと焼き尽くしてしまえ。心の中で念じて、義就は踵を返した。

四

義就の望んだ通り、政長は業火《ごうか》の中を辛うじて逃げ延び、乱は長期化した。

上御霊社の合戦の後、京は平穏を取り戻し、山名方の天下は定まったかに見えた。だがその年の五月、それぞれの屋敷に逼塞《ひっそく》していた細川派の諸将が一斉に蜂起し、山名方に襲いかかったのだ。のちにいう、応仁《おうにん》の大乱の開幕である。

山名方、細川方ともに国許から軍勢を呼び寄せ、京の都はたちまち戦乱の巷と化す。

両軍が本陣を置いた場所から、山名方は西軍、細川方は東軍と称された。

東軍は将軍御所と義政の身柄を押さえ、官軍としての立場を確保したものの、西国《さいごく》の大大名大内政弘《おおうちまさひろ》が大軍を率いて上洛すると西軍が盛り返し、互いに一歩も譲らない。やがて、西軍は義政の弟義視を総大将に迎え、幕府は東西に分裂した。

諸大名の屋敷は、井楼《せいろう》や深い堀、高い城壁が設けられ、城砦《じようさい》の様相を呈していた。狭い京に無数の城がひしめき、決着は容易につかない。市中には足軽が跋扈《ばつこ》し、戦いが起こるたび、焼け野原が広がっていく。軍兵による略奪が横行し、相国寺や南禅寺《なんぜんじ》といった京の古刹《こさつ》、名刹《めいさつ》も焦土と化した。

乱は京市中にとどまらず、諸大名の国許にも飛び火していった。

各地の守護は挙《こぞ》って京へ上り、その留守中に勢力拡大を目論む守護代が台頭する。利に釣られてもう一方の陣営に寝返る者も相次いだ。各大名家の利害は複雑に絡み合い、収拾の糸口さえ摑めない。

気づけば、戦の規模は義就の思惑をはるかに超えて、日ノ本全土を巻き込む大乱となっていた。義就は西軍の中心人物の一人として京、河内、大和を転戦する。

だが、東軍が京の喉元に当たる大山崎《おおやまざき》を押さえたことで、西軍は兵站路《へいたんろ》を失う。戦況は次第に西軍劣勢へ傾き、長く国許を留守にしている両軍の諸大名には厭戦《えんせん》気分が広がっていった。

大乱勃発から七年目、山名宗全と細川勝元が相次いで死去したことで和睦の機運が高まったが、義就は激しく反対し、この動きを潰した。東軍でも、政長が強く和睦反対を唱えたという。

　事実上の総大将二人が世を去ったことで、両軍を束ねる存在はいなくなり、乱はその後も延々と続いた。

　文明《ぶんめい》八年になると、義就の反対にも関わらず和睦への流れは加速していった。西軍の名目上の大将である義視が義政に謝罪、恭順を誓い、西軍の諸大名は次々と東軍に降伏していく。

「もはや、西軍の瓦解《がかい》は避けられまいな」

　九月、義就は正康に向かって言った。

「乱が終わる前に政長の首は獲っておきたかったが、それもかなうまい。機を逸《いっ》すれば、都におる軍勢のすべてが、我らに襲いかかってこよう」

「御意。大内政弘殿も、和睦に向けて動いておるとか。事ここにいたった上は、我らも東軍に降《くだ》る他ないかと」

「降伏も和睦もせぬ。京を退去し、河内へ下る」

「しかし」

「この数年、考えていたことがある」

　義政はすでに引退し、将軍職は嫡男の義尚《よしひさ》が継いだ。今後の幕府は、政長と細川勝元の跡を継いだ政元《まさもと》が切り回していくのだろう。

だが、幕府も将軍も、すでに名ばかりの存在だ。乱が終わったとしても、将軍の威光はかつてのように、日ノ本全土には行き届かないだろう。数年のうちには、大名同士の食い合いがはじまるはずだ。

そうした流れの中で、今さら幕府の高い役職に就いても、何の意味もない。守護職に任じられたところで、その地を支配する実力が伴っていなければ、武士も民も従えることはできないのだ。

「河内全土を平定し、俺の国を造る。将軍や管領の意向に左右されず、いかなる権威にも拠らぬ俺の国を、己の実力だけで築き上げるのだ」

「幕府の支配を脱する。そう、仰《おお》せですか」

「そうだ」

「されど、幕府は力を失ったとはいえ、権威は残っております。将軍家が諸国の大名に殿の討伐を命じれば、従う者も多くおりましょう」

「攻めてくる者があれば、打ち払う。それが、王たる者の務めであろう」

「王、にございますか」

「そうだ。だが、俺は河内一国の王で終わるつもりはない。幕軍を打ち破った後は京へ攻め上り、政長、政元の首を獲る。たとえ将軍家であろうと、抗《あらが》うようなら滅ぼす」

宗全は己の手で天下を動かすことを望みながら、娘婿の斯波義廉を管領につけ、幕政を掌握することを選んだ。結局、幕府という枠組みの中から出ることはできなかったのだ。だが義就には、足利家を敬う気持ちも、幕府の秩序を重んじるつもりもない。己の進む先に遮るものがあれば、打ち壊し、薙ぎ払うまでだ。

権力が欲しいわけではない。畠山家当主の座も、今となってはどうでもいい。だが、誰にも膝を屈せず、己の足で立ち続けたいと望むのであれば、その行き着く先は一つしかない。

「正康。俺は、天下人になるぞ」

天下とは、京の都と畿内近国を指す言葉だ。天下人とはすなわち、京とその周辺を制する覇者のことである。

天下人となって、足利の幕府に代わる秩序を打ち立てる。それが、義就がようやく辿《たど》り着いた答えだった。

「あまりに気宇《きう》壮大《そうだい》すぎて、それがしの頭ではついていけませぬ」

呆気に取られたように言った正康だが、やがて不敵な笑みを見せた。

「されど、久方ぶりに血が熱うなり申した。将軍や管領のために死ぬのは御免蒙《こうむ》りたいが、殿の大望のためならばこの命、懸けても惜しゅうはござらぬ」

「辿り着けるかはわからぬ。だがそのくらいの野心がなければ、この乱世に生きる甲斐がないというものよ」

文明九年九月二十一日、義就は京の陣を払い、河内へ向かった。

騎馬三百五十、徒歩武者二千。十一年に及ぶ大乱をくぐり抜けた、精鋭中の精鋭である。東軍諸将は恐れをなしたのか、誰も追い討ちをかけてはこない。

目指す先は、政長の重臣が守る河内の要衝、若江城《わかえじょう》である。若江城を幹とすれば、他の無数の城など枝葉に過ぎない。

わずか半月ほどの戦いで若江城は陥落し、河内はほぼ全土が義就の支配下に入った。

義就はこの戦で得た首級を京の政長に送りつけたが、政長が出陣してくることはなかった。

「挑発には乗ってまいりませんでしたな」

「まあいい。あの首は、幕府への絶縁状のようなものだ」

「しかし、いささか呆気のうございますな。たった半月で、河内一国が落ちるとは」

「気を抜くなよ。政長は、河内を諦めはせぬ。まずは足元を固めることだ」

十一月、大内政弘が東軍に降伏し、周防《すおう》へ帰国していった。わずかに残った西軍諸将も京を去り、乱はなし崩し的な東軍の勝利という形で終結した。

だが、本当の乱世はこれからだ。新たな国を築き上げ、古い物を根こそぎ薙ぎ倒し、京の都に畠山の旗を立てる。

想像すると、全身の血が滾るような気がした。

五

このところ、よく同じ夢を見る。

幼い義就は、どことも知れない道を、はるか先を行く母を追って走り続けている。だが、どれほど駆けても追いつけず、母の背が近づくことはない。やがて、母が足を止め、こちらを振り返って義就を手招きするところで夢は終わる。目覚めた時には、決まってひどい息苦しさに襲われた。

老いたのだと、寝汗に濡れた自分の胸板を見るたびに思う。若い頃にくらべると、肉がずいぶんと落ち、皮膚はたるんでいた。

戦場で太刀を振ってもすぐに息が切れ、長く馬に乗っていればひどく疲れる。敗けるはずのない戦で、思わぬ敗北を喫することも増えていた。

延徳《えんとく》二年秋、義就は五十四歳になっていた。応仁、文明の大乱が終結して、すでに十三年が経っている。

戦に次ぐ戦の歳月だった。義就の版図は河内、大和の両国にまで広がっているが、政長との決着はいまだついていない。

義就が河内を制して以来、政長は幾度となく軍を送り、家臣へは離間工作を仕掛けてきた。若い頃から鍛え上げた股肱《ここう》の臣が政長に内通し、義就自らの手で斬り捨てたこともある。

だが最大の誤算は、幕府の命脈が今も尽きることなく続いていることだった。

昨年には、将軍義尚が近江六角《ろっかく》家討伐の陣中で没し、義視の子、義材《よしき》が将軍職を継いでいた。幕政は、政長が中心となって切り回している。水面下では細川政元や義政の御台所《みだいどころ》、日野《ひの》富子《とみこ》との暗闘が続いているというが、今のところ表立ってぶつかるところまではきていない。

応仁の乱で力を使い果たしたかのように、天下の情勢は停滞している。

幕府の威光は義就が想像していたよりも根強く、先年の六角征伐にも、諸国から多くの大名が参陣していた。長年、幕府に抗い続けてきた関東の古河公方もついに和睦に応じ、今や天下の諸大名の中で幕府に公然と敵対しているのは、義就ただ一人となっている。

十三年前に感じた新しい時代の息吹は、義就の野心が見せた、ほんの束の間の幻だったのかもしれない。

「ままならんものだ」

褥《しとね》の中で自嘲するように呟いた刹那、いつもの痛みが襲ってきた。

胃の腑の奥から湧き上がる、焼けつくような激痛。全身から脂汗が滲み、腹を押さえて蹲《うずくま》る。歯を食い縛り、声が漏れそうになるのを堪《こら》えた。

しばらく耐え続けると、いくらか痛みはやわらいだ。だが、激痛が襲ってくる間隔は、日に日に短くなっている。

腹の底に、腫れ物ができていた。

この病《やまい》に罹《かか》って快癒した者は一人もいない。そう、薬師《くすし》は言っている。恐らく、あと半年生きられるかどうか。静養に努めれば一年は生きられるかもしれないと言われたが、そうするつもりは微塵《みじん》もない。それほど重い病だとは、家中の誰にも知らせていなかった。

汗を拭い、義就は寝所を出た。何事もなかったように朝餉《あさげ》をすませ、広間へ向かう。

義就の居城である河内高屋城《たかやじょう》の広間には、すでに主立った将が顔を揃えている。

「これより、軍議をはじめる」

義就は上座に就いたが、一同の表情は暗い。

七月に将軍宣下を受けたばかりの足利義材が、義就討伐を号令していた。先の六角攻めと同じ規模だとすると、数万の大軍が河内に押し寄せてくることになる。

だが、諸将の表情はそれが原因ではない。

「まことにご出陣なさるおつもりですか、父上」

次男の次郎基家《じろうもといえ》だった。応仁の乱の最中に生まれた基家は、当年二十二。夭折した長男に代わって、跡継ぎとなっている。

「そのお体では、陣頭に立つことはかないませぬ。何卒、父上は城にお残りください」

他の諸将も、口々に賛同した。

「若殿の仰せの通りにございます」

「戦は我らに任せ、静養なさるべきかと」

「ならん。そなたらは、俺のたった一つの愉しみを奪うつもりか。俺に戦に出るなと言うは、死ねと言うのと同じことぞ」

「しかし、父上」

「畠山家当主は、この俺だ。我が行いに異を唱えるのであれば、弓矢に訴えて家督を奪い取るがよい」

睨みつけると、基家は口を噤《つぐ》んでうなだれた。

この息子は、自分にまるで似ていない。落胆を覚えながら、一同を見回す。

「足利義材は諸国の軍勢が集うのを待ち、河内へ攻め入るつもりであろう。先鋒は間違いなく、政長に命じられる。だが、俺は守りに回る気はない。全軍を一つにまとめ、敵の軍勢が揃う前に京を攻める。将軍御所を落とし、政長と政元、義材の首を獲る」

「何と。それは、あまりに……」

「将軍家を討ったとあらば、逆賊の汚名は免れませぬぞ」

「よさぬか」

一同を制したのは、それまで一言も口を開かずにいた正康だった。

「応仁の乱で、我らは幕府に降らなかった。あの時からとうに、畠山家は幕府から独立しておるのだ。我らと足利家は、対等の敵である。戦で敵の総大将の首を獲るのは、当然のことであろう」

「しかし誉田殿、将軍家を討てば、国中の大名を敵とすることになるのだ。そうなっては……」

「そなたらは、俺を誰だと思っている」

義就は低く言った。

「俺は、驍勇無双《ぎょうゆうむそう》を謳《うた》われた、畠山義就だ」

殺気を籠めた目で、再び一同を見回す。それで、異を唱える者はいなくなった。

恐らく、これが最後の戦になる。勝ち負けは、すでに頭にない。せめて、胸のすくような戦がしたかった。

軍議が散会すると、基家を連れて城内の櫓に登った。

「俺が築いた町だ。いい眺めだとは思わんか」

「はい、まことに」

眼下に、高屋の城下町が広がっていた。

城の周囲には家臣の屋敷がひしめき、その周囲には商人や職人の住む家々が軒を連ねている。本来、城と町は別の場所に作られるものだったが、それを一つに集めたのは義就だった。城のすぐそばに家臣が集まっているため、軍勢の動員も素早くできる。武器や兵糧、銭を集めるのにも都合がいい。戦のために築いた町ではあったが、多くの人と物、銭が集まり、活気に溢れている。

「応仁の大乱を長引かせ、数多《あまた》の命を奪ってきた。病は、その報いであろう」

「父上、そのような」

「だが、遊女腹と蔑まれ、世のすべてを憎みながら一生を終わるはずだった一人の悪童が、将として天下に名を上げ、これだけの町を築いたのだ。この世は、思ったほど悪いものではない」

義就は、町の外れの一角に目を凝らす。

あのあたりには、多くの遊女宿が並んでいる。京や奈良の戦乱で焼け出された遊女たちを、義就が集めて保護を与えたのだ。

「俺は死ぬまで、己の意思を貫き通す。俺が死んだ後は、お前の好きなようにするがいい」

基家が頷くのを確かめ、義就は再び城下に広がる町へと目を向けた。

腸《はらわた》を掻《か》き回されるような痛みで、目が覚《うず》めた。

まだ、夜は明けていない。褥に顔を埋め、宿直《とのい》の者に気づかれないよう声を殺して激痛に耐える。

　ようやく痛みが遠のくと、小姓を呼んで鎧直垂《ひたたれ》に着替え、具足を身に付けた。この鎧を脱ぐ時、自分は生きていないかもしれない。恐怖もなく、淡々と思った。

「皆、揃っておるか」

　小姓に訊ねた。

「はい。出陣の仕度はすべて、整っておりまする」

　頷き、庭へ向かった。主立った将たちが、並んで出迎える。

　高屋城にはすでに、五千を超える兵が集結している。河内を出る頃には周辺の国人や土豪が参陣し、八千を超えるはずだ。

　出陣の儀式を終え、鬨《とき》の声を上げた。馬に跨る。ひどく息が苦しい。基家が不安げな顔を向けてくる。

　何だ、その顔は。お前は、天下に名を轟かせたこの畠山義就の跡継ぎぞ。叱責しようと思ったが、声を出すのも億劫《おっくう》だった。

　城門が開き、軍勢が動き出す。自分がしっかりと馬を進めていることに、しばらくして気づいた。頭の中に靄《もや》がかかったようで、上手く物が考えられない。

「殿。もう、何物にも縛られることはありません。思うままに戦われませ」

　轡《くつわ》を並べる正康が、小声で言った。長い付き合いだ。義就の欲《ほっ》するものを、しっかりと摑んでいるのだろう。

また、意識が遠のいた。誰かが呼んでいるような気がしたが、声は聞こえない。

様々な顔や景色が、浮かんでは消えていく。母が働く女郎屋の客や下人。自分を虐げた寺の稚児や、坊主たち。敵対した武将。嶽山城を囲む幕府の大軍。炎に包まれる京の都。

思えば、生涯のすべてが戦いだった。数えきれないほどのものを奪い、焼き、殺してきた。それでも不思議なほど、悔いは残っていない。

自分がいなければ、この国はこれほどの乱世にはならなかったのかもしれない。ならば俺は、歴史を動かしたということか。

気づくと、義就は笑っていた。

目の前に、河内平野が広がっている。その先にある京の都が、俺を呼んでいる。

京は、魔物だった。義就があれほど憎み、焼こうとしても、今もこうして天下の中心であり続けている。

「者ども、都はすぐそこだ。奪い、焼き、殺し尽くせ」

叫んだが、声になったかどうかはわからない。

戦い抜き、生きききった。人の生涯など、所詮は一睡の夢にすぎない。

悪い夢ではなかったと、義就は思った。

天魔の都

一

文明十二年三月、十五歳の細川右京大夫政元《ほそかわうきょうのだいぶまさもと》は、漆黒の夜空を翔《か》ける天狗《てんぐ》を見た。

曲者《くせもの》だ、出会え。囲んで討ち果たせ。

闇から湧き出すように現れた天狗は、武者たちの怒号をあざ笑うかのように刀槍をかいくぐり、小屋の中を縦横に駆け回る。天狗が腕を振るたび、武者たちが雷に打たれたように硬直し、そのまま倒れていく。

夢でも見ているのか。この狭い小屋に幽閉され、もう四月《よつき》が経とうとしている。家臣たちに見捨てられた怒りと、いつ殺されるかもわからないという恐怖が、己にこんな愚かしい夢を見せているのだろうか。

だが、夢にしてはあまりに生々しい。間近に倒れた武者の顔に触れる。温かく、血の臭いは鮮烈だ。これは、夢ではない。

やがて、喧噪《けんそう》が治まった。奇妙な静寂の中、十人以上いた武者たちは全員が血の海に倒れ、天狗一人がこちらを向いて立っている。

「さあ、帰られよ、御曹司。魔性の者らが巣食う、京の都へ」

低い声が響いた。赤い顔に長い鼻。長く伸びた白い顎鬚。山伏《やまぶし》の装束《しょうぞく》。いつか絵巻物で見た、源義経《みなもとのよしつね》が兵法を伝授されたという鞍馬《くらま》の天狗そのものだ。

「何処の手の者か。何ゆえ、私を助ける」

「御曹司よ。そなたには、果たすべき天命がある。まだ、死ぬべき時ではない」

答えて、天狗は踵を返す。

「待て。天命とは何か。そなたは、いったい……」

「今宵、ここで目にしたことはすべて忘れるがよい。それが、御曹司のためぞ」

そう言い残し、天狗は縁から庭へ降り立った。軽々と板塀に跳び上がると、さらに木から木へと飛び移っていく。

その姿が見えなくなっても、政元は呆然と夜空を見つめていた。

政元がこの世に生まれ落ちた翌年、京は戦乱の巷と化した。世にいう、応仁、文明の大乱である。

その戦乱の一方の旗頭は、政元の父、細川右京大夫勝元だった。権謀術数に優れた勝元は、長く幕府管領を務め、幕政を主導してきた。だが、畠山《はたけやま》家の家督争いに端を発した大乱は、勝元の手腕をもってしても制御しきれず、戦いは長引いていく。

東軍本陣の置かれた室町御所にほど近い、細川京兆家《けいちょうけ》屋敷。それが、幼い政元の世界のすべてだった。

京の町を焼く黒煙を毎日のように見上げながら書見に励み、敵味方の喚声と打ち鳴らされる半鐘の音を子守唄に眠る。野盗と大差無い足軽どもが跋扈《ばっこ》し、矢と礫の飛び交う外を出歩くことなど、無論許されない。

言葉を交わすのは、家来筋の者と女房衆ばかり。弓矢の家に生まれ、乱の主戦場である京の都に暮らしながら、実際の戦を目にしたこともない。目と鼻の先で戦が繰り返されていても、食べる物にも寝る場所にも不自由したことはない。そうした矛盾を矛盾とも思わず、政元は育った。

政元は暇があれば、屋敷の高く分厚い塀を見上げた。

この塀一枚隔てた向こう側は、下賤の者たちが飽くことなく殺し合いを続ける、修羅の巷だという。そのせいで、自分は屋敷の外に出ることもかなわない。ならばなぜ、大乱を引き起こした細川家の屋敷はこうも平穏なのか。そこにはどんな理《ことわり》があるのか。

空が飛べたら。そんなことを夢想するようになったのは、いつの頃からだろう。

空を飛ぶことができたなら、京の都が、日ノ本の国がどれほど広いのか、己の目で確かめることができる。この世がいかなる理で動いているのかも、見えてくるかもしれない。

「人が空を飛ぶ術《すべ》は無いか？」

誰彼問わず訊ね、周囲の目を盗んでは庭の木や屋根の上に登る政元に、いつしか一族郎党や女房衆は奇異の目を向けるようになっていた。だが、人の目など気にはならない。いつか、はるかな高みからこの京の都を見下ろし、この世の理を解き明かす。それが、幼い日に政元が描いた夢だった。

大乱七年目、西軍総大将の山名宗全が没し、後を追うように勝元も世を去った。享年四十四。元々頑健《がんけん》な質《たち》ではなく、長年の政務と大乱による心労が祟《たた》ったのだろう。政元にとって父は、まともに言葉を交わしたこともほとんどない、遠い存在だった。

八歳にして家督を継ぎ、細川一門の頂点に立つことになったものの、政元の日々にさしたる変化はない。家政は有力な一族や内衆《うちしゅ》と呼ばれる重臣たちの合議で執《と》り行われ、幼い政元が為すべきことなどありはしなかった。

家督相続の四年後、最後まで和睦に反対していた畠山義就《よしひろ》が河内へ去り、十一年に及ぶ大乱がついに終結する。

だが、乱の後に残されたのは、荒れ果てた京の都と、権威が失墜し、傾きかけた幕府だった。

東西両軍の和平は成ったものの、諸国の大名たちが京で戦っている間にそれぞれの分国では守護代や有力国人が台頭し、戦乱の芽は国中に拡がっていた。それを治めるべき幕府では、日野富子や畠山政長が権勢を振るい、日々幕政の主導権を巡る暗闘が繰り広げられている。下剋上《げこくじょう》の風潮は全土を覆い、泰平の訪れには程遠かった。


政元が丹波の名も知れぬ山中の小屋に幽閉されたのは、大乱の余燼《よじん》が消えない文明十一年十二月のことだ。

原因は、家臣同士の所領を巡る諍《いさか》いだった。細川家に仕える一宮宮内大輔《いちのみやくないたいふ》は、同じく細川家臣の内藤元貞《ないとうもとさだ》に領地を横領され、訴訟を起こしたものの聞き入れられなかった。そこで、元服間もない当主の政元を人質にして、所領を取り戻そうとしたのだ。

だが、内藤らは交渉に応じるどころか、別の細川一族を当主に立て、一宮討伐の軍を起こした。一宮一族は粘り強く抵抗を続け、戦は泥沼に陥る。そんな矢先に現れたのが、あの天狗だった。

天狗が去った後、名も知れない武者たちが現れ、政元は小屋から助け出された。聞けば、武者たちは一宮一族の者で、京兆家に寝返り宮内大輔を討ち取ったという。あの天狗が何者かを知る者はいなかった。

結局、小屋にいた者たちは仲間割れを起こし、斬り合いの果てに死に絶えたのだろうということになった。政元が恐怖のあまり、幻を見たのだろうという者もいる。

しかし、あれが幻などであるはずがない。天狗は間違いなく、自分を助けに来た。そしてこの身には、果たすべき天命があるのだ。

己の利のために平然と主君を拉致し、あるいは見捨てる大人たちが言うことなど、まるで信ずるに値しない。だがあの天狗の言葉だけは、不思議と信じられる気がした。

二

近江鈎《まがり》の陣は、戦の最中とは思えないほど緩みきっていた。

ましてや、将軍自らが親征する戦の本陣である。軍勢の数だけは多いが、戦陣らしい張り詰めたものはどこからも感じない。この戦に加わっている誰もが、一年半に及ぶ長陣に倦《あぐ》んでいるのだ。

長享《ちようきよう》元年九月、将軍足利義尚《よしひさ》は、幕命に従わない近江守護六角行高《ろつかくゆきたか》の討伐を号令した。義尚は多くの大名を率いて自ら出陣、一時は行高を甲賀へ追い落とすも、山中での粘り強い抗戦を受けて戦いは長期化している。

そしてつい先日、義尚が鈎の陣中で倒れ、重体に陥った。薬師《くすし》によれば、過度の飲酒と荒淫《こういん》によるもので、この数日が山だという。幕府は諸寺院に平癒の祈禱を命じる一方、子の無い義尚の後継選びに追われていた。

「ここはやはり、義材《よしき》様をお立てするより他ありますまい」

口火を切ったのは畠山政長だった。政長は当年四十八。勝元の後見を受けて長く管領職を務め、勝元の死後は事実上の東軍総大将として応仁の乱を戦い抜き、今も幕府内で隠然たる影響力を持っている。

義尚が本陣とする屋敷の一室。集まったのは政元、政長と、義尚の危篤を知り急遽駆けつけた義尚の生母である将軍家大御台所、日野富子だ。

「義材様は当年二十四。御母堂は大御台様の御妹君。年齢、血筋、共に申し分ござらぬ」

義材は、応仁の乱で西軍に擁立された足利義視《よしみ》の嫡男だった。乱後、父とともに京を去り、今は美濃《みの》へ下向している。

「大御台様、よろしゅうござるか」

富子が頷いた。将軍生母として権勢を持つ富子も、一人息子の危篤にはさすがに打ちひしがれている。

「では早速、美濃へ使いを立て、義材様をお迎えいたしましょう。使者は……」

「お待ちを」

声を上げた政元に、畠山政長が鋭い視線を向ける。激しい権力争いを生き抜いてきただけに、若さを理由に政元を侮ってはいない。

「それがしは、清晃《せいこう》様を次期将軍にお立てすべきと存ずる」

清晃は義尚の叔父で、伊豆堀越公方《ほりこしくぼう》を務める足利政知《まさとも》の次男である。幼少時から京で出家し、天龍寺香厳院に入っていた。

「馬鹿な。清晃様はいまだ十歳。将軍職が務まるとは到底思えぬ」

「最初から、務めを全うする必要はございませぬ。数年は我らが合議にて政務を執り、清晃様にはその間に、将軍家の務めを学ばれればよろしい。清晃様はいまだ俗世に汚されておらず、多くのことを学ぶ余地がござる」

「義材殿はすでに、多くの者の手垢がついている。そう申すのか、右京大夫殿」

訊ねたのは富子だった。死の床にある我が子に、悲しんでいるだけの女ではない。嘆きながらも、今後の政情は冷徹に計算しているはずだ。

「恐れながら、義材様にはすでに多くの家臣がおりますが、政《まつりごと》の経験は積んでおりませぬ。そのような者らが将軍家近臣として幕政に加わっては、天下のためにはなりますまい」

それは、あくまで建前にすぎない。問題は、畠山政長が以前から義材に接近している節があることだった。

これまで政元は、政長と表立って対立することなく、付かず離れずでやってきた。現在の幕府は、政元と政長、そして富子の微妙な均衡によって支えられている。だが、このまま義材が将軍職に就けば、政長の権勢が強くなりすぎる。

加えて、義視の存在が大きかった。義視は、自身が将軍職に就けなかったのは、勝元のせいだと考えている。その息子である政元のことも、敵視しているだろう。義視が大御所として幕政に参画すれば、政元の排除に動く恐れがあった。

「義尚殿は今も、病と戦っております。何も、この場で急いで決めることもありますまい」

富子の言葉でその日は散会となったが、結局次期将軍は義材に決した。富子はここで政長と対立するよりも、自身の甥である義材を将軍に据え、自らの影響力を維持することを選んだのだ。

三月二十六日巳《み》の刻、義尚が没し、六角征伐は中止となった。義材は京に入り、翌延徳二年七月、足利幕府第十代将軍となる。

結果として、政元は清晃擁立に失敗し、幕府での身の置きどころを失うこととなった。

「あの男が死んだか」

同年十二月。その報せを受け、政元はしばし瞑目《めいもく》した。

畠山義就が、河内で没した。病による死だったという。

武略に優れ、応仁の乱では西軍の主力として活躍した名将だ。乱後は、幕府の権威に拠ることなく河内一国を制し、大和にまで勢力を拡げている。義就の支配する領域は半ば、幕府から独立した王国の様相を呈していた。幕府からは幾度も追討令が出され、細川家も軍勢を派遣したが、義就の強さは圧倒的だった。やむなく、領地の割譲を条件に政元単独で講和を結んだこともある。

畠山家の庶子《しょし》に生まれながら、自ら戦場を駆け続け、名将としての名をほしいままにする。既存の権威をものともせず、己の力で己の王国まで築き上げる。その生き様に、政元はかすかな憧憬《しょうけい》を抱いていた。

「そなたには、果たすべき天命がある」

あの時の天狗の言葉が、耳に蘇った。

自分はこの生涯で、何を為すべきなのか。己は何を望んでいるのか。それは、今も見えてはいない。

三

激しく流れ落ちる滝の音が、すべてを圧していた。

政元は両手で固く印を結び、全身を打ちつける水の重みに耐えている。

耐え続けると、やがて重みが消え、冷たさも感じなくなった。

闇が広がっている。己の心の内側。深く、濃い闇だ。その先に何があるのか。心気を研ぎ澄ませた。見えてくるものは何もない。どこまでも、闇が続くばかりだ。

不意に、いくつかの手が政元の腕を摑んだ。滝の下から引き出される。共に旅をしている家臣たちだった。あまりに長く打たれていたので、案じたのだろう。

「案ずるな。どうということもない」

川から上がり、乾いた布で体を拭った。差し出された山伏装束を身に着ける。

しばし休息し、進発を命じた。周囲には、深い山々がいつ果てるともなく続いている。

延徳三年三月。政元は山伏姿で、わずか数名の供廻りを連れて越中、越後の国境に近い山中を進んでいた。東国巡礼と称して京を出発し、半月近くが経つ。その間、敢えて険しい道を選び、旅を続けてきた。

「見えましたぞ」

日が落ちかけた頃、先頭を進む同じく山伏姿の男が前方を指した。杣人《そまびと》たちの使う小屋だろう。今夜は、あそこで夜露を凌ぐことになっている。

男の名は、司《し》箭院興仙《せんいんこうせん》といった。歳は定かではないが、政元とそれほど変わらないだろう。安芸国《あきのくに》の武家出身で、早くから出家して修行に励み、鞍馬山で源義経が学んだという兵法を体得したと言われている。政元はその高名を聞き、師として招いていた。

山伏修行を思い立ったのは、あの時の天狗の言葉が耳に残っていたからだ。

京には、魔性の者どもが巣食っている。そう、天狗は言った。確かに、己が権勢のために他者を欺《あざむ》き、隙あらば出し抜こうとする権力の亡者たちは、その身に魔性を宿しているように思えた。

権力に群がる魑魅魍魎《ちみもうりょう》と対峙するためには、自らも法力を身にまとう必要がある。義材が将軍の座に就き、富子と畠山政長が牛耳る幕府から距離を置いた今が、その好機だった。

当然、修行は楽なものではなかった。一歩間違えば命を失うような険しい崖を登り、滝に打たれ、焚火《たきび》の上を素足で渡る。命の危険を感じたのも、一度や二度ではない。それでも、政元は家臣たちが必死に止めるのを聞かず、行に励んでいる。

近頃では、政元が乱心したという噂が巷でまことしやかに囁《ささや》かれているという。いかにも京童《きょうわらべ》たちが好みそうな噂だが、政元はそれも意に介さなかった。

修行を続けるうち、いつしか周囲の木々や岩、草花と自らが一つに融け合うような、不可思議な心地を感じるようになっていた。あの天狗のように空を飛ぶほどの力を得るにはまだほど遠いが、この体には、確実にこれまでと違う力が芽生えつつある。

不意に、前を行く興仙が足を止めた。それに合わせて、政元と供の者たちも立ち止まる。

あるか無きかの気配を、周囲の森の中に感じる。

「来ましたな」

興仙が言った次の刹那、すぐ傍にいた家臣が仰《の》け反《ぞ》った。こめかみに、短い棒のような物が突き立っている。忍びと呼ばれる者たちが遣う、棒手裏剣だ。

家臣が倒れるよりも早く、森からいくつかの影が湧き出した。薄墨色の装束。筒袖、筒袴に、頭巾で顔も覆っている。

政元は仕込み杖になった錫杖《しやくじよう》の鞘を払い、斬りつけてきた一人の喉を抉《えぐ》る。たちまち、激しい斬り合いになった。剣戟《けんげき》の音が響き、敵味方が目まぐるしく位置を変える。

政元の目は、敵の動きをはっきりと捉えることができた。不意の襲撃に動じずにいられるのも、修行の成果だろう。二人目の足を払い、倒れたところへ切っ先を突き入れる。横から襲ってきた相手が、いきなり崩れ落ちた。うなじのあたりに、興仙の投げた棒手裏剣が突き刺さっている。

気づけば、襲ってきた敵は全員倒れていた。味方も、二人が殺され、一人が手傷を負っている。

「さして、腕の立つ相手ではございませんでしたな。どこの手の者か、心当たりは？」

興仙の問いに、政元は首を振る。心当たりなど、ありすぎて見当もつかない。

「では、まだ息のある者に吐いてもらうといたしましょう」

「忍びの口を割らせるなど、できるものなのか？」

「この程度の相手であれば、容易《たやす》きこと」

珍しく、興仙は口元に笑みを浮かべた。


東国への旅は、なかなかに実りのあるものだった。

越前では、下剋上を遂げた朝倉家の支配をつぶさに確かめ、加賀では、守護を討ち取って一国を制した一向一揆の様子を目の当たりにした。越後の武士たちは、上方とは違い、己の力で土地を守るという意識が強い。その分、気風は荒々しく、幕府や守護の権威を軽んじるところがある。

民の暮らしぶりを、間近に見ることもできた。民は年貢を搾り取られ、戦で家や田畑を焼かれるだけの哀れな者たちではない。自ら戦に加わって略奪に励み、別の村との諍いがあれば、しばしば武力に訴える。

世は確実に、乱世へと向かっている。いや、すでに乱世と言っていいだろう。かつての権威がいたるところで失墜し、下剋上の荒波に晒されている。

幕府の威光も、遠からず消え去り、実力だけが物を言う時代に移っていくに違いない。

それが確かめられただけでも、大きな収穫だった。

「幕府内での地位など、何ほどのものでもない。そうは思わぬか、興仙」

越後の山中で焚火を囲みながら、政元は言った。

「管領だ政所執事だと言ったところで、実力がなければ何の意味もない。守護に任じられても、その者が武力を持たねば、在地の武士も民も、従いはせぬ」

実際、管領を代々務める細川京兆家当主でありながら、政元はほとんどその職に就いていない。やむなく管領職を受けたのは、改元や将軍宣下などの儀式に必要とされた時だけで、いずれも一日で辞している。

「確かに、地位とはその者の力に見合ったものであるべきでしょうな」

興仙が答えた。

「そして、殿がいかなる地位に就くべきかは、殿がいかなる力を求めておられるのかによりましょう」

己が何を求めているのか、政元にはいまだに見えてはいない。

細川家当主の地位は、生まれた時から定められていた。だが、家の繁栄や幕府内での権力争いに興味はない。今動いているのはあくまで、自分の身を守るためだ。権勢など欲しくはないが、降りかかる火の粉にただ焼かれるつもりもない。

「己の欲するところか」

炎を見つめながら、政元は呟くように言った。

「それがわからぬゆえ、こうして旅をしておるのやもしれんな」

二十六歳になった今も、政元は妻帯せず、子も作っていない。いっそ、このまま家も名も捨て、一介の修験者《しゅげんじゃ》として生きるのも悪くないかもしれない。だがそれは、決してかなうことのない望みだろう。

東国巡礼と称してはいるが、この旅の本来の目的は別のところにあった。清晃の実父、堀越公方足利政知との会見である。

政元はまだ、清晃の擁立を諦めてはいなかった。政知やそれを補佐する関東管領上杉《うえすぎ》家との連携を強めておけば、大きな力になる。そのために京を発ったものの、政知は病に倒れ、上杉家からも周辺の情勢が悪化し、会見は難しいと伝えてきた。加えて、幕府からも帰還命令が届いている。足利義材が、義尚が果たせなかった六角征伐を再開するというのだ。

こうなっては、政元も旅を中止せざるを得ない。四月十一日に越後を発ち、二十八日には帰京した。

六角征伐はすでに決定し、政元一人が反対したところで覆《くつがえ》せるものではなくなっていた。それどころか、義材は政元を近江守護に任じ、先鋒を命じた。六角とぶつからせることで、細川家の力を削《そ》ぐつもりだろう。大御所となった義視はすでに病没しているものの、義材は細川家への敵視を受け継いでいるようだった。

八月二十七日、義材は京に集結した大軍を率い、自ら出陣した。六角行高は再び甲賀に逃れ、長期にわたって抗戦するものの、最後には敗れて伊勢へ逃亡。親征は一応の成果を挙げ、翌明応《めいおう》元年十二月に義材は京へ凱旋する。近江守護は政元に代わって、幕府に近い六角一族が任じられた。

この成功に自信を深めた義材は、幕府軍を解散することなく、次の遠征を号令した。畠山義就の嫡男で、義就の死後も河内で独自の勢力を維持している畠山基家の討伐である。

義材の背後で糸を引いているのが、長きにわたって義就、基家と対立してきた畠山政長なのは明白だった。この遠征が成功して長く分裂していた畠山家が統一されれば、政長の権勢は手がつけられないほどになる。そして次に政長が狙うのは、政元と細川一門の排除だろう。

興仙が、越中、越後国境の山中で政元を襲ってきた刺客を激しい拷問にかけた結果、刺客は政長の手の者だと白状した。帰京後、政長とは幕府で幾度も顔を合わせているが、互いに刺客のことなどおくびにも出していない。

護衛に手練《てだ》れを揃え、行動に細心の注意を払っていれば、暗殺の危険は回避できる。だが、権勢を増した政長が表立って細川家の排除を企てた場合、それを阻止するのは容易なことではない。

河内遠征が終わるまでに、事を起こすしかなかった。ここにいたっては最早、手段を選んではいられない。手を拱《こまね》いていれば、すべてを失う。

政元は決意した。足利幕府創設からおよそ百五十年、まだ誰も為してはいない行いを、この手で為す。

すなわち、将軍廃立である。

四

義材が河内に出陣した隙を衝き、武力で京を制して清晃を擁立する。政元がその考えを語ると、家臣たちは意外なほどあっさりと賛同した。

誰もが政元に心酔しているわけではない。主命であろうと、己の利に反すれば、いとも容易く謀叛を起こす。それが、今の世の武士というものだ。

その虎狼《ころう》のような連中が将軍廃立に賛同するのはやはり、己の利のためだろう。細川家が幕政から完全に排除されて力を失えば、家臣たちも不利益を被る。それくらいなら、将軍など廃してしまえ。そんな考えが、家臣たちの顔からは透けて見えた。

「殿のお考えはようわかりました。我ら内衆、事の成就のため、しかと働きましょう」

言ったのは、内衆の一人、上原元秀《うえはらもとひで》である。政元は、かつて拉致された自分を見捨てた内藤元貞を罷免し、元秀に丹波守護代職を与えていた。

「されど、上手く事を運ばねば、かつての赤松満祐《あかまつみつすけ》の二の舞となりましょう」

赤松満祐は、強権的な政で諸人の恨みを買った六代将軍足利義教を謀殺した人物だ。だが、満祐は将軍弑逆《しいぎゃく》の謀叛人とされ、分国の播磨《はりま》に帰国した後、幕府の大軍に囲まれて自刃した。

「まずは、将軍家を殺さぬこと。大義名分を整えること。畠山政長ら一部を除き、諸大名の同意を得ること。この三つが肝要かと」

「わかっておる。すでに、大御台様の了解は取りつけた。幕府政所執事の伊勢貞宗《いせさだむね》、征伐を受ける畠山基家とも、話はついておる」

答えると、元秀はわずかに眉を顰《ひそ》めた。政元が内衆に諮《はか》る前に事を進めていたことが気に入らないのだろう。だが、今は家臣の機嫌を取っている暇などない。

大御台所富子の説得は、さほど難しいものではなかった。将軍就任後、義材は前将軍の生母として権勢を手放そうとしない富子を疎んじ、両者の関係は冷え込んでいたのだ。今も幕府内に強い影響力を持つ富子を引き入れたことで、諸大名の調略もやりやすくなっている。

六角征伐に続いて河内征伐を命じられた諸大名の間には、不満が高まりつつあった。

上方まで大軍を出し、維持するのは並大抵の負担ではない。国許に不安を抱える大名も多く、内心では大半が遠征の中止と帰国を望んでいる。京で変が起これば、幕府軍は瓦解するだろう。

だが、去就の読めない相手が一人だけいた。

周防、長門《ながと》の守護、大内《おおうち》家である。当主の政弘は国許にあり、六角征伐には嫡男の義《よし》興《おき》に一万五千もの大軍を預け、名代として上洛させていた。

大内家は長く周防、に根を張り、北九州にも強い影響力を持っている。交易の利によって西国でも屈指の財力を誇り、軍勢も精強だった。

細川家と大内家の関係は、良好とは言い難い。これまでも、瀬戸内の交易路を巡ってしばしば対立し、応仁の乱では大内政弘が畠山義就と並び、西軍の主力として大軍を率い上洛している。政弘が西軍についたのは、細川家を排除して瀬戸内の覇権を握るのが目的だった。

義材は、かつて大内家が担いだ義視の子であり、その廃立に大内家が加担するとは思えない。かといって、放置しておくのはあまりに危険だ。大内家の大軍が義材を擁して京へ攻め寄せて来た場合、防ぐ手立てはない。

「大内が義材側につけば、事の成否はわからなくなる。何か、よい知恵はないものか」

政元は自邸の書院に興仙を呼び、訊ねた。この数年、政元は信の置けない家臣たちに代えて、興仙を相談役にしている。

「さて、なかなかの難題にございますな」

「味方につけろとは言わん。国許を攪乱《かくらん》して上方から撤兵させようにも、時が無さすぎる。せめて、事が終わるまで傍観するように仕向けられんものか」

「では、一計を案じてみましょう。名代の義興殿は、十六歳の若さとか。そのあたりを突いてみるのがよろしいかと」

「わかった。やり方は問わぬ。そなたに任せよう」


明けて明応二年正月、義材はまたしても政元の反対を押し切り、河内征伐の号令を正式に発し、二月十五日に京を出陣した。

今回、政元には出陣命令が出されていない。六角征伐で自信を深めた義材は、細川家抜きでも遠征を成功させられると踏んだのだ。

「その自信が、仇《あだ》となる」

河内へ向けて続々と京を発していく大軍を見送りながら、政元は笑みを漏らした。

遠征の主力は、将軍家の直属軍である奉公衆の他、畠山政長、大内義興、赤松政則、斯波《しば》義寛《よしひろ》ら。総勢で、二万を優に超える。だがその多くは、赤松政則をはじめとして、すでに政元の決起に賛意を示していた。

順調に軍を進めた義材は二十四日、河内正覚寺《しょうがくじ》に入り、ここを本陣とした。基家方の諸城は次々と陥落し、基家は本城の高屋城へ籠城する。義材は正覚寺にとどまったまま、麾下の大名に高屋城を囲ませた。だが、諸大名の戦意は振るわず、基家方の決死の抗戦もあって攻城は長引き、戦は長期化の様相を見せはじめる。

「時は来た。我らが手で悪《あ》しき将軍家を廃し、政道を正すべし」

四月二十二日夜、具足に身を固めた政元は、自邸に集まった家臣たちに向けて宣言した。続けて、ひそかに呼び集めた将兵が屋敷を発し、京各地へと散っていく。

政元は、清晃に護衛の兵を差し向けてその身柄を確保すると、直ちに義材、政長派要人の屋敷の攻撃に向かわせた。同時に、義材の弟や妹が入っている三宝院、慈照寺といった寺院も破却させる。翌日には政長の子尚順《ひさのぶ》の屋敷を攻め立てた。留守居の家臣たちは屋敷に自ら火を放ち、京から落ち延びていったという。

京市中が騒然とする中、各地で小競り合いが頻発したものの、大きな戦に発展することはなかった。義材、政長派は討たれるか逃亡し、京は呆気なく政元の手に落ちた。義材の寵臣で専横の振舞いがあった公家の葉室光忠《はむろみつただ》も、政元の命で殺害された。

また、駿河《するが》に下向中の伊勢新九郎《しんくろう》（後の北条早雲《ほうじょうそううん》）に、伊豆にいる清晃の異母兄、足利茶々丸《ちゃちゃまる》の討伐を命じた。茶々丸は父政知の死後、清晃の生母と弟を殺害し、事実上の堀越公方として振舞っている。生かしておけば、いずれ将軍の座に野心を抱きかねない。

禍根を断つためにも、早々に消しておくべきだった。

朝廷対策も抜かりはない。政元は挙兵翌日、禁裏に参内《さんだい》し、朝廷に変の趣旨を報告していた。近々朝廷が行う儀式の費用を献金したので、こちらに不利な動きをすることはないだろう。

変を知った遠征軍では、無断で陣を払い、政元に合流する大名が続出した。将軍家に尽くすべき奉公衆の多くも、政元の呼びかけに応じて京へ舞い戻ってきている。

「何とも手応えのない戦にございましたな、殿」

京制圧の指揮を執った上原元秀が勝ち誇るが、政元は首を振った。

「まだだ。まだ、大内の動きが読めん」

大内勢を率いる義興は、和泉国堺《さかい》に在陣していた。変の報せはとうに届いているはずだが、動く気配を見せていない。興仙の策が当たったのか、あるいは事態の推移を見極めようとしているだけなのか。

「大内勢は、混乱が収まるまで動きませぬ。義興殿より、確かに言質《げんち》を取ってまいりました」

閏《うるう》四月に入って間もなく、細川邸に戻った興仙が報告した。

「どうやった？」

「なに、人質を一人、取ったまでにござる」

興仙は野伏せりの仕業に見せかけ、輿入れのため京に滞在していた義興の妹を拉致したという。

「伝え聞く限り、義興殿は情に厚い御仁ということでしたのでな」

「あまり、褒められたやり方ではないな」

「清濁併せ呑むのも、主君の器量というもの。見るべきは結果であって、手段ではござらぬ」

悪びれることなく、興仙が答えた。確かに、魑魅魍魎の蠢《うごめ》く京の都では、生き残るために手段など選んではいられない。

閏四月七日、政元は満を持して政長討伐を命じた。上原元秀、安富元家《やすとみもといえ》を将とする細川勢に、こちらへ転じた諸大名の軍も加わり、総勢四万に及ぶ未曾有の大軍となっている。

義材を擁して正覚寺に拠る政長は、寺の防備を固める一方、自身の分国である紀伊から軍勢を呼び寄せて対抗した。だが、紀伊からの軍勢は赤松政則に敗れ、正覚寺は完全に孤立する。

そして同月二十五日、政元方の総攻撃を受けた正覚寺は陥落、政長は嫡男の尚順を脱出させた後、自刃して果てる。義材は上原元秀に投降し、身柄は京へ送られてきた。

「ようやく終わったな」

政長の首実検を終えた政元は、自邸の書院で興仙に向かって言った。

「だが、これから面倒事は際限なく続く。清晃様を将軍に立て、瓦解しかけた幕府の政を立て直さねばならん。厄介なことよ」

「致し方ありますまい。それが、頂点に立たれる御方の務めというもの」

「頂点か」

望んで立ったわけではない。生き残るためには、こうするしかなかったのだ。

「ところで、大内義興の妹は、しかと送り返したのであろうな」

「御意。右京大夫殿のお手並み、感服仕った。そう言伝《ことづて》を仰せつかっておりました」

「そうか。大内義興とは、いかなる人物だ？」

「いささか甘いところもありますが、稀に見る大器ですな。少なくとも、義材や政長は足元にも及びますまい。やがては、強大な敵として殿の前に立ちふさがることもあり得ましょう」

「それは恐ろしいな」

言いながら、政元は自分が笑みを浮かべていることに気づいた。

「殿が、ご自身の欲するところを見定められぬのは、強き敵に恵まれてこなかったゆえかもしれません」

「敵か。思えば、義材や政長を相手にしていても、血が熱くなるということはなかった」

だが、義興が頭角を現すのは五年、十年先の話だろう。それまで、自分はさしたる敵もいないこの京で、煩雑な政に追われる日々を過ごすのか。

「面倒なことよ」

呟き、政元は小姓に酒を命じた。

五

義材を廃立し、足利義澄《よしずみ》と名を改めた清晃が将軍に就任した後も、戦乱がやむことはなかった。

原因は正覚寺陥落の二月《ふたつき》後、京の上原元秀邸に幽閉されていた義材が、何者かの手引きで脱出したことにある。

畠山政長の旧分国である越中に逃れた義材は名を「義尹《よしただ》」と改め、諸大名に政元討伐の檄《げき》を飛ばした。「越中公方」と称されるようになった義尹の呼びかけに、能登畠山、越前朝倉《あさくら》、越後上杉といった大名が応じ、政元は討伐軍を派遣したものの大敗を喫する。

さらには、政長の遺児尚順が紀伊で勢力を巻き返して河内、大和へ侵攻、仇敵の基家を討ち取る。この勝利で勢いを増した義尹は越中から越前へ侵攻、比叡山延暦《えんりゃくじ》寺も義尹方に加担する。

北の義尹と、河内、大和を制して摂津《せっつ》まで進出し、西と南から京を窺う尚順により、政元は挟撃の危機に陥った。

「久方ぶりに、面白くなってまいった」

自邸の広間に広げた絵図を眺め、政元は笑った。

「面白がっておる場合ではございませんぞ」

「さよう。このままでは、我らはこの都で滅び去ることとなりかねません」

口々に抗議する家臣たちを手で制し、政元は改めて絵図を睨む。

絵図には、京を中心に畿内近国が描き込まれていた。中央の京に置かれた白の碁石は政元。その周囲に置かれた無数の黒石が、義尹方だ。絵図で見る限り、政元の命運は風前の灯火に等しい。

将軍廃立から五年。あれから政元がやったことといえば、利権を巡るつまらない駆け引きと、さして面白くもない小さな戦、そして何かと諍いを起こす家臣たちの調停ばかりだ。将軍廃立に活躍した上原元秀も、その権勢を妬まれ、些細な刃傷沙汰《にんじょうざた》で命を落としている。

巷では、将軍の挿げ替えを成し遂げた政元を〝半将軍〟などと呼んでいる。だが、京を制し、権力を手にしてみても、募るのは虚しさばかりだった。

時折、政元は政務を投げ出し、興仙と共に修行の旅に出た。京童たちは、武士の慣わしである烏帽子《えぼし》もかぶらず、妻帯もしない政元を訝《いぶか》り、奇人と噂している。家臣たちの諍いが絶えないのも、政元に実子が無く、二人の養子を迎えているせいだった。

「京は攻めるに易く、守るに難き地。ここは、将軍家を連れて京を捨て、丹波に逃れるより他ござるまい」

「それしかあるまいな。丹波は細川家の分国。彼の地にて味方を募れば……」

「待て」

絵図から顔を上げ、政元は家臣たちの議論を静めた。

「京は捨てぬ」

「されど、敵は三方から京へ向けて進軍しておるのですぞ。このままでは……」

「我に、策がある」

政元は絵図の一点を指し示した。

「叡山を焼く」

家臣たちが目を見開いた。

「北から京を攻めるとすれば、叡山はかっこうの拠点となる。そこを、あらかじめ焼き払っておく」

「しかし、叡山は王城鎮護の聖地。焼き払うとは、あまりに」

「さよう。彼の地を焼けば、いかなる仏罰が下るか」

「方々《かたがた》、畏《おそ》れる必要などござらぬ」

ざわつく家臣たちに言い放ったのは、興仙だった。

「延暦寺は仏法修行に励むどころか、多くの所領と僧兵を抱え、あまつさえ政にまで口を挟んでくる。ならば、そこらの大名と同じにござろう。戦に負ければ、城を焼かれる。それは、当然のことではござらぬか？」

興仙は今や、政元の側近として家中でも指折りの権勢を誇っている。それを妬み、興仙の追放を求める家臣もいるが、政元はすべて無視していた。

唖然とする表情の家臣たちに、政元は言った。

「彼の地に、仏などおらぬ。存分に焼け」

数日後、有力内衆の赤沢朝経《あかざわともつね》率いる軍勢が京を発した。朝経は外様《とざま》ながら武勇に優れ、家中でも一、二を争う戦上手だ。

七月二十日早朝、京の北東の空に、幾筋もの黒煙が上った。

「赤沢勢、お下知の通り、比叡山に火を放ちましてございます」

朝経からの使いが報告した。

「手を抜くな。叡山の伽藍《がらん》堂舎を残らず焼き払えと伝えよ」

「ははっ」

朝経は政元の下知に従い、本堂たる根本中堂から末端の鐘楼にいたるまで、叡山の堂舎をことごとく焼き払い、京へ帰還した。

政元の狙い通り、義尹勢の進軍は鈍った。十一月二十二日、坂本に陣取っていた義尹を、細川、六角の連合軍が打ち破る。義尹は逃亡し摂津の尚順と合流したものの、政元が差し向けた赤沢朝経に敗れて再び敗走。朝経はさらに大和へも侵攻し、義尹に味方した法華寺、西大寺といった諸寺院を焼き討ちした。尚順は紀伊へ撤退し、義尹は西国へ落ちていったという。

「将軍の首を挿げ替え、叡山まで焼いた。これで、我が悪名も極まったな」

勝利の報を受け、政元は興仙に向けて言った。

「巷では、殿を〝天魔〟と呼ぶ者もおるとか」

「〝天魔〟か。まあ、〝半将軍〟などという半端な異名よりもしっくりとくるな」

「ともあれ、危機は脱しました。殿の権勢を脅かす者は、もはや日ノ本にはおりますまい」

元々細川一門は丹波、摂津、和泉、淡路、備中、讃岐《さぬき》、阿波、土佐と、合わせて八カ国もの守護に任じられている。そしてこの一連の戦で、さらに山城、河内、大和までも勢力下に収めた。版図の広さだけで見るならば、日ノ本最大の勢力は細川一門である。

だが、それはうわべだけの話だった。内衆は互いに反目し、一門の中にも、京兆家の権勢ばかりが強まるのを快く思わない者が多くいる。争いの芽はいくらでもあり、どこで足をすくわれるかわからない。

「一つだけ、お訊ねしてもよろしゅうござるか」

「どうした、改まって」

「殿はすでに、事実上の天下人におなりあそばされました。この上は、将軍家に取って代わり、細川幕府を開くおつもりはございませんのか」

「無い」

政元は即答した。

「征夷大将軍など、もはや名ばかりの存在だ。そんなものになったところで、何の意味もあるまい。わしが将軍家に取って代われば、諸大名は挙《こぞ》って義材の下へ馳せ参じ、京へ攻め上ってまいろう。それに、そもそもわしは、天下人の座に興味などない」

「では、殿は今後、何を目指されます？」

「さあな。足元を固めた後は、修験者として修行に明け暮れるか。あるいは、どこぞに庵でも結び、世捨て人として生きるのも悪くはない」

戯言《ざれごと》めかしたものの、半ばは本気だった。都に巣食う魑魅魍魎どもの相手をすることに、いささか疲れを感じている。すべてを投げ出してしまいたいという思いは、年々強くなっていた。

「興仙。そなたはわしに、何を望む？」

「さて。殿がどこへ行かれるのか。それをこの目で確かめるのが、我が望みやもしれませんな」

「変わった男だ、そなたは」

「天魔の家来にございますゆえ」

珍しく興仙が口にした戯言に、政元は小さく笑った。

六

久方ぶりの戦陣にも、血が昂ぶることはなかった。

永正《えいしょう》四年五月。この前年からはじまった細川家による丹後の一色《いっしき》家討伐は長引き、泥沼の様相を呈していた。

きっかけは、細川家と同盟関係にある若狭の武田《たけだ》元信《もとのぶ》と、一色義有《よしあり》との争いだった。終始押され気味の武田元信が援軍を要請し、版図拡大を望む内衆がこれに応じるよう、政元を突き上げたのだ。だが、政元が派遣した細川勢は苦戦し、政元自らの出馬を要請してきた。渋々腰を上げ、義有の籠もる丹後今熊野城《いまくまのじょう》を大軍で囲んだものの、城の守りは固く、戦況の打開にはいたっていない。

「つまらん戦よ」

細川勢の本陣で、政元は呟いた。

本陣には細川一門衆の他、赤沢朝経、香西元長《こうざいもとなが》、三好之長《みよしゆきなが》ら、細川家を支える重臣たちが居並んでいる。いずれの諸将も、苛立《いらだ》ちを隠しきれず、本陣には重苦しい空気が漂っていた。

一色家は足利家譜代の名門だが、その勢力は細川家と比べるべくもない。その一色家を相手にこれだけ手こずっている原因は、敵よりも、味方にあった。

家臣間の不和。それが、この数年で頂点に達しつつある。発端は、政元の後継問題だった。

妻帯せず、男子のいない政元は、三人の養子を迎えていた。公家の九条《くじよう》家から迎えた澄之《すみゆき》、阿波細川家出身の澄元《すみもと》、同じく一門の野州家《やしゆうけ》出身の高国《たかくに》である。

だが、澄之の実父は朝廷で失脚し、さらに公家の子を後継に立てることへの不満が家中で噴出する。一時は家中で叛乱が相次ぎ、摂津守護代の薬師寺元一《やくしじもとかず》や赤沢朝経までが背くこととなった。幸い、薬師寺の叛乱は素早く鎮圧され、朝経もすぐに降伏したものの、澄之では家中の支持が得られないのは明白だった。

やむなく、政元は阿波細川家から迎えた澄元を後継と定める。

阿波細川家は一門の中でも最有力で、家格は高国の野州家よりも高い。また、澄元に従って京兆家家臣となった三好之長率いる阿波衆は、無類の精強さを誇っていた。之長と阿波衆は各地の戦で活躍し、すぐに京兆家でも重きを占めるようになった。

だが、収まらないのは澄之の後見人を務める有力内衆の香西元長だった。細川家は澄元派と澄之派に分かれ、その対立は日に日に先鋭化しつつある。両派が同陣する丹後攻めが上手く運ばないのも、当然といえば当然だった。

「それにしても、一色程度を相手に、これほど長引くとはな」

政元の言葉に、諸将が俯《うつむ》いた。長々と評定《ひょうじょう》を続けても、打開策は一向に示されない。

嘆息し、政元は一同に告げた。

「わしは、京へ帰る。勅旨《ちょくし》も出ておることだしな」

勅使が政元の陣を訪れ帰京を命じたのは、昨日のことだった。

「一色とは、和睦いたせ。条件は任せる」

「殿、それは」

「我らにも面目がござる。あとしばし、時をくだされ。必ずや一色の者どもを……」

「いつまでも丹後に大軍を張りつけておくわけにはいかん。じきに、西国から義尹の大軍が攻め上ってくるぞ。そなたらの面目を気遣っているうちに、京兆家が滅び、すべてを失うことになってもよいのか？」

明応八年に政元に敗れた義尹は、大内家の本拠である周防国《すおうのくに》山口に逃れ、再び政元討伐を呼びかけていた。大内家をはじめ、かなりの西国大名がこれに応じる気配だという。

朝廷からの帰京命令も、これを受けてのものだろう。

義尹が上洛軍を起こせば、未曾有の大戦となるだろう。丹後の小大名を相手にしている暇などない。政元は赤沢朝経に和睦の段取りを任せ、残る諸将を連れて丹後から撤退した。

五月二十九日に京へ帰還した政元は、屋敷の書院に籠もり、絵図を見つめていた。絵図には、京から瀬戸内、九州の博多までが描き込まれている。

大内家はすでに代替わりし、新当主の義興が着々と地盤を固めつつある。家中もしっかりと統制下に置いており、北九州へも盛んに兵を出し、その勢力は周防、長門の他、安芸、石見《いわみ》、九州の豊前《ぶぜん》、筑前、筑後にまで及んでいる。博多を押さえたことで、その財力もさらに増していた。

「まさか、これほどまでに大きくなるとはな」

独《ひと》り言《ご》ち、政元は笑った。久しぶりに、血の昂ぶりを感じる。

これまでも、政元は義興を警戒し、様々な手を打ってきた。

義興の異母兄大護院尊光《だいごいんそんこう》を調略し、叛乱を起こさせたものの、義興の対応は素早く、失敗に終わった。

朝廷を動かして大内家追討の綸旨《りんじ》を出させ、安芸の武田家や筑前の少弐《しょうに》家、豊後《ぶんご》の大《おお》友《とも》家に大内領を攻めさせたこともある。だが、義興はこれも凌ぎきり、逆に大友家は大敗を喫していた。義興はさらに安芸の毛利《もうり》家を味方に引き入れ、父政弘の代よりも勢力を拡げている。

上洛軍は、少なく見積もっても三万にはなるだろう。紀伊に逼塞する畠山尚順や、政元の専横に不満を持つ畿内周辺の大名も敵に回る恐れがある。

とはいえ、上洛の軍を起こすとなれば、それ相応の準備がいる。本国周辺を安定させ、参陣を呼びかける近隣の諸大名とも交渉しなければならない。挙兵は恐らく、来年の春あたりか。

十日ほど書院に籠もり、一人きりで上洛軍への対応を練りに練った。出来上がった策は、満足のいくものになっている。

策を話すと、興仙は珍しく感嘆の吐息を漏らした。

「一向宗を、動かされますか」

政元は近年、凄《すさ》まじい勢いで門徒を増やしている浄土真宗本願寺派と友好関係を築き上げていた。本願寺門徒の起こした一向一揆が加賀一国を制した際、当時将軍だった義尚は一揆討伐を企てた。政元はこれに強く反対し、討伐令を撤回させている。その時の貸しが、まだ生きているのだ。これを使わない手はない。

政元は、義澄を擁して近江か丹波へ退き、義尹と義興を空になった京へ引き入れる。

そこで、本願寺を通じて畿内の門徒に蜂起を呼びかけ、退路を断つ。それが、政元の立てた策だった。

山科《やましな》に本拠を置く本願寺の門徒は、畿内にも多くいた。一揆の煽動に成功すれば、義興は数万とも数十万とも言われる門徒を敵に回すことになる。本国周防から遠く離れた畿内で、際限なく湧き出る門徒に襲われる。義興にしてみれば、まさに悪夢だろう。

「いかに大内勢が精強であろうと、戦は長引き、諸大名は倦《う》みはじめる。そして敵が門徒との戦いに疲弊しきったところで、細川勢がとどめを刺す。これならば、義興の首も獲れる」

「しかし、義興は京へ入ってくれるでしょうか。京が守りに適さぬことは、義興も承知しておりましょう」

「必ず入る。京は、人を滅びへと誘う魔性の地だ。守り難いとわかっていても、都を制したいという欲求に、人は勝てん。木曾《きそ》義仲《よしなか》も源義経も、南朝の帝《みかど》たちも、そうして滅びていった」

だが政元は、京の魔力に囚われることはない。そのための修行だったのだと、今は思える。

「ご無礼ながら、今の殿のお顔は実に生き生きとしておられます」

興仙が言った。

「ようやく、ご自身の望みを見つけた。そんな顔をされておりますぞ」

「そうかもしれん。やっと、己のすべてを賭けて戦える相手が現れてくれたのだ」

相手の意図の裏の裏まで読みきり、さらにその裏をかく。誰をいつ、どうやって動かし、何をさせるか。想定される戦場は。どこに兵を配すれば、敵を防げるか。すべてに考えを巡らせ、智略と謀略の限りを尽くす。一族郎党だけでなく、己の命や国の行く末までも賭《と》した、壮大な遊戯。それは、自分でも思いがけないほどの充実を政元に与えてくれる。この満ち足りた時こそが、自分が望んだものなのかもしれない。

「上洛軍に勝利した暁には、殿はいかがなされます？」

「大内義興を討つ。それが、我が望みのすべてだ。それから先のことなど、考えてはおらぬ」

「まったくもって難儀な御方です、殿は」

興仙は苦笑し、一礼して退出していった。

今や、日ノ本は各地に群雄が割拠する戦国の様相を呈している。義興に勝てたとして、それから先、自分の血を滾らせてくれる相手が見つかるだろうか。

いや、先のことなどどうでもいい。今は、天が与えてくれたこの遊戯を存分に愉しむまでだ。

七

大地を埋め尽くす骸《むくろ》の上を、政元は歩いていた。

空は暗く、月も星も見えない。ひどい死臭に顔を顰《しか》めながら、政元はどこへ向かっているのかもわからないまま、歩を進める。

不意に、前方でいくつもの骸が蠢《うごめ》き、ゆらりと立ち上がった。兜を失い、髪を振り乱した武者。具足には、折れた矢が突き立っている。

骸の一つがこちらを見据えている。その顔には、見覚えがあった。

「政長か」

畠山政長は答えず、腐りかけた顔でにやりと笑う。

他にも、知った顔がいくつもあった。葉室光忠、薬師寺元一。薙刀を持ち、頭巾をかぶった骸は、叡山焼き討ちで殺された僧兵たちだろう。

「死に損ないどもが」

政元は両手で印を結び、真言を唱えた。畠山政長の肉が削げ落ち、残った骨が朽ちた木のように崩れ落ちる。

「思い知ったか」

だが、骸は再び形を成し、何事もなかったようにこちらへ向かってくる。他の死者たちもぞろぞろと後に続き、政元はたちどころに取り囲まれた。必死に真言を唱えるが、効き目はない。

死者たちの手が、全身を摑む。政長の手が首にかかり、絞めつける。身動き一つできず、政元は絶叫した。

目覚めると、全身が汗に濡れていた。

このところ、毎晩同じような夢を見る。場所も状況も違うが、政元に命を奪われた者たちが復讐に来るのは同じだった。

大きく息を吐き、額の汗を拭う。六月も終わりに近づき、京は夜明け前でもうだるような暑さが続いている。

夢にはすべて、意味がある。未曾有の戦を前に、死者たちの魂魄《こんぱく》がざわついているのだろう。戦を待ちきれず、政元を取り殺そうとしているのだ。あるいはこれも、京の魔性が引き起こしたことかもしれない。

死者の魂につけ込まれるのは、己の弱さだ。戦の前に、修行をやり直すべきだろう。

その日は食を断ち、身を清めることにした。

夕刻、白帷子《しろかたびら》に着替え、湯殿へ向かった。

ふと、屋敷の塀に目をやる。幼い頃、何ということもない塀一枚が、自分と周囲の世界を隔てていた。あの向こうに修羅の巷が広がっていると聞かされても、上手く想像することもできなかった。そして今、政元はその修羅の巷の中心にいる。

空を飛びたいなどという子供じみた夢は、とうの昔に捨て去った。この世を動かす理も、今もってわかりはしない。どれほど修行を積んだところで、人であるこの身には、到底知ることはできないのだろう。

湯殿に入り、水を浴びた。

真言を唱えながら、己の弱い心を叱咤《しった》するように、冷たい水を勢いよくかぶる。一心に続けると、次第に雑念は消えていく。

脳裏に浮かぶものがあった。あの日見た、天狗の姿。強く、美しく、何物にも囚われることなく宙を翔ける。

あれは本当に、現実だったのだろうか。時が経つにつれ、疑念は深まっている。あるいは、己の心の奥底にある願望が、あの幻を見せたのかもしれない。

だが、今となってはどうでもいいことだ。何物にも囚われることなく、この乱世を翔ける。それができる力を、自分はもう手に入れたのだ。

何も恐れる必要などない。京の魔性も死者の怨霊も、自分を縛ることなどできはしない。

不意に、物音が響いた。

足音が交錯し、戸板が蹴破られる。白刃を手に、直垂姿の男たちが雪崩れ込んでくる。三人。いずれも、政元の警護役を務める家臣だ。

「細川右京大夫殿、お命頂戴仕る」

一人が言った。確か、竹田《たけだ》孫七《まごしち》といった。剣術に優れると、興仙が推挙してきた家臣だ。

「なるほど、そういうことか」

政元はすべてを理解した。

興仙はいつの時点からか、大内義興に内通していた。恐らくは、義興の妹を人質に取った際のやり取りからだろう。政元は自嘲の笑みを漏らす。自分としたことが、他人を信用しすぎた。

「だが、まだ斬られてやるわけにはいかん」

立ち上がった刹那、目の前で白い光が閃《ひらめ》いた。咄嗟《とっさ》に上げた左腕に、鋭い痛みが走る。血の糸を引いてちぎれ飛んだ自分の左手を、政元は醒めた目で見た。

こんなものか。胸中で呟く。京の都が持つ魔力。人の力で抗うことなど、できはしなかった。

刃が、腹を貫いた。喉の奥から血が溢れ出す。命が抜け落ちていく。

顔を上げた。興仙。刺客の向こうに立ち、憐れむような目を向けている。政元は興仙に向け、笑ってみせた。

憐れみなどいらん。宙を翔けることこそかなわなかったが、この乱世で、思うままに生ききったのだ。

耐えきれず、膝をついた。目に映るすべてが徐々に色を失っていく。興仙の姿も、血刀を手に立ち尽くす刺客たちも、もう目には入らない。月の見えない夜空にも似た虚無が拡がっていく。

ふと、何かが見えた。何物にも囚われず、軽やかに宙を舞う影。政元は「ああ……」と声を漏らし、届くはずのない手を伸ばす。

永正四年六月、細川右京大夫政元は、漆黒の闇を翔ける天狗を見た。

都は西方に在り

一

厚い雲が、深更《しんこう》の夜空を覆っていた。その下を、無数の軍兵が蠢《うごめ》いている。春とはいえ、まだ二月半ばだった。時折吹く風は冷たく、吐く息は白い。

それでも義興《よしおき》は、鎧直垂《よろいひたたれ》の下に汗が滲むのを感じていた。

「出陣の仕度、整いましてございます」

側近の陶興房《すえおきふさ》に、義興は頷《うなず》きを返した。

方々に篝火《かがりび》が焚《た》かれた館の広大な馬場に、五百の軍勢が集結していた。率いる将は、いずれも信頼できる近臣たちである。こちらの動きを、敵方に悟られるわけにはいかない。

「まこと、御屋形《おやかた》様自ら出陣なされますか？」

豪胆な興房が珍しく、遠慮がちに訊ねる。それだけ、この戦は特別なものだった。

「言うな。決めたことだ」

馬を命じ、鞍《くら》に跨《またが》った。

「出陣」

門が開かれ、軍勢が動き出す。

目指す杉《すぎ》家の屋敷は、同じ周防国《すおうのくに》山口の町にある。大内館《おおうち》からは、ほんの数町の距離だ。

興房の下知《げじ》で、味方は手際よく屋敷を包囲した。決して火を出すな。あの御方は、必ずや生きて捕らえろ。将たちが、兵に命じている。

間者の報告によれば、屋敷にいる敵は百名程度だという。だがそれを率いるのは、家中では興房と並ぶ戦上手だ。何が起きるかはわからない。

義興の異母兄、大護院尊光《だいごいんそんこう》に謀叛《むほん》の企てあり。そう密告があったのは、今から十日ほど前のことだった。

二十三歳になる義興より二つ年長の尊光は、母の身分が低く、元服前に仏門に入れられ、今は山口興隆寺《こうりゅうじ》の別当を務めていた。その尊光を担ぎ出し、大内家を牛耳ろうとしている者がいる。そう判断した義興は、間者に命じて尊光の身辺を探らせた。

間者の調べでは、しばしば人目を避けて興隆寺を訪れる者がいるとのことだった。その者の跡をつけると、必ず大内家重臣、杉家の屋敷に行きつくという。そして今日の夕刻、行商人に身をやつした尊光は、興隆寺を出て杉家の屋敷に入った。

杉家当主平左衛門《へいざえもん》武明《たけあき》は、義興の父の代から大内家を支えてきた勇将だった。尊光の出家前には、その傅役《もりやく》を務めていたこともある。

状況から、武明が義興の打倒と尊光擁立を企てているのは明白だった。このまま少人数で大内館へ討ち入るのか、あるいは尊光を擁して領地へ下り、そこで兵を挙げるつもりか。いずれにせよ、尊光と武明を捕縛《ほばく》するには今しかない。

武明とは幾度も戦場で轡《くつわ》を並べ、戦について、武士のありようについて、多くを教わった。義興にとっては、もう一人の父親も同然だ。その武明がなぜ、自分に弓を引くのか。

「かかれ」

興房の号令が、義興を目の前の現実に引き戻す。

屋敷に向け、一斉に矢が射込まれた。兵たちが、築地塀《ついじべい》を乗り越えていく。直後、塀の向こうから喊声《かんせい》と剣戟《けんげき》の音が響き、いくつもの悲鳴が上がった。

義興は舌打ちした。敵はこちらの動きを察知し、待ち構えていたのだろう。やはり、相応の犠牲を払わなければ、あの男には勝てない。

味方の兵が、数人がかりで抱えた丸太を門に打ちつける。低い音が数度続き、門扉が倒れた。味方の一隊が突っ込んでいくが、待っていたのは矢の斉射だった。

「慌てるな。敵は小勢だ。楯を並べ、数で押せ」

長い戦いになった。敵は戸板や積み上げた米俵に身を隠して矢を放ち、射竦《いすく》められた味方はかなりの手負いを出している。

やがて、敵の矢が尽きた。楯を捨てて斬り込む味方に、敵も抜刀して応戦する。

敵はすでに、死兵と化していた。死を恐れることなく、ただひたすら戦い続ける。味方は明らかに、気を呑まれていた。

「怯《ひる》むな。一人一人、囲んで討ち果たせ！」

興房が下知を飛ばした。落ち着きを取り戻した味方は、数を生かして敵を分断し、着実に倒していく。

義興は馬を下り、歩き出した。

「御屋形様、なりませぬ」

袖を引く興房を振り払い、壊れた門をくぐる。

血の臭いが鼻を衝《つ》いた。斬り合いはなおも続いているが、敵兵は半数以下にまで討ち減らされている。

義興は、髪を振り乱して戦う敵将を見据えた。全身を返り血に染め、鎧には幾本もの矢が突き立っているが、動きは衰えていない。斬りかかった雑兵《ぞうひょう》の腕を飛ばし、太刀《たち》を横に薙《な》ぐ。鮮血を噴き出しながら、首を失った雑兵が崩れ落ちた。

「もうよせ。これ以上、無駄な血を流すこともあるまい」

杉武明が、こちらに顔を向けた。

「御屋形……」

返り血で汚れたその口元には、薄《うっす》らと笑みが浮かんでいる。

「尊光の身柄を引き渡し、降参いたせ。申し開きがあるならば、聞いて進ぜよう」

「甘うござるな。ひとたび死を覚悟した者に降参を促すなど、笑止千万。やはり京かぶれの御屋形は、もののふというものをわかっておられぬ」

「そなたと罵《ののし》り合いをしに来たわけではない。尊光を渡せ。さすれば、そなたの死後も杉家の存続は認める」

「それほど尊光殿を捕らえたくば、それがしを討ち、存分に探されるがよい」

殺気が肌を打った。義興は太刀の鯉口《こいぐち》を切り、抜き放つ。

笑みを湛《たた》えたまま、武明が地面を蹴る。直後、何かが耳元を掠《かす》めていった。武明の喉。一本の矢が突き立っている。放ったのは興房だ。

余計な真似を。思ったが、咎《とが》めはしなかった。自分の腕で、武明には勝てない。

膝をついた武明は、まだ笑っている。その口から、鮮血が溢れ出た。

「上洛は、おやめなされ。都には、魔物がおり申す……」

言うと、武明は首筋に太刀をあてがい、一息に引いた。

二

数日後、義興はわずかな護衛だけを連れ、山口の町を歩いた。

地味な直垂をまとった義興に、道行く民は気づかない。町の外れにそびえる瑠璃光寺《るりこうじ》の五重塔を眺めながら、石州街道に沿って進んだ。

町屋には、普段の活気が戻っていた。当主の兄と重臣の謀叛で少なからず動揺していた民も、おおむね落ち着きを取り戻しつつあるようだ。

京の都を模したこの町には、多数の禅寺や京から勧請した神社仏閣が築かれ、〝西の京〟とも称されている。都の戦火から逃れてきた公家や、朝鮮、明《みん》との交易を生業《なりわい》とする商人も多く暮らし、その賑わいは本家の京をも凌ぐほどだ。往来には武家、公家、僧侶、商人と多種多様な人々が行き交い、市には異国の品々が数多く並んでいる。

義興は、この町が好きだった。生まれたのは京だが、生後すぐに父に連れられ、ここへ移っている。山口の町は気候も穏やかで、四方を囲む山々は季節ごとに違った彩りを見せる。杉武明の討伐で火を出さないよう厳命したのも、この町を戦火で焼きたくなかったからだ。

しかし、尊光を捕らえることはできなかった。杉家の屋敷に入ったのは替え玉で、本物はすでに船で九州へ渡っていたのだ。尊光は豊後大友《おおとも》家の庇護下に入り、還俗《げんぞく》して大内高弘《たかひろ》を名乗ったという。大内家と大友家は北九州の覇権を巡り、長きにわたって戦を繰り返す間柄だった。

一連の事件の裏に誰がいるかは、おおよそ見当がついた。

細川京兆家《ほそかわけいちょうけ》当主、右京大夫政元《うきょうのだいぶまさもと》。今から六年前に将軍廃立を断行、自身に近い足利義澄《あしかがよしずみ》を新将軍に擁立し、幕政を牛耳っている。その比類無き権勢から、今では「半将軍」などと呼ばれていた。

修験道《しゆげんどう》に没頭する奇人だという評判だが、その一方で権謀術数に優れ、常人では計り知れない謀略も駆使する人物だった。

大内家と細川家は、大陸交易の主導権や瀬戸内の覇権を巡り、古くから対立を続けてきた。応仁、文明の大乱でも、東軍の総大将だった政元の父細川勝元《かつもと》に対抗し、義興の父政弘《まさひろ》は西軍の主力として戦っている。

政元が今、最も恐れているのは、西国一の勢力を誇る大内家が京の回復を目論む前将軍義尹《よしただ》を奉じて上洛することだろう。京を脱出して北陸に逃れた義尹は、諸国の大名にしきりに政元討伐を呼びかけている。義興のもとにも、頻繁に上洛を求める使者が訪れていた。

「杉武明殿の謀叛は、細川政元の調略によるものと見て、間違いありますまい」

事後の処理を任せた陶興房が報告した。

「尊光……高弘が大友の庇護下にある以上、上洛軍を起こせば背後を衝かれる恐れがあります。国内の動揺を鎮めるためにも、しばらくは動けぬかと」

「まんまと政元の術中に嵌《は》まったということか。やはり、恐ろしい男だな」

政元としては、謀叛が成功しようが失敗しようが、どちらでもよかったのだろう。義興が国許を離れられなくなれば、それで目的は達せられるのだ。

政元に煮え湯を飲まされるのは、これが初めてではなかった。

六年前の政変の際、十七歳の義興は父の名代として軍勢を率い、上方に在陣していた。その時、京にいた義興の妹が何者かに拉致されるという事件が起こる。

解放の条件は、政元が兵を挙げた際に、中立を保つことだった。義興はやむなく条件を飲み、その直後に起こった将軍追放劇を静観せざるを得なくなったのだ。

その後、政弘は義興の対応に激怒し、義興の近臣数名を切腹させた。仇敵《きゆうてき》の細川に息子が手玉に取られたことが、よほど腹に据えかねたのだろう。

周防、長門、筑前、豊前《ぶぜん》の守護を兼ね、さらには安芸《あき》、石見《いわみ》にまで勢力を拡大した政弘は、軍略、政略に優れた大名である一方、和歌や連歌《れんが》、能や絵画に造詣の深い文人でもあった。没して四年が経つ今も名君として慕われる政弘だが、義興にとっては心を許せる父親ではなかった。

義興は本来、家督を継ぐはずではなかった。政弘の跡継ぎは歳の離れた同腹の兄だったが、若くして病没し、義興が代わりに嫡男となったのだ。

父は文武に優れた兄と義興を事あるごとに比較し、新しい跡継ぎの不甲斐なさを嘆いた。息子の一挙手一投足に目を配り、気に入らないところがあれば厳しく叱責する。些細な不手際で、義興の気の置けない近臣が役目を解かれることもしばしばあり、父の在世中、義興は常に緊張を強いられていた。

京に再び大内の旗を立てる。それが、父が最後まで抱いていた望みだった。

応仁の乱は事実上、西軍の敗北に終わり、幕府の六角《ろっかく》征伐で再上洛した際も、父は病を患って中途で帰国している。勝元以来、幕府の中枢を占め続ける細川家への対抗心もあったのだろう。領内の支配を強化し、有力家臣の勢力削減に努めたのも、上洛を果たして細川家を打倒するための布石だった。

志半ばで死の床に就いた政弘は、自身の夢を義興に託した。

京へ上り、細川を討て。大内の名を、天下に知らしめよ。その言葉は、遺言というよりも、呪いのように義興の耳に残っている。

七月、義尹は越前朝倉《あさくら》家の支援を受けて政元討伐の号令を発し、南からも畠山《はたけやま》の軍勢が細川領へ侵攻した。

だが、窮地に立たされた政元は、義尹に味方する比叡山延暦寺《えんりゃくじ》を焼き討ちするという奇策に出る。九月には畠山勢を破り河内《かわち》を制圧、近江に兵を進めた義尹自身も敗れ、細川包囲網は瓦解《がかい》した。

「まさか、叡山を焼くとはな」

興房の報告を受け、義興は呻《うめ》いた。

「修験道に凝っているとは聞いたが、仏罰さえも畏《おそ》れぬのか」

「まさに、天魔の所業にございます」

将軍の首を挿《す》げ替えるだけでも、まっとうな武士ならば二の足を踏む。さらに聖地である叡山に火を放つなど、義興には考えも及ばない。やはり政元という男の思考は、常軌を逸している。

「ともあれ、これで政元は窮地を脱しました。細川京兆家の権勢は盤石《ばんじゃく》なものとなりましょう。上洛は、よりいっそう難しくなりましたな」

その間、義興は九州で大友家との戦いに忙殺されていた。高弘を庇護下に置いた大友家が、旧領奪回を目指して豊前に攻め入ってきたのだ。家中の動揺がいまだ治まりきらない中、援軍派遣は間に合わず、豊前の拠点宇佐《うさ》郡《ぐん》妙見嶽城《みようけんだけじよう》が陥落する。義尹からの上洛要請は矢継ぎ早に届いていたが、今国許を空けるわけにはいかなかった。

こうした中、政元に敗れた義尹が山口へと逃れてきた。

受け入れを拒むわけにもいかず、義興は九州出兵を延期し、義尹を歓待した。

「この山口は京の都にも劣らぬ繁栄ぶりと聞いておったが、評判通りのようじゃな。これだけ栄えておれば、矢銭《やせん》（軍資金）にも事欠くまい。何とも羨ましき限りよ」

宴の席で、義尹は皮肉な笑みを湛えながら言った。自分が政元と戦っている間、上洛せず国許にいた義興への嫌味だろう。

文正元年の生まれというから、義興よりも十一歳年長になる。長く流浪を続ける苦労人ゆえ、いま少し人間が練られているかと思ったが、そうでもないようだ。ただ、その目の奥には、容易には消えそうにない野心の光が煌々《こうこう》と点《とも》っている。

「して、上洛はいつになる。細川右京大夫は将軍に弓引き、叡山を焼いた大罪人。疾《と》く、これを討つが臣下の務めであろう」

その口ぶりから、他人が自分のために戦うのは当然だという思いが透けて見える。戦になれば多くの兵が死に、民が苦しむという現実が、まるで目に入らないのだろう。

これが、一度は征夷大将軍としてこの国の武士の頂点に立った人物か。落胆を覚えながら、慎重に言葉を選んで答える。

「上洛するにしても、強大な細川一門を打ち破るには、それ相応の準備と地ならしが必要となりまする。直ちに兵を起こすというわけには」

「余は、京の都へ帰らねばならん。征夷大将軍たる余に、これ以上流浪を重ねよと申すか」

　義尹の目が、異様な光を放っている。政元への恨みか、それとも都への執着か。気圧されそうになるのを感じながら、義興は言葉を継いだ。

「急《せ》いては事を仕損じると申します。まずは旅の疲れを癒やし、英気を養うが肝要にございましょう」

「よかろう。恃《たの》みに思うておるぞ」

　義尹は不満げだったが、それ以上は言葉を重ねない。すぐに上洛軍を起こせる状況にないことは、理解しているのだろう。

「大樹《たいじゅ》（将軍）をいかが見た？」

　宴が終わると、興房を呼んで訊ねた。

「恐れながら、天下人たる器ではございませんな」

　悪びれる様子もなく断言する興房に、義興は苦笑する。

「あの御方の頭にあるのは、己のみ。あの様子では、上洛のためなら何をしでかすかわかりませんぞ」

　義興は頷いた。

　大内家中にも、上洛を望む者は多い。細川家のように京を押さえて幕政を牛耳れば、自らも恩恵に与《あずか》れると考えているのだ。義尹がその者たちを煽《あお》り、義興を突き上げてくることも考えられる。

「窮鳥《きゅうちょう》懐に入れば猟師も殺さずと言うが、扱いを誤れば、庇《ひさし》を貸して母屋を取られかねんな」

「されど、逃げ込んできた以上、追い出すわけにもいきますまい」

「厄介なことだ」

義興自身は、上洛には否定的だった。

周防から京の都は遠い。政元率いる細川一門と真正面からぶつかれば、勝てたとしても、相当な犠牲が出るだろう。上洛して幕府の要職を占めたところで、それに見合ったものが得られるかどうかもわからない。

そして何より、義興は己の器量に疑問を抱いていた。

大内家は強大だ。だがそれは、代々の当主が数多《あまた》の血を流しながら手にした力だった。上洛すれば、自分の代で父祖が築き上げたものをすべて失うかもしれないのだ。ならば、中央の情勢に惑わされず、自領の維持に努めた方がいい。

「しばらくは、言を左右にして上洛を引き延ばす。政元にも、周防まで遠征するだけの力はあるまい。交渉次第では、大樹に京へお帰りいただく道も見えてまいろう」

「御意」

義興の脳裏に、武明の最期の言葉が蘇った。

都には、魔物がいる。あるいは、義尹の都への異常な執着も、その魔物の仕業なのかもしれない。

三

上洛の兵を挙げることなく、義尹を京へ送り返す。その目論みは、呆気なく潰《つい》え去った。

文亀《ぶんき》元年、政元は朝廷を動かし、帝に義興討伐の綸旨《りんじ》を出させたのだ。これにより、義興は逆賊とされ、安芸の毛利、武田《たけだ》、豊後の大友、肥前の少弐《しょうに》、肥後の菊池《きくち》、阿蘇《あそ》といった西国諸大名のほとんどを敵に回すことになった。政元は、自身で一兵も動かすことなく、大内家を窮地に追い込んだのだ。

綸旨を受けて真っ先に動いたのは、大友と少弐の両家だった。閏《うるう》六月、両家の軍勢は合流して豊前に攻め入り、大内方の馬ヶ岳城《うまがたけじょう》を攻略する。

義興は一報を受けると、すぐさま興房を大将とする大軍を編成して九州へ送った。興房は大友、少弐連合軍を破って馬ヶ岳城を奪回したものの、後手に回っている感は否めない。その後も大友、少弐は活発に兵を動かし、興房はその対応に忙殺された。

義興は窮余の一策として、義尹を利用した。義尹を仲介役として大友家に和睦を申し入れたのだ。九月、大内、大友の和睦が成立したことで、少弐も豊前から兵を退《ひ》いた。

「これで、大樹に大きな借りを作ることになったな」

九州から戻った興房に言って、義興は嘆息した。後顧《こうこ》の憂《うれ》いが消えた今こそ上洛の時だと、義尹からは矢のような催促が来る。

「それがしが大友、少弐の首を獲《と》っておれば。力及ばず、面目次第もございませぬ」

「致し方あるまい。戦は時の運。馬ヶ岳城を取り戻してくれただけでも、見事な働きだ」

とはいえ、これで朝敵の烙印が消えたわけではなかった。綸旨を撤回させるには、上洛して朝廷を動かし、綸旨を無効にする必要がある。政元との直接対決は、避けられそうもない。

「やはり、上洛は拒めませぬか」

「やむを得まい。だが、すぐにというわけにもいかぬ。しっかりと足元を固め、十分な大軍を調えてからだ。少なくとも、まだ数年はかかろう」

「敵はあの、細川右京大夫ですか」

戦になれば無双の働きぶりを見せる興房だが、政元には戦場の猛将、豪傑とは別種の恐れを抱いているようだ。それは、義興も同じだった。

あの男と戦って、本当に勝てるのか。何か、こちらが考えもしないような策を仕掛けてくるのではないか。想像するだけで、肌が粟立つ。だが、その策を見てみたいという思いも心のどこかに、確かにある。

「御屋形様もやはり、もののふであらせられます」

義興の心中を見透かしたように興房が言い、義興は苦笑した。

上洛の準備には、思っていた以上の時がかかった。

長期の遠征に耐えられるだけの矢銭と武具兵糧を蓄え、長く国許を留守にしても領内が揺るがないよう手配りをする。近隣諸大名の動きに目を光らせ、同時に畿内の情勢も注視しておかなければならない。義尹は相変わらず上洛を急かしてくるが、しっかりと腰を据えてかからねば、上洛軍は内側から崩れかねないのだ。

表面上は大きな戦もない平穏な日々だが、裏での政元との謀略戦は、今も激しさを増しながら続いている。

上洛準備と並行して、義興は細川方に様々な調略の手を伸ばしていた。安芸では、義興追討の綸旨を受け取った毛利家を懐柔し、こちらへ寝返らせた。勢いに乗じ、安芸の武田元繁《もとしげ》を服属させることにも成功している。

永正元年には、京兆家の有力被官で、摂津守護代を務める薬師寺《やくしじ》元一《もとかず》を調略し、政元に叛旗を翻《ひるがえ》させた。だが、謀叛は直ちに鎮圧され、元一は自害に追い込まれている。政元は余勢を駆って河内、大和にまで勢力を拡げていた。

やはり、尋常な手段では政元に勝てない。改めて痛感した義興はある晩、寝所に一人の男を呼んだ。

「参上仕《つかまつ》りました」

庭に片膝をついているのは、小者姿の中年の男だった。父の代から使っている忍びの一団の長《おさ》である。どれほどの腕なのか義興は知らないが、命じた仕事をしくじったことはない。

「一人、消してほしい人物がいる」

「細川右京大夫殿、ですな？」

義興は無言で頷いた。

「容易な仕事ではございませぬ。細川右京大夫の側には、司箭院興仙《しせんいんこうせん》と申す手練《てだ》れがおりますゆえ」

「興仙……あの、不可思議な男か」

「ご存知でしたか」

知っている。会ったのは、もう十年以上も前のことだ。

「一年、いや二年かかっても構わん。何としても、政元を仕物《しもの》（暗殺）にかけよ」

「承知」

男は常のように、「必ずや」とは言わなかった。それだけ困難な仕事だということだろう。

盤石に見える細川家の唯一の弱点。それは、後継者が定まっていないことだった。修験道に没頭する政元は、女人を近づけず、子もいない。政元という要さえ取り除けば、後継を巡って有力一門は必ず対立し、細川家は割れる。

卑怯という思いが、ないわけではない。だが、それで戦が有利に運べるのであれば、あらゆる手段を尽くすべきだ。後ろ暗さは、自分一人が抱えればいい。

永正三年も暮れかけたある日の夜、義興は異様な気配を感じ、目を覚ました。

寝所の片隅。闇の中に、何かがいる。冷ややかで禍々《まがまが》しいが、物《もの》の怪《け》の類ではなく、確かに人の気配だ。部屋の気は冷えきっているが、義興の背中には汗が滲んでいた。

いつか、これと同じ気配を感じたことがある。思いながら体を起こし、闇に向けて低く誰何《すいか》した。

「何奴か」

「久しゅうございますな、大内様」

聞き覚えのある声。すぐに思い当たった。

「司箭院興仙、か」

「覚えておられましたか」

忘れるはずもない。あれは十三年前、政元が義尹を追放する直前のことだ。攫《さら》われた妹の解放条件を伝えるため、義興の陣屋に忍び込んできたのが、この興仙だった。あの時と同じように、宿直《とのい》の武士たちは薬か何かで眠らせたのだろう。

「今も政元の側におると聞いたが、私の首を獲りにまいったか」

答えず、興仙は膝を進めた。灯明《とうみょう》のわずかな明かりが、山伏《やまぶし》姿の興仙を照らし出す。

「害意はござらぬ。これをお届けに参上したまで」

興仙は傍らに置いた桶から、中身を取り出す。先に政元暗殺を命じた、忍びの長の首だった。覚えず、喉がごくりと鳴る。

「次代の天下人が使う忍びにしては、いささか腕が足りませぬな」

「天下人だと？」

「上洛して中国から畿内までを制すれば、大内様は事実上の天下人となられる。細川はもとより、足利さえも滅ぼして、ご自身が将軍の位に就くこともかないましょう」

「興味はないな。私が上洛するのは、大樹を京にお戻しし、応仁の大乱以来、乱れに乱れた政道を正すためだ」

「ほう」

興仙は笑ったようだった。

「自ら天下人として立つおつもりはない、と？」

「私は覇者たる器ではない。天下に再び秩序が戻り、大内の家が安泰となればそれでよい」

「なるほど、欲の無いことだ。ならば、大内様がいかようにしてその秩序なるものを打ち立てるか、とくと拝見させていただくとしましょう」

「何だと？」

「遠からず、畿内は大きく乱れまする。大内様の器量でその混乱を治められるか否か、試してみられるがよい」

衣擦《きぬず》れの音だけを残し、気配が消えた。

夢ではない。忍びの長の首は、間違いなくここにある。

細川政元が刺客に襲われ落命したのは、それから半年後のことだった。

四

興仙の予言通り、畿内は大混乱に陥っていた。

永正四年六月二十三日、細川右京大夫政元暗殺。翌日、政元の養子細川澄之《すみゆき》を擁する一派は、もう一人の養子で阿波細川家出身の細川澄元《すみもと》邸を襲撃し、京を制圧する。

辛くも脱出して近江へ逃れた澄元は、家臣の三好之長《みよしゆきなが》、政元のもう一人の養子である細川高国《たかくに》の協力を得て反撃に転じ、八月、京に攻め入り澄之を討ち取る。澄元は将軍義澄に謁見して細川京兆家当主となったものの、若年で病弱なため、之長に政務を一任した。

しかし、阿波細川家の一家臣に過ぎない之長の台頭に、京兆家譜代の内衆《うちしゅ》が反発した。早くも京兆家内部では、畿内に領地を持つ内衆と、阿波を本拠とする三好一党の間に深刻な亀裂が生じている。

義興はその年の暮れ、義尹を奉じて山口を出陣した。近隣の大名、国人の軍勢も加え、兵力は一万五千に達している。

大軍を擁しながら、義興は備後鞆《びんごとも》の浦《うら》にとどまり、形勢を窺《うかが》っていた。ここで迂闊《うかつ》に飛び込めば、京を中心とする混沌に取り込まれ、身動きが取れなくなる。

義興が目をつけたのは、細川高国だった。政元の養子の一人ではあるが、他の二人に比べて家格は低く、後継者候補とは目されていない。まだ二十四歳と若く、三好之長の専横に不満を募らせているという。

翌永正五年三月、高国は伊勢神宮参拝を名目に京を出奔《しゅっぽん》、伊賀で三好討伐の兵を挙げる。四月十日、細川家中の反三好勢力を結集した高国は京へ侵攻、形勢不利と見た之長は自邸を焼き、澄元を連れて近江へ逃れた。次いで将軍義澄も近江へ逃亡し、京は高国の制するところとなった。

義興、義尹は四月二十六日、五百艘《そう》に及ぶ大船団で和泉国堺《さかい》に上陸、伺候した高国を細川京兆家当主に任じると、五月に澄元方の摂津池田城を攻略、六月に入り、ついに入京を果たした。

都の地を踏むのは、実に十五年ぶりだった。だが、自らが望んだ上洛ではない。見物の群衆で埋め尽くされた都大路を進んでも、これといった感慨はなかった。とはいえ、歓呼の声で迎えられた将兵は、誇らしげに胸を張っている。

京に入った義興は、下京六角油小路《しもぎょうろっかくあぶらこうじ》に宿所を構えた。義尹は、戦乱で主《あるじ》のいなくなった一条室町《いちじょうむろまち》の吉良《きら》邸を改修し、宿所としている。

「軍規を徹底させておけ。つまらぬ諍《いさか》いは起こさせるな」

宿所で軍装を解くと、義興は命じた。義興、高国に河内の畠山尚順《ひさのぶ》も加わり、京には三万をはるかに超える軍勢が集っている。些細な喧嘩沙汰が、大きな戦の火種にもなりかねない。

「とうとう、ここまでこぎつけましたな」

言った興房の顔は、いくらか晴れやかだった。大内の兵を一人も損なわず上洛できたことに安堵しているのだろう。大内家の武を担う名将であっても、戦を心から好んではいないのだ。

「気を抜くでないぞ。近江に逃れた三好之長が、いつまた攻め寄せてくるやもしれん」

「手抜かりはございませぬ。三好之長はさながら、虎狼《ころう》のごとき猛将と聞きます。その配下の阿波衆も精強との由」

之長は応仁の乱で初陣を飾り、その後も阿波細川家、あるいは京兆家の下で戦歴を重ねてきた。

だが忠実な臣というわけではなく、京でしばしば起こった土一揆の首謀者として、政元に弓を引いたこともある。人となりは傲慢で、粗暴な振る舞いも多いというが、それでも重用され続けてきたのは、それだけ有能だという証だろう。

「手合わせしたいなどと思うなよ。我らの役目はあくまで、傾いた幕府を立て直し、畿内に秩序を取り戻すことだ」

「無論、承知いたしております。されど、共に戦うべきお味方が……」

「油断がならぬか」

「戦陣で全幅の信頼を寄せられるかと言われれば、心もとないというのが正直なところです」

義尹にしろ高国にしろ、隙あらば幕府内での主導権を握ろうと画策してくるだろう。今回の上洛戦に参陣している安芸の武田元繁、毛利興元《おきもと》、出雲《いずも》の尼子《あまご》経久《つねひさ》らも、大内の武力を恐れて従っているだけだ。情勢次第では、いつ敵に回るかわからない。

とはいえ、上洛という大きな山は越えた。

義興は三十二歳になっていた。もう、若いとは言えない。昨年には、嫡男の亀童丸《きどうまる》も生まれている。京へ向けて山口を出陣する直前だったので、ろくに顔も見ていない。できることなら、早く周防に帰って息子を抱いてやりたかった。

あの気配を感じたのは、その夜のことだ。

「やはり、まいったか。警戒は厳重にしておいたはずだが」

褥《しとね》で体を起こし、闇に向かって訊ねる。

「何の。まだまだ甘うござる」

興仙は、何ということもないように答えた。

「それにしても、お見事な手際にござった。細川の内紛を煽り、自らは一兵も損ずることなく京に入られるとは」

「何故、政元を殺《あや》めた？」

何か証があるわけではない。だが政元を討ったのはこの男だと、義興は確信している。

「彼の御仁は、天下を将棋や囲碁の盤面のように見立て、難局をどう打開するか愉しむというところがありましてな。特に、大内様との勝負は心から愉しんでおりましたぞ」

「なぜ殺めたのかと訊いている」

「それはそれで面白き御仁ではござったが、いささか飽き申した。やはり、自ら局面を動かすような御方こそが、天下人に相応《ふさわ》しい」

「それで、政元を討ち、当家にすり寄ってまいったか」

「勘違い召されるな。それがしは大内様に、いかなる見返りも求めませぬ」

「ならば、何のために」

「我が望みは、この国の歴史が動く様を間近で見届けること。そしてその様は、面白ければ面白いほどよい。ゆえに、政元殿を弑《しい》し奉った」

「己が愉しみのために、歴史を動かすと？」

「さよう。そして、大内様のご器量を見込み申した。この御仁が天下を獲られる様を、見てみたいと思うたのです」

「先にも言うたはず。私に、天下人たる器量などありはせぬ」

「しかし、あの収拾のつかない混乱を治めて上洛なされた大内様を、都人は歓迎しておりますぞ。ご自分を卑下なさいますな。大内様は十分に、この国の頂点に立つご器量をお持ちです」

「信じられんな。政元の死がなければ、京へ入れたかどうかも疑わしい」

自分は、政元との戦いに勝ってここにいるわけではない。その事実は、喉に刺さった小骨のように義興の中で引っかかっている。

「まあ、己の器量は己で計る他ありますまい。それよりも今は、身辺に気をつけられませ。この都には、多くの魔物が棲んでおりまする」

「そなたも、その一人ではないのか」

「あるいはそうやもしれませぬ。されど、ここで大内様に死なれては、それこそ面白うござらぬ」

興仙は懐から小さな鈴を取り出した。

「それがしに御用がおありの際は、これを見えるように身につけられませ。いつなりと参上いたしまする。先も申した通り、褒美も見返りも無用にございます」

そう言い残し、興仙はまた音も無く消えていった。

あの男は使えるか。考えて、すぐにやめた。腕は立つが、できれば頼りたくはない相手だ。

魔物が棲む、か。杉武明の言葉はやはり本当のようだと、義興は思った。

七月、義尹は朝廷から再度征夷大将軍に任官され、義興は山城守護職に任じられた。九月には従四位上に叙任され、朝敵の汚名も返上する。

懸念された澄元、之長の反攻はなく、その年は平穏のうちに暮れていった。義興の上洛以来、畿内では大きな戦もなく、混乱はおおよそ鎮まっている。京に不慣れな大内の兵が洛中《らくちゅう》で揉め事を起こすことがたびたびあったが、幸い大きな問題にはなっていない。

だが、義興の帰国の願い出は、義尹に却下され続けていた。澄元、之長の勢力はいまだ消滅したわけではない。京を守るには、高国の武力だけでは心もとないのだろう。

都に戦雲がたなびきはじめたのは、永正六年六月のことだった。近江甲賀で逼塞《ひっそく》していた之長が琵琶湖を渡り、洛東《らくとう》の如意《にょい》ヶ嶽《がだけ》に布陣したのだ。その兵力は、およそ三千。

「三好之長は、相当な戦上手との由。たった三千で我らに挑む無謀は冒しますまい。恐らく後方に、澄元の本隊がいるものと思われます」

義尹邸で開かれた軍議の席で、義興は言った。高国や河内の畠山尚順、安芸の毛利興元、武田元繁、出雲の尼子経久らも列席している。

「では、いかがいたす？」

義尹が不機嫌そうに下問した。都を見下ろす如意ヶ嶽まで敵の侵攻を許したことが不満なのだろう。

「幸い、兵力では我らが優勢。敵の本隊が合流する前に、力攻めで如意ヶ嶽を落とします。敵も、我らが今日のうちに攻め寄せてくるとは思いますまい」

陶興房、細川尹賢《ただかた》の二人を大将とする二万の軍が、折からの風雨を突いて出陣した。

味方は如意ヶ嶽に接近するや、圧倒的な兵力を背景に山を駆けあがる。攻め立てられた三好勢は殲滅《せんめつ》されるかに見えたが、夜半から濃い霧が立ち込め、之長を討ち取ることはかなわなかった。

形としては味方の圧勝だが、之長と澄元はその後、本拠の阿波へと落ち延びていった。

興房によれば、如意ヶ嶽の敵は弱兵ばかりで、ほとんど戦意も見られなかったという。もしかすると之長は、如意ヶ嶽での戦は最初から捨てていたのかもしれない。自身と澄元が阿波へ逃れるために、三千の兵を囮《おとり》にしたとも考えられる。だとすれば、恐ろしい男だった。

十月には、義尹が刺客に襲われ、自ら太刀を振るって撃退するという事件が起こった。刺客は、近江に残った足利義澄の放ったものと判明した。怒り心頭に発した義尹は翌年、近江攻めを命じたが、名乗りを挙げた高国は大敗を喫し、京へ逃げ戻っている。

さらに翌年の夏、義尹の陣営に衝撃が走った。播磨、備前、美作《みまさか》守護の赤松義村《あかまつよしむら》が、澄元方に寝返ったのだ。

これを受け、澄元は一門の細川政賢《まさかた》、元常《もとつね》を主将とする軍を和泉に上陸させた。高国の家臣が迎撃に向かったものの、七月十三日に和泉深井郷《ふかいごう》で惨敗、澄元方は余勢を駆って摂津へ侵攻する。これに赤松義村の軍も合流し、摂津鷹尾城《たかおじょう》を攻略、さらに要衝の伊《い》丹城《たみじょう》を囲んだ。

度重なる敗報に、京は騒然としていた。義尹方の敗北を予期して、荷をまとめて京を逃げ出す商人も出はじめている。

「苦しくなってまいりましたな。澄元方の勢いは、容易なことでは止められませんぞ」

自室に呼んだ興房が、絵図を睨《にら》みながら言った。

「ここで、澄元と三好之長の本隊が阿波から出てくれば、摂津、和泉は敵の手に落ちまする」

そうなれば、義興は本国の周防と完全に分断される形になる。

「京は、一旦明け渡すしかあるまい」

京は守りに適した地形ではない。防戦して無駄な犠牲を出すよりも、一度退いて態勢を立て直し、逆襲に転じる方が理に適っている。

「しかし、大樹や高国殿が反対されましょう」

「説き伏せるしかあるまい。京を守ろうとすれば、確実に負ける。まずは京を空け、敵の先鋒を引き入れる」

「阿波の澄元本隊はいかがなさいます？」

「堺にいる多賀谷《たがや》武重《たけしげ》に押さえさせる。何としても堺を死守せよと伝えよ。船も用意させておけ。戦況次第では、堺から海路で帰国することも考えねばならん」

最悪の場合、義尹と高国を置き去りにすることもあり得る。

幕府を立て直すことよりも優先されるのは、大内家が生き残ることだ。あの二人の戦に、最後まで付き合うつもりはなかった。

「都に、未練はございませぬか」

「無い」

躊躇《ためら》いなく答えた。少なくとも、義尹や高国のように、京に執着してはいない。

「だが、みすみす負けるつもりもない。打てる手はすべて打つ。周防に帰るのは、万策尽きた時と心得ておけ」

自分の器量が試されているのだと、義興は思った。ここで負けるようなら、最初から天下の政《まつりごと》を云々《うんぬん》する器ではなかったということだ。

そろそろ、義尹邸での軍議の刻限だ。

義興が腰を上げると、帯につけた鈴が小さな音を立てた。

五

八月十六日、義尹方は京を捨て、丹波へと退いた。全軍で、二万五千である。

予想通り、義尹と高国の説得には難儀したが、何とか説き伏せた。京へは、入れ替わるように澄元方の軍勢が入っている。

物見の報告では、敵の兵力は六千程度だという。思ったよりも少ないが、摂津伊丹城を包囲中の赤松勢と近江の足利義澄が合流すれば、さらに一万から一万五千が加わることになる。

「御屋形様」

数日後、義興の陣屋に興房が駆け込んできた。

「足利義澄が」

去る八月十四日、滞在中の近江九里城《くのりじょう》で没した。まだ三十二歳の若さで、急な病によるとのことだった。近江に放った間者からの報せで、いまだその死は伏せられているが、間違いはないという。

「そうか」

興仙は、義興の依頼をしっかりと果たしたらしい。

対立する相手とはいえ、前将軍を暗殺したことに、義興はかすかな恐れを覚えた。将軍の首を挿げ替えた政元でさえ、義尹を殺そうとはしなかったのだ。

考えるな。かつて将軍の位にあった男が死んだだけだ。自分に言い聞かせると、何事もなかったように興房に命じた。

「京に人をやり、義澄の死を触れ回らせろ。数日中に、京の敵に決戦を挑む」

伊丹城は赤松勢を相手に善戦し、堺でも多賀谷武重が阿波の澄元に睨みを利かせている。敵の先鋒を打ち破り、京を奪い返せば、残る敵も瓦解するだろう。

二十四日、義興は洛北長坂口《らくほくながさかぐち》に、高国は北山に布陣した。敵は船岡山《ふなおかやま》に築いた砦に立て籠もっている。物見を出すと、砦はまだ普請の途中だった。

その夜、義興は興房に命じ、夜襲を仕掛けさせた。

山と言っても、それほど高くはない。敵は砦内に収まりきらず、麓《ふもと》にも屯《たむろ》している。

やがて、前方から喚声が聞こえてきた。奇襲の効果はあったようだ。義興は続けて第二陣、第三陣を船岡山に向かわせる。

「敵は混乱しながらも、山上の砦に逃げ込んでおります」

興房から注進が入った。

後がないと思い定めているのか、敵は思いの外よく粘っている。普請の途上とはいえ、山上の砦を攻めれば多くの犠牲が出る。しかし、ここは力で押し切るしかない。

「北山の高国殿に伝令。これより、我らは総攻めを開始する。合流を求む」

高国勢と合流し、全軍で船岡山を囲い込むように攻め立てた。かなりの激戦になっている。本陣には、名のある士の討死にの報せがひっきりなしに届いていた。

東の空が白みはじめ、ようやく戦場の様子がはっきりと見て取れた。味方はいくつかの郭《くるわ》を突破したものの、そこから攻めあぐねている。

澄元方の奮戦は、なおも続いていた。長引けば、赤松勢が伊丹城を放置して急行してくる恐れもある。戦では、どこに陥穽《かんせい》があるかわからない。

「前に出る。馬曳《ひ》け」

「御屋形様」

近習《きんじゆう》の制止を振りほどき、馬に跨った。後ろから、馬廻り衆が続いてくる。高国の本陣に、動きはない。あくまで、大内勢を矢面《やおもて》に立たせるつもりなのだろう。

舌打ちしながら麓まで進み、馬を下りた。

「御屋形様、危のうございます」

家臣たちが駆け寄ってきた。その顔には、さすがに憔悴《しょうすい》の色が滲んでいる。

「ここを落とさねば、我らは都を捨て、周防に逃げ帰ることとなろう。一同、天下の耳目は今、この一戦に注がれている。周防武士の戦ぶり、京童《きょうわらべ》どもに見せつけてやろうではないか」

太刀を抜き放ち、咆哮《ほうこう》した。それに応《こた》えた将兵の喊声が、波のように広がっていく。

「者ども、続け！」

太刀を手に駆け出した。疲弊した味方を掻き分けながら、山を上っていく。すでに尽きたのか、敵から矢は飛んでこない。

最前線に出た。兜首と見た雑兵が群がってくる。一人、二人と斬り伏せ、前へ進む。勢いづいた味方が、次々と柵を引き倒していく。

何のための戦なのか。勝てたとして、何が得られるというのか。浮かんでは消える問いを振り払い、さらに足を進めた。

すでに山の頂に近い。横から、鎧武者が斬りかかってきた。辛うじて太刀で受け止め、押し返す。腰に組みつかれた。転がりながら脇差を抜き、相手の喉に押しつけて一気に引く。噴き出した鮮血で、視界が赤く染まる。

太刀を拾い立ち上がった刹那、大音声《だいおんじょう》が響いた。

「敵将細川政賢殿、討ち取った！」

敵の主将の一人だった。たちまち、敵が崩れはじめる。武器を捨てて降参する者も出ている。

「御屋形様！」

興房だった。鎧に何本も矢が突き立っている。

「もう一人の主将、細川元常は逃亡いたしました。お味方の大勝利にございます」

「そうか。勝ったのだな」

大きく息を吐いた。太刀が、鞘に納まらない。敵と打ち合っているうちに曲がったのだろう。それほど、激しい戦いだった。

「高国殿はすでに、京へ向けて進発しております」

「京への一番乗りは自分だと言いたいのだろう。放っておけ」

少なくとも、二千は討ち取ったということだった。細川政賢をはじめ、多くの名だたる将の首も獲った。これで、澄元はしばらくの間動けないだろう。しかし、味方の犠牲も少なくない。

辺りを見回した。方々に、敵味方の骸《むくろ》が転がっている。戦っている時は感じなかった死臭が鼻を衝き、義興は顔を歪めた。

何のための戦なのか。この勝利で、何を得られたのか。戦いが終わっても、義興は答えを見つけられずにいる。

六

永正十五年八月、義興は和泉国堺湊《さかいみなと》に滞在していた。

仮の居館は海に近く、開け放した庭からはかすかな潮の香りを含んだ風が吹き込んでくる。

「やはりどうあっても、帰国なされますか」

上座から訊ねたのは、将軍家が寄越した使者の伊勢《いせ》貞陸《さだみち》だった。義尹は数年前、名を義稙《よしたね》と改めている。

「やむを得ぬ仕儀にて、何卒ご容赦を」

これ以上の交渉には応じない。その姿勢を言外に込めて答えると、貞陸は嘆息を漏らした。

船岡山の合戦から、すでに七年が経っていた。義興は戦功により朝廷から従三位の位を賜り、公卿に列している。大内家当主としては初めてのことだが、義興にこれといった感慨はなかった。

澄元、之長の勢力は船岡山での敗戦以来鳴りを潜め、畿内には比較的平穏な時が流れている。しかし義興にとっては、ひどく憂鬱な七年間だった。

在京費用と軍勢の維持費は、義興が守護に任じられた山城国からの税収や、異国との交易による収入でも賄《まかな》いきれないほどになっていた。大内家の将兵の間でも、不満と望郷の念が高まっている。

最初に脱落したのは、中国地方に領地を持つ、傘下の国人衆だった。国人衆は互いに語らい、次々と無断で京から自領へと帰国している。そのうちの一人である武田元繁などは、帰国するやいなや義興に叛旗を翻している。元繁は義興の命を受けた安芸の毛利元就《もとなり》に討たれたものの、同じく無断で帰国した尼子経久も、反大内の動きを見せはじめていた。遠からず、経久は公然と大内傘下から離反するだろう。その討伐のためというのが、義興が京を離れる表向きの理由だった。

だが、義興が帰国を決意したのは、そうした事情だけが原因ではない。

「やはり、大樹が……」

言いかけた貞陸を、義興は「皆まで申されるな」と制した。幕府政所執事《まんどころのしつじ》を務める貞陸は義興と親交が深く、その胸中も理解している。

澄元方の脅威が減じたことで、義稙の増長は目に余るものになっていた。

義稙は、朝廷の財政難で帝の即位式も行われない中、自身の邸宅の造営を推し進め、義興や高国が反対すると京を出奔、甲賀に隠遁した。他に将軍に立てられる人物はなく、やむなく義興と高国は造営を認め、義稙を呼び戻すしかなかった。その後も義稙は、事あるごとに不満を言い立て、義興を閉口させた。幕府が自分ではなく、義興と高国によって支えられているという現状が、我慢ならないのだ。

その一方で義稙は、義興に帰国を許そうとはしなかった。高国の軍勢だけでは京を、そして我が身を守れないと考えているのだ。

「義興殿のお考えは承りました。大樹には、それがしから取り成しておきましょう」

「何の。十年に及ぶ在京、まことにご苦労にござった。これまで幕府を守《も》り立てていただき、かたじけない。大樹に代わって、御礼申し上げる」

「かたじけない」

深々と頭を下げ、貞陸は京へ帰っていった。

出航の前日、義興は着物の帯に鈴を結びつけた。帰国の前にやるべきことが、あと一つだけ残っている。

この十年で、自分はいったい何を成し遂げたのだろう。寝所で胡坐《あぐら》を掻き、義興は考えた。

大内家の武威を示し、幕府からは明国との勘合貿易を管掌する権限も与えられた。だがそれは、枝葉末節にすぎない。この国の歴史で、自分は何かの役割を果たしたのだろうか。

政元の死に起因する戦乱を収め、京に平穏をもたらした。だがそれも、一時のことだろう。大内軍が去れば、澄元と之長は再び京を狙って戦を起こすはずだ。畿内は再び、戦乱に見舞われるかもしれない。

「それも、時流か」

戦乱が収まっていたのはあくまで、京とその周辺、そして大内領に限った話だ。東国や奥羽、四国や九州では、相変わらず戦が絶えることなく続いている。幕府がこの体《てい》たらくでは、秩序を取り戻すことなど夢のまた夢だ。

いつか飛び抜けた英雄が現れ、日ノ本全土を武力で平定するのか。あるいはまた別の形があるのか。いずれにしろ、乱世の終焉は遠い先の話だろう。

「お呼びにございますか」

声がした。灯明の明かりは届かず、その表情は窺えない。興仙を呼んだのは、義澄の暗殺を依頼した時が最後だ。

「京を離れるにあたって、そなたに挨拶でもしておこうと思ってな」

「ほう。もう、それがしを使う気は無いと？」

「そういうことだ。帰国した後は、領国経営に専念する」

「もったいのうございますな。大内様のご器量があれば、一代で日ノ本全土を平定することもできたかと思いますが」

「買いかぶるな。十年の、都の平穏。私の器量で得られるものは、せいぜいその程度だ」

「野心さえあれば」

「よせ。そなたを呼んだのは、そのような話をするためではない」

義興は傍らに置いた瓢《ひさご》を摑み、二人分の椀に注いだ。自分で一口呑み、興仙にも勧める。

「別れの盃だ。受けるがよい」

「では、いただくといたしましょう」

膝を進めて椀を取った興仙の顔が、灯明に照らされた。初めて会った時からまるで変わらないその風貌は、義興の目にどこか禍々《まがまが》しいもののように映る。

「私が京を去った後、そなたはいかがいたす？」

「さて。隠棲《いんせい》し、世の移ろいを眺めるか、旅にでも出るか」

「それで満足するそなたとは思えんな。次の京の主に近づき、乱を引き起こすつもりではないのか？」

「これは異なことを。それがしの望みは、歴史が動く様をこの目で見届けること。乱を起こすことではございませぬ」

「まあよい。これでもう、そなたと会うこともあるまい。達者で暮らせ」

「国許でのご武運、お祈りしております。そして願わくは、次こそは天下を獲るために上洛なされませ」

「懲りぬ男だ」

義興は苦笑し、興仙も小さな笑みを見せる。その顔にはじめて、かすかな老いが滲んでいた。

興仙が寝所を出ていく。義興は、椀の酒に口をつけた。

不意に、喧噪が沸き起こった。足音が交錯し、いくつかの悲鳴が上がる。得物を打ち合う音。人が倒れ、襖《ふすま》が破れる音。

束の間、静寂が下りた。

襖が開かれる。現れたのは、興仙だった。袈裟《けさ》も袴も、血で赤黒く染まり、腹は刀で貫かれている。

「さすがは、それがしの見込んだ御仁……」

掠れた声で言うと、興仙は血を吐き、膝をついた。

「御屋形様、お下がりください！」

興房と数人の討手が部屋に駆け込んできた。

「よい。我が手で始末いたす」

立ち上がり、刀架の太刀を摑んだ。鞘を払い、歩み寄る。興仙は義興を見上げ、血で汚れた口で笑った。

「その冷徹さをもってすれば、天下も摑めたものを」

都の魔性に取り憑かれた、憐れな亡者。だがこの男を生かしておけば、必ずまた、乱を引き起こすだろう。己の愉しみのために乱を呼ぶ者を、許しておくわけにはいかない。

「天下は、一人の天下にあらず。すなわち、天下の天下なり」

義興は『六韜《りくとう》』の一節を呟いた。天下は、ただ一人の王の物ではない。天の下に生きる、すべての民の物だ。

太刀を振り下ろす。興仙の首が、床に落ちた。

「こちらの死人、手負いは？」

興房に訊ねた。

「二人が即死。四人が深手を負っております。うち一人は、助からぬかと」

「そうか」

討手は、家中でも選りすぐりの手練れ十名だった。

「この者の骸は、いかがなさいます？」

「弔《とむら》う必要もあるまい。打ち捨てておけ」

「御意」

興房の足音が遠ざかっていく。

大きく息を吐き、太刀を鞘に納めた。腰を下ろし、酒を呷《あお》る。

やるべきことは、すべて果たした。だが、何かを為したという思いは遠く、あるのはただ、虚しさばかりだった。


海鳥が啼《な》いていた。

波は穏やかで、見上げれば抜けるような秋の空が果てるともなく続いている。甲板に上がり、義興は潮の香りを吸い込む。

堺に集結した三百艘を超える大内の船団は、すでに出航準備を終えていた。後は、義興の号令を待つだけである。

「ようやく、解き放たれましたな」

興房が晴れやかな面持ちで声をかけてきた。

「杉武明の申した通りであった。都には魔物が棲む。いや、都そのものが、人の抱く野心に取り憑き、やがて滅びへと誘う魔物なのであろう」

「されど御屋形様は、その呪縛から逃れられました」

「魔物が取り憑くには、権勢欲が薄すぎたのだろう。山口で育った私は、京への憧れも執着も、持ち合わせてはおらん。あるいは、それがよかったのやもしれんな。私にとっての都とは、山口の町だけだ」

義興が笑うと、興房は「それでよろしゅうござる」と頷く。

「畠山義就《よしひろ》という人物を知っているか、興房」

「無論、存じております。応仁の乱で暴れ回った、古今無双の驍将《ぎようしよう》にございましょう」

「そうだ。義就は応仁の乱の後、幕府から独立した国を河内に打ち立てたという。私もそれに倣《なら》い、国を築きたい」

「国、にございますか」

「一つの喩《たと》えのようなものだ。私が王になって、日ノ本と別の国を建てようというのではない。だがこれから私は、幕府も将軍も戴かず、中央の情勢にも流されぬ。上洛も、日ノ本全土の平定も、望みはせぬ」

「では、国を築き、何を為されます？」

「我が大内領を、誰からも侵されぬ、この世の楽土としたい。夢物語と思うか？」

船岡山の合戦以来、考え続けてきたことだ。その答えにたどり着くために、この数年があったのかもしれない。

「夢物語にございますな」

興房が微笑を湛えて言った。

「ですが、なかなかに面白き夢にございます。少なくとも、都で息苦しい思いをしながら権力を奪い合うよりもずっと」

「そうか」

「この興房、御屋形様の新しき夢のため、しかと働かせていただく所存」

義興は頷く。この正月で、四十二歳になった。人間五十年と言われる世で、残された時がどれほどあるのかはわからない。だがようやく、一生を賭けるに足る夢に出会えた。

実現不可能だとは思わない。大内家は武力も領地の広さも、西国では抽《ぬき》んでている。交易をより盛んにすれば、さらに大きな富も手に入るだろう。山口の町はいずれ、今よりもずっと多くの人が行き交い、物と銭とが集まる、日ノ本一の都となる。その日を想像し、義興は頰を緩めた。

「出航」

命じた。水夫《かこ》たちが慌ただしく駆け回り、船が動き出す。湊が遠ざかり、潮風が頰を撫《な》でる。空は相変わらず、雲一つない。新たな船出にはうってつけの日だった。

波音に混じって、鈴の音が聞こえた。苦笑し、帯につけたままだったそれを解く。

掌《てのひら》の鈴をしばし見つめ、海へ思いきり投げ捨てた。

凡愚の見た夢

一

わしはなぜ、こんなところにいるのだ。

細川右京大夫高国《ほそかわうきょうのだいぶたかくに》は、唇を嚙み締め自問した。

視界は闇に覆われている。高国のいる場所は狭く、折り曲げた膝を両腕で抱えたまま、ほとんど身じろぎもできなかった。

もう一刻以上もこの姿勢でいるため、全身が強張《こわば》り、空腹と喉の渇きも耐え難い。具足はとうに脱ぎ捨てたが、小袖の下は汗でひどく不快だった。

しかし、まだここから出るわけにはいかない。あと一刻か、それとも二刻か。ともかく、もうしばらくここで耐えなければ、この首は胴から離れることになる。

かすかに、地が揺れたような気がした。

馬蹄《ばてい》の響きと無数の足音。具足の鳴る音。心の臓が跳ね上がり、口から洩れそうになった悲鳴を両手で押さえる。

　息を殺し、じっと耳を澄ます。どれほどそうしていたのか、やがて、足音は遠ざかっていった。大きく息を吸い、吐き出すことを幾度も繰り返す。

ようやく落ち着きを取り戻した高国に、今度は忘れかけていた尿意が襲いかかった。身震いしながら堪《こら》えつつ、いっそのことこのまま垂れ流してしまおうかという誘惑に駆られる。

　いや、それはならん。細川京兆家当主にして幕府管領《かんれい》ともあろう者が、敵から隠れて小便を垂れ流すなど、末代までの恥。耐えよ。耐えるのだ。己に言い聞かせ、高国は親指の爪を強く噛んだ。

　何としても、生き延びてやる。この窮地を切り抜け、もう一度、京の都を取り戻してみせる。

　そして再び、天下人の座に君臨するのだ。

二

　高国は文明十六年、細川野州家《やしゅうけ》の跡取りとして生まれた。野州家は細川一門の庶流で、本家の京兆家を支える立場にある。

物心ついた頃には、応仁、文明の大乱は過去のものとなり、幕府の実権は「半将軍」と称される京兆家当主政元が握っていた。

家中での高国の評判は、悪くはなかった。武芸も学問もそつなくこなし、何より周囲の大人たちに喜ばれる振舞いが自然とできたのだ。そのおかげか、元服前には、跡継ぎのいない政元の養子となって京兆家の相続を約束されている。しかし、政元は後に澄之、澄元という養子を迎えた。二人は野州家より家格の高い家の生まれだったため、高国の後継は反故《ほご》にされている。

とはいえその頃の高国に、京兆家当主の座を望む気持ちは薄かった。あの政元でさえ、一族や内衆の統制に苦労していたのだ。隙あらば自身の勢力を拡げようと画策する彼らを御しながら、将軍家を押し立てて幕府の政《まつりごと》を主導する。そんな常人離れした真似が、自分にできるとはとても思えない。野州家の当主として京兆家を支え、命じられたことをそつなくこなす。過ぎた野心は持たず、つつがなく生涯を終える。それが、若き日の高国の望みだった。

しかし、政元の横死がすべてを変えた。京兆家は澄之、澄元の両派に分裂、畿内はたちまち戦乱の巷《ちまた》と化す。去就を迫られた高国は当初、澄元に味方して澄之を討ったものの、政元に京を追われていた前将軍足利義稙《あしかがよしたね》を擁する大内《おおうち》義興が上洛戦を開始するや、高国は反澄元の兵を挙げ、澄元とその重臣三好《みよし》之長を京から追い落とした。

すべては、己が生き延びるためだった。之長の武勇をもってしても、大内の大軍には抗し得ない。澄元や之長と生死をともにするつもりもない。ならば誇りなど捨てて、義稙に膝を屈するべきだ。そしてその決断により、高国は京兆家家督と管領職を手にする。

それからおよそ十年は、おおむね平穏が続いた。京の奪回を目論む澄元方との船岡山の合戦では、一時は京を捨てる窮地に陥ったものの、大内勢の活躍でほどなくして勝利を収めている。義稙、義興と連携しての幕政運営は気苦労が絶えなかったが、野州家の当主に過ぎなかった頃と比べれば、考えられないほどの栄達だった。

しかし永正十五年、長い在京に疲弊した義興と大内勢が周防に帰国すると、情勢はにわかに緊迫する。

船岡山での敗北後、阿波で逼塞していた澄元と三好之長が、再び京の奪回を目指して動きはじめたのだ。

都に、またしても戦雲がたなびいていた。

永正十七年五月、高国率いる細川軍本隊は京の東、如意ヶ嶽に陣を布《し》いていた。近郊の吉田には味方の近江六角《ろっかく》勢が、京の北に位置する船岡山には丹波の内藤《ないとう》、波多野《はたの》の軍勢が布陣している。その総勢は三万弱。京を占拠した三好勢の、実に三倍に相当していた。

「義稙め。こちらの大軍を目の当たりにして、今頃は逃げ仕度に取りかかっておるやもしれんな」

如意ヶ嶽の頂から都を見下ろし、高国は嘯《うそぶ》いた。

京を囲む山々で、夥《おびただ》しい数の旌旗《せいき》が揺れていた。対する三好勢の旗は一箇所に固まり、身を縮めて震えているようにも見える。敵はその勇猛ぶりと戦上手で知られる三好之長だが、これほどの兵力差を見せつけられれば、手も足も出ないといったところか。

「見ておれ、之長。都はわしの物だ」

この戦の発端は永正十六年十月、高国の領国である摂津の国人が高国打倒の兵を挙げたことだ。

高国が派遣した討伐軍は打ち破られ、澄元と之長は兵庫に上陸、摂津の要衝越水城《こしみずじょう》を包囲。翌十七年二月、越水城は奮戦虚しく陥落する。

時を同じくして洛中で土一揆が起こり、高国はやむなく、京から近江坂本への撤退を命じた。

京をみすみす明け渡すのは業腹だが、京の都は守るに適した地形ではない。船岡山の合戦でも、事実上の総大将だった義興は迷うことなく京を捨て、その後大勝利を収めている。

「阿波の田舎武士どもに、都の恐ろしさをとくと教えてやろうではないか」

しかし、意気揚々と坂本へ向かう高国のもとに、思いがけない報せが届く。義稙が坂本への同行を拒み、京に居残っているというのだ。高国から澄元へ鞍替えするつもりなのは明らかだった。

「おのれ、何という恩知らずか！」

高国は激怒した。いいだろう。そちらがその気なら、澄元、之長もども打ち払ってやる。高国は坂本へ移ると、即座に近江の六角、丹波の内藤、波多野に出兵を要請した。

一方、澄元勢の主力を率いる之長は三月に入京し、都を占拠する。

それから二月《ふたつき》近くが経っても、澄元が入京したという報せは届かない。京の主力を之長に任せたまま、自身は摂津伊丹城に腰を据えているという。澄元方の実権は之長が握っているとはいえ、総大将が京にも入らないというのは、通常なら考え難い。

「なるほど、病か」

思わず、高国は笑みを漏らした。三十七歳になる高国より五つ年下の澄元は、それほど頑健《がんけん》な質《たち》ではない。長い戦陣で心労が重なり、病の床にあってもおかしくはなかった。それを裏付けるように、澄元は伊丹城に入って以来、将兵の前に姿を見せていないという間者からの報告も届いている。

「者ども、今こそ出陣の機ぞ。都を我が手に取り戻すのだ！」

五月三日、如意ヶ嶽まで進出した高国は、五日午《うま》の刻に総攻めを命じた。

三好勢は洛西《らくせい》の等持院《とうじいん》まで本陣を下げ、北と東から攻め寄せる高国方を迎え撃つ構えだった。洛中まで攻め入った味方に三好勢の前衛が立ち塞がり、たちまち激しいぶつかり合いとなる。

高国ははるか後方の如意ヶ嶽から戦況を見守っていた。自ら陣頭に立って太刀を振るうのは、匹夫《ひっぷ》の行いだ。戦場で敵と斬り結ぶのは、配下の将兵に任せておけばいい。

「申し上げます。澄元方、香川《かがわ》、久米《くめ》、川村《かわむら》、安富《やすとみ》勢、戦わずして兵を引いております」

使い番の口上に、本陣が沸いた。やはり、澄元の不在で敵の士気は低い。阿波細川家家中で専横の振舞いが目立つという、之長への反発もあるのだろう。

「よし、このまま押しきれ。必ずや、之長めの首級を挙げるのだ」

だが、三好勢の粘りは相当なものだった。各地の寺社を守りの拠点として、頑強に抵抗を続けている。高国は躊躇《ためら》うことなく、三好勢の立て籠もる寺社を焼くよう下知した。

「しかし御屋形様、それでは市中に火が……」

言ったのは、本陣に控える波々伯部兵庫助《ほうかべひょうごのすけ》だった。京兆家の被官で、武勇に優れた高国の旗本である。まだ二十歳過ぎと若く、戦の厳しさがわかっていないのだ。

「構わん。市中の戦に火はつきものであろう。建物など、後で建て直せばよい」

やがて、洛中の方々で火の手が上がった。勢いづいたように、味方が三好勢を打ち崩していく。中でも、丹波衆波多野稙通《たねみち》の弟、香西元盛《こうざいもともり》の勇猛ぶりは見事なものだった。

正午から日が落ちるまで続いた激闘の末、ついに等持院の三好勢本隊が敗走をはじめた。だが、味方は追撃の手を緩めない。燃え盛る洛中を背に、逃げる三好の兵を突き伏せ、馬蹄にかけていく。

「見たか、之長、義稙。わしの勝ちじゃ！」

高国は本陣に腰を据えたまま、高らかに叫んだ。等持院からは煙が立ち上り、周辺の民家まで火の手が拡がっている。一部の兵は、略奪に走っているようだが、やめさせるつもりはない。雑兵《ぞうひょう》どもの士気を高めるには、略奪という餌が必要なのだ。

二日後には伊丹城の澄元が逃亡し、追撃に当たっていた麾下《きか》の軍勢が、澄元方の首級二百余を持ち帰った。澄元は取り逃がしたものの、三好勢が壊滅したからには、再起はかなわないだろう。

十一日、洛中に潜んでいた之長が捕縛された。嵯峨《さが》曇華院《どんげいん》の蔵に息子たちとともに潜んでいたところを高国方の兵に囲まれ、自ら投降してきたのだという。

上京安達《かみぎょうあだち》の宿所に引き立てられてきた之長の態度は、傲岸不遜《ごうがんふそん》なものだった。肥え太った体に縄を打たれながらも、虎狼のような目で高国を睨み据える。すでに還暦を過ぎているはずだが、その眼光の鋭さに衰えは見えない。

「久しいのう、之長」

庭の筵《むしろ》に座らされた之長に、嘲笑《ちょうしょう》混じりの声を掛けた。

政元の存命中、之長とは幾度も顔を合わせている。粗暴で傲慢、教養など微塵《みじん》も持ち合わせない、不快な田舎武士。高国が最初に抱いた印象は、今も変わっていなかった。

「憐れなものよ。豪勇無双を謳《うた》われ、一時は都を手中に収めたそなたが、寺の蔵に隠れた挙句、かような無様を晒すとはな。所詮、そなたのごとき田舎武士が京の都を治めることなどできぬということよ」

「ふん。せいぜい浮かれておればよい。お主の滅ぶ様を、あの世で酒でも呑みながら眺めてやろう」

「ほう、命乞いに来たのではないのか」

訊ねると、之長は声を上げて笑った。

「阿呆なことを。お主のような愚か者に頭を下げたとあっては、三好家末代までの恥。首を刎《は》ねるなり磔《はりつけ》にするなり、いかようにもいたせ」

「では、何ゆえ我が前に現れた？」

「そなたに一つ、教えてやりたいことがあってな」

にやりと笑い、之長は一人の男の名を告げた。

「三好元長《もとなが》。それが、そなたを滅ぼす者の名よ」

三

之長の処刑からおよそ一月《ひとつき》後、阿波へ逃れていた澄元が没した。その翌年、京に残ってはいたものの高国とは険悪な関係となっていた足利義稙が出奔し、淡路を経て阿波へと向かう。

その報せを受けても、高国は動じなかった。澄元、之長亡き今、阿波に行ったところで義稙は何もできはしない。むしろ、義稙という厄介者がいなくなれば、京は高国が一人で支配できる。

とはいえ、将軍不在のままでは、管領である自分の地位も正統性を失う。そこで高国は、かつて政元が擁立した十一代将軍義澄の遺児で、播磨の赤松《あかまつ》家に養育されている足利亀王丸《かめおうまる》を迎え、将軍職に就かせた。

元服して義晴《よしはる》と名乗った亀王丸はいまだ十一歳。あどけなさの残るその顔には、足利の血筋でありながら日陰で生きざるを得なかった鬱屈《うっくつ》と、思いがけず華やかな場へ引き出された戸惑いが色濃くにじんでいた。高国に対する態度はどこか卑屈で、このぶんなら義稙のような振舞いに及ぶことはないだろう。

義晴の擁立と並行して、京兆家内部の引き締めにも乗り出した。今回の戦では、多くの家臣が澄元方へ寝返っている。ここで甘い処分を見せれば、今後も敵方に通じる者が後を絶たないだろう。

高国は、澄元の敗北後に降伏した離反者に次々と切腹を命じる。中には数々の戦で活躍した功労者もいたが、反対の声はすべて黙殺した。

元々、細川家が幕府内で権力を確立できたのは、京兆家当主を頂点とする、一族の強固な結束があってのことだ。細川一族の合議によって家の方針を決定し、内衆と呼ばれる有力被官、そして領国内の各地の国人衆が政治、軍事の両面でこれを支えるという形で、細川一族は領国を、ひいては幕府の中枢を支配してきた。

しかし、政元暗殺後の内紛で多くの一族、内衆が討死に、あるいは没落したことで、その体制は瓦解しつつある。これによって、多くの国人衆が自立の傾向を見せはじめ、家中の結束と統制は、政元の時代よりもはるかに弱まっていた。

だが、澄元の死によって、状況は大きく変わった。阿波では澄元の遺児六郎《ろくろう》と、之長の孫、三好元長が復仇《ふっきゅう》の機を窺っているが、元長はいまだ二十歳を過ぎたばかりの若輩で、六郎にいたっては八歳という幼さだ。家臣団の多くも等持院で討たれた今、この二人では、阿波一国をまとめることさえ難しいだろう。

越前朝倉《あさくら》、近江六角、伊勢北畠《きたばたけ》といった有力な大名たちも、多くが高国の擁する足利義晴に恭順している。かつては敵対していた播磨赤松家も、義晴を京に迎えることで味方に引き入れた。今や、畿内とその周辺の諸国は、高国方で占められているといっても過言ではない。

「これはもしや」

居室で畿内近国を記した絵図を見つめ、高国は唸《うな》った。

天下とはすなわち、京の都と畿内近国を指す言葉だ。ならば自分はすでに、天下人と呼ばれてもおかしくないのではないか。

義興は遠い周防に帰国し、義稙はほとんど身一つで阿波へと去った。最早、畿内近国で高国を脅かす者はいない。義晴という名目上の主君はいるものの、幕府を運営しているのは実質、管領であるこの自分だ。

「天下人」

呟《つぶや》いた途端、喜悦《きえつ》が込み上げてきた。

これまではただひたすら、生き残るためだけに戦ってきた。保身のため、気に入らない相手に頭を下げたことも、一度や二度ではない。政元は何を考えているかまるでわからない奇人で、義稙は油断のならない策謀家。大内義興は、有能ではあっても、幕府内の序列では京兆家よりもはるかに格下だ。それでも生き残るためには、辞を低くして、彼らを立てるしかなかった。

だが気づけば、この身は天下の頂点にある。これまでの苦難に満ちた道のりは、無駄ではなかったのだ。屈辱と忍耐の末に手に入れた、天下人の座だ。何があろうと、手放しはしない。

高国は決意した。


等持院の合戦から三年後、阿波に逃れていた義稙が病没したという報せが届いた。

「そうか、死んだか」

報せを受け、高国はいくらかの感慨とともに呟いた。

足利家の血を享《う》けながら幾度も京を追われ、その度に各地を流浪し、数多《あまた》の苦難を乗り越えて都に返り咲いた。今思えば、義稙の京に対する執念は尋常なものではなかった。阿波で死の床に就いてからも、義稙の目はやはり、京に向けられていたのだろう。

義稙の執念を思うと、勝利の実感が込み上げてくる。義稙が最後まで望み続け、大内義興が逃げ帰るしかなかった京を、自分は今、制している。天は都の主に、この細川高国を選んだということだ。

「御屋形様の天下は、まさに盤石にございますな」

高国の屋敷を訪《おとな》って言ったのは、細川家庶流の典厩家《てんきゆうけ》当主尹賢《ただかた》だった。取り立てて有能ではないが、自分の地位を脅かす恐れもないので重用している。

大永《だいえい》六年七月。等持院の合戦から、すでに六年が過ぎていた。

阿波の国人衆は多くが高国に恭順し、元長率いる三好一党は、かつての勢威が見る影もなく衰退している。中国では大内義興と出雲の尼子《あまご》経久が各地で合戦を繰り広げ、東国に目を転じれば、越後の長尾《ながお》為景《ためかげ》や相模《さがみ》の北条氏綱《ほうじょううじつな》が台頭しつつあった。

応仁の大乱以降、全国に広まった下剋上《げこくじょう》の風潮は、まさに猖獗《しょうけつ》を極めていた。各地の守護大名は力を増した守護代や国人の統制に苦慮し、旧来の秩序は失われつつある。

だが畿内、殊《こと》に京の都に関しては、鄙《ひな》で打ち続く戦乱が嘘のように、かつての繁栄を取り戻していた。戦で焼けた寺社や町屋は瞬く間に復興し、各地から人と物と銭とが集まってくる。商いは活発となり、往来は多くの人で賑わっていた。

高国は狩野《かのう》派の絵師たちに命じ、そうした都の様子を『洛中洛外図屏風《らくちゅうらくがいずびょうぶ》』に描かせていた。屏風の中には、高国の屋敷や、庭を眺める高国自身の姿まで詳細に描き込まれている。

「京の民は平穏を享受し、諸国の大名どもにも、幕府に弓引こうとする者はおりませぬ。これも、御屋形様のご威光あってのことにございましょう」

「うむ。さもあろう」

高国は、細めた目を庭に向けた。

山海に見立てた築山や池。高い銭をはたいて手に入れた庭石。贅を凝らして造ったこの庭は、高国の自慢だ。

他ならぬ高国も、この泰平を謳歌している一人だった。連歌師や和歌に造詣の深い公家衆と親しく交わり、酒宴や歌会、能見物に興じ、時にはきらびやかな行列を仕立てて鷹狩に出向く。富裕な商人には最大限の便宜を図っているので、高国のもとには多くの付け届けが贈られてくる。そのおかげで、こちらの懐が痛むことはない。

民の中には、借銭が嵩《かさ》んで困窮し、徳政――すなわち借銭の棒引きを求めてくる者もいるが、応じるつもりは無い。借りた物も返さない者たちを、政で救う筋合いはないのだ。

憂いも無く、文事を嗜《たしな》み美酒に酔い痴《し》れる日々は、これまでの人生で味わったことのない、甘美なものだった。わずかな領地を巡って戦に明け暮れる諸国の大名たちが、高国の目にはひどく愚かな者たちに映る。

「しかし稙国《たねくに》様のことは、残念至極にございました」

それまで追従を並べていた尹賢の表情が曇った。

高国は昨年、四十二歳の厄年を迎えたことを機に、剃髪《ていはつ》して道永《どうえい》と号し、京兆家家督と管領の職を嫡男の稙国に譲った。

無論、政務から退くつもりなど毛頭なかった。何かと不自由の多い京兆家当主と管領職にあるより、隠居して何の縛りも無くなった方が、思いのままに政を動かせる。そう考えてのことだ。

だが、家督と管領職を譲ってわずか半年後、稙国は突如として倒れ、その日のうちに没した。薬師《くすし》の診立てでは、心労による胸の病だという。元々頑健な質ではなかったが、それでもまだ、十八歳の若さだった。

「稙国様は、御屋形様の天下を継ぐにふさわしい御方でしたが……」

「致し方あるまい。天命だ」

高国の子で、男子は稙国一人だけだ。高国は息子の死後、やむなく京兆家当主と管領職に復している。

息子の死を知り、高国はひどく落胆した。だがその半分以上は、稙国が自分の役に立つ前に死んだことに対してだ。思えば高国は、息子を慈《いつく》しんだことも、腹を割って語り合ったこともない。自分の息子がどんな若者だったのかも、高国はほとんど知らなかった。

父と息子が馴れ合うのは、身分の低い者たちのすることだ。この乱世では、父子であってもいつ敵味方になるかわからない。高国は今になって、実子を作らなかった政元の気持ちがいくらか理解できるような気がした。

「して、尹賢。何ぞ、用事があってまいったのではないのか？」

「ははっ。実は、お目に入れたき物が」

尹賢が差し出したのは、高国の家臣、香西元盛が認《したた》めた書状だった。

元盛は武勇に優れ、等持院の合戦でも武功を挙げたため、高国は目をかけてやっていた。兄は丹波の有力国人、波多野稙通。弟は、同じく等持院合戦で活躍した柳本賢治《やなぎもとかたはる》である。

高国は書状を開き、我が目を疑った。あろうことか、宛先は阿波の三好元長である。元長が高国打倒の兵を挙げれば、自分も呼応する。書状にはそう認められ、元盛の花押《かおう》も記されている。

「由々しき大事にございます。元盛が三好と同心いたしたとあっては、同調する者も出てまいりましょう。ここは直ちに彼の者を捕らえ、処断すべきかと」

「待て待て。たった一枚の書状で功臣を斬るわけにはいかん。一度、元盛を呼び出し、事の真偽を改めねばなるまい」

なおも反対する尹賢を押し切り、高国は元盛を館へ呼び出すよう命じた。何の調べもなく元盛を斬れば、波多野、柳本の離反を招くことになる。京兆家の地盤である丹波の国人衆は、敵に回すわけにはいかない。

だが七月十三日、館に参上した元盛は、高国に目通りする前に尹賢の手の者によって討たれてしまう。尹賢によれば、高国による謀殺を疑った元盛は刀を渡すことを拒んだ上、尹賢に斬りかかろうとしたのだという。

「何ということだ！」

高国は頭を抱えた。

こうなっては、事の真偽など問題ではない。急ぎ波多野、柳本兄弟に宛てて書状を認め、元盛を討ったのは謀叛を企《たくら》んだためであって、二人には何の遺恨も無いことを訴えた。しかしその努力も虚しく波多野、柳本は国許の丹波で挙兵する。

「そなたの軽挙でかかる事態を招いたのだ。何としても、謀叛を静めてまいれ！」

高国は尹賢を総大将に任じ大軍を差し向けたものの、丹波守護代の内藤国貞《くにさだ》が波多野兄弟の側に寝返り、尹賢は大敗を喫して京へ逃げ帰ってきた。

しかも、事態はそれにとどまらない。この混乱を好機と見た三好元長が、波多野兄弟と呼応して阿波で高国打倒の兵を挙げたのだ。

十二月、阿波を発った三好勢の先鋒が堺に上陸、翌大永七年一月には柳本賢治が摂津へ侵攻し、高国方の諸城を次々と攻め落としていく。高国は将軍義晴の名で近隣の大名に援軍派遣を要請したものの、反応は鈍い。矢のような催促に渋々ながらも応じたのは、近江の六角定頼《さだより》と若狭の武田元光《もとみつ》のみ。しかも、六角定頼は自ら出陣せず、家臣に三千ばかりをつけて寄越してきただけだった。

「誰ぞ、よき思案は無いのか？」

軍議の席で、高国は参集した諸将を睨みつけた。続々ともたらされる敗報に、一同の顔つきは暗い。尹賢も、元々貧相な顔に憔悴の色を浮かべ、日頃の饒舌《じょうぜつ》が嘘のように押し黙っている。

「事ここにいたった上は、大樹を擁し近江へ逃れ、再起を期す他ありますまい」

どこか冷ややかな声音で言ったのは、波々伯部兵庫助だった。

「波多野、柳本と三好は、利で結びついた烏合《うごう》の衆。まだ若い細川六郎では、彼らを御すことはできますまい。京へ入れば必ずや、隙が生じまする。その機に乗じて反撃に出れば、等持院の合戦のような大勝利を得ることもかないましょう」

諸将も納得したように頷いている。やはり、それしかないか。口を開きかけたその時、脳裏に三好之長の最後の言葉がよぎった。

体の奥底から、喩えようのない恐怖が込み上げてくる。

三好元長。それが高国を滅ぼす者の名だと、之長は言っていた。死にゆく者の負け惜しみとしか考えていなかったが、この状況になれば、その名がひどく禍々しいものに思えてくる。

「御屋形様。急ぎ近江へ退くよう、お下知を」

兵庫助が促し、諸将も口々に追随する。

「……嫌じゃ」

思わず、声が漏れた。全身から汗が噴き出し、四肢が瘧《おこり》のように震える。恐怖に衝き動かされるように、高国は声を張り上げた。

「嫌じゃ嫌じゃ。京はもう、誰にも渡さぬ。この都は、わしの物じゃ。元長ごときに渡してなるものか！」

ここで京を明け渡せば、二度と取り戻すことはできない。確たる理由も無いまま、高国は恐怖とともに確信する。さながら亡者のように京の都を望みながら、朽ち果てるように死んだ義稙。あんな最期だけは、遂げたくない。

唖然としたように顔を見合わせる諸将に向け、高国は言い放つ。

「全軍を桂川に並べよ。一兵たりとも、敵を京に入れてはならん」

「しかし御屋形様、柳本賢治の戦ぶりを甘く見てはなりません。加えて、勇猛な三好勢までもが……」

「黙れ、兵庫助。敵は烏合の衆と申したは其の方であろう。そのような者どもに、わしが遅れを取ると思うのか！」

そうだ。自分はあの〝豪勇無双〟と称された三好之長を、完膚《かんぷ》無きまでに打ち破った男だ。くぐり抜けてきた修羅場の数が違う。

元長や柳本のごとき若造が束になってかかってこようと、負けるはずがない。この天下は、いささかも揺るぎはしない。

己に言い聞かせ、高国は出陣を命じた。

四

大永七年二月十四日。憔悴しきった高国は、近江坂本への途上にあった。

一万を超えていた味方は大半が逃げ散り、従う者は三千にも満たない。将兵は意気消沈し、深手を負って歩くのがやっとという者も少なくなかった。

不退転の決意で臨んだ決戦は、惨憺《さんたん》たる敗北に終わっていた。

高国は桂川東岸沿いに主力の六千を並べ、その後方に若狭の武田元光三千、さらに後方に高国、義晴の本陣三千を配した。対する敵は柳本賢治が率いる丹波勢五千に、三好一族の勝長《かつなが》率いる阿波勢三千が加わっている。

敵の渡河中に損害を与え、後詰でとどめを刺す。そんな高国の目論みをあざ笑うかのように、敵は別働隊をはるか上流から渡河させ、後方の武田勢に攻めかかった。

高国はたちまち崩れ立った武田勢を支えるため、本陣の兵を割いて救援に差し向けたが、敵の勢いは凄まじい。後方の混乱に主力も浮足立ち、敗走をはじめる。高国は義晴を連れ、命からがら戦場を離脱するのがやっとだった。

「だが、まだ負けたわけではない」

坂本への道を急ぎながら、高国は嘯《うそぶ》いた。

何となれば、この行列には将軍義晴以下、多くの幕臣が加わっている。言うなれば、幕府が丸ごと坂本へと移るのだ。

敵は義晴の弟に当たる足利義維《よしつな》を擁し、将軍に立てるつもりだろう。だが、敵が京に入ったところで、幕府の実務を執り行う役人たちがいなければ実質は伴わない。坂本に幕府が存在する以上、朝廷も義維を将軍に任じることはできないだろう。

「わしは負けてなどおらん。いやむしろ、勝利の途上にあると言っても過言ではない！」

馬上で哄笑《こうしょう》する高国に向けられた将兵の目は、実に冷ややかだった。

翌三月、足利義維、細川六郎を擁する三好元長が、阿波勢本隊を率い堺に上陸した。波多野、柳本兄弟をはじめ、摂津や和泉、河内の国人衆の多くが堺に伺候し、義維に恭順を誓ったという。

元長は京の支配を柳本賢治に委《ゆだ》ね、自らは義維、六郎とともに堺にとどまった。人々は義維を『堺大樹』、堺に建てられた政権を『堺公方府《さかいくぼうふ》』などと称し、元長らも、自分たちこそが幕府であるかのように振る舞っている。

七月、朝廷は義維に従五位下左馬頭《さまのかみ》の官位を与えた。左馬頭はこれまで、次期将軍と目される人物に与えられてきた役職である。朝廷としても、高国と元長を両天秤にかけておく必要があるのだろう。元長は、義維の左馬頭就任を大々的に喧伝し、高国方の大名、国人に味方に付くよう、盛んに働きかけている。

「まあいい。浮かれていられるのも今のうちよ」

京奪回の準備は着々と進んでいる。十月には、盟友の六角定頼に加え、越前の朝倉宗《そう》滴《てき》率いる軍勢が坂本に集結した。再編した細川勢も合わせ、総勢五万近い大軍である。

「今こそ京を取り戻し、堺に蟠踞《ばんきょ》する逆賊どもを討ち平らげる時ぞ。大義は我にある。いざ、出陣！」

地を揺るがすような喊声で、将兵が応えた。名将宗滴の加勢に、将兵の意気は大いに上がっている。

さしたるぶつかり合いもないまま、味方の先鋒は京に入った。あまりの大軍に、敵も戦意を失って逃げ出したのだろう。

肩透かしを食ったような気分を味わいながらも、高国は入京を果たし、義晴とともに東寺《とうじ》を本陣とした。一方、京から引き上げた柳本賢治は堺を出陣した三好元長らと合流し、西岡付近に布陣しているという。その兵力は、およそ一万。

京の死守を目的とする高国方と、西から京を攻めんとする三好勢。形としては前回と同じだが、今回は味方の兵力がまるで違う。このまま数で押し続ければ、勝利は疑いない。元長と細川六郎の首を獲《と》り、堺公方府を滅ぼす。そうすれば、今度こそ高国の天下は揺るがないだろう。

「早う戦など終わらせて、連歌の会でも開きたいものよ。のう、尹賢」

「ははっ。その時も、そう遠くはございますまい」

　堺公方府の軍勢が大挙して京へ攻め入ってきたのは、十一月十九日のことだった。元長、賢治の両将が自ら陣頭に立っての、総攻めである。戦いは川勝寺《せんしょうじ》付近を中心に一進一退が続いたが、建仁寺《けんにんじ》に布陣していた朝倉宗滴が救援に駆けつけたことで戦況は一変、堺公方軍は西岡へ撤退していった。

　だが、元長も京の奪回を諦めたわけではなかった。その後も洛中洛外で小規模な戦が続き、互いに決め手を欠いたまま時だけが流れていく。

　戦いが長引くにつれ、あれほど高かった兵の士気も下がり、厭戦気分が広がりつつあった。特に、国許から遠征している六角、朝倉の軍勢にその傾向が強い。

　膠着《こうちゃく》を打破すべく、高国は「元長が高国方へ寝返ろうとしている」という噂を流して敵将の離間を謀ったものの、効果は現れていない。寄せ集めの堺公方府は、大軍で圧力をかければすぐに瓦解する。その高国の読みは、ものの見事に外れていた。

　高国は次の一手として、義晴と高国が京に戻ることを条件に和睦を申し入れてみた。元長はこれに応じる気配を見せたが、柳本賢治と堺の六郎が強硬に反対し、不調に終わっている。

「ええい、どうにかならんのか！」

高国は、本陣に集まった家臣たちに苛立ちをぶつけた。すでに年が改まり、三月に入っている。

「せっかく京を取り戻したというのに、これでは連歌の会も開けぬではないか！」

「連歌はともかくとして……」

咳払いを一つ入れ、波々伯部兵庫助が進言する。

「このままでは、先に我らの兵糧が尽きまする。その前に、総力を挙げた決戦を挑むべきかと」

「うむ、よかろう。では六角、朝倉の陣に使者を……」

言いかけた時、本陣の外が騒がしくなった。息を切らしながら、使い番が飛び込んでくる。

「申し上げます。建仁寺の朝倉勢が、陣を払っております！」

束の間、誰もが言葉を失った。慌てて詰問の使者を送ると、宗滴は悪びれることなくこう答えたという。

「我らは堺公方府と和睦いたした。されど、昨日まで味方であった高国殿に刃を向けるはもののふの道に反するゆえ、越前へ帰らせていただく」

あまりのことに、高国は呆気に取られた。先の和睦が不調に終わった後も、元長は水面下で、宗滴と交渉を続けていたのだ。

「おのれ、何が〝もののふの道〟か！」

高国は怒り心頭に発したものの、ここで朝倉勢を攻めれば当然、宗滴も反撃してくるだろう。堺公方軍だけでも手を焼いているというのに、名将の呼び声高い宗滴を敵に回しては、高国が首を獲られかねない。歯噛みしながら、越前へ去る朝倉勢を見送るしかなかった。

ただでさえ低迷していた味方の士気は、朝倉勢の離脱で決定的に失われた。その後も散発的な戦闘は続いたものの、五月には兵糧が底を突いた六角勢が撤退、高国も再び近江坂本へ退かざるを得なくなった。

「何故だ……何故、負けたのだ？」

一年と三月《みつき》前に辿った坂本への道すがら、高国は自問した。

倍以上の兵を擁し、戦意も十分にあった。奉じるのは現職の将軍家で、大義名分もこちらにある。緒戦で敵の総攻めを凌ぎきり、京を手中に収めもした。後は、寄せ集めの敵が自壊するのを待つばかりのはずだった。しかし高国は今、再び京を去ろうとしている。

「尹賢。天は、わしを見捨てたのであろうか。もう二度と、都の土を踏めぬのか」

轡《かぶり》を並べる尹賢は、束の間視線を彷徨《さまよ》わせ、「そのようなことはございませぬ！」と頭を振った。

「弱気になられてはなりません。御屋形様は幕府を背負い、天下にあるべき秩序をもたらすべき御方。たとえいかなる困難が立ちはだかろうと、最後には必ずや京を取り戻される。それがしは、そう信じておりまする！」

尹賢の熱弁ぶりは、思わず気圧されそうになるほどだった。

「さ、さようか……」

「勝敗は兵家の常と申しまする。また、連戦連敗しながら最後の一戦を制し、皇帝となった漢《かん》の高祖《こうそ》の例もございます。この尹賢、御屋形様がまことの天下人におなりあそばすその時まで、身命を賭してお仕えいたす所存にございますぞ！」

拳を掲げ、熱く語った尹賢が坂本を出奔して堺公方府に寝返ったのは、それから一月足らず後のことである。

五

もう誰も信じられない。いや、元々人を深く信じる質ではなかったが、尹賢の寝返りがあってからというもの、高国は猜疑心《さいぎしん》の塊になっていた。

京からの撤退後、義晴は坂本を経て、さらに険阻《けんそ》な近江朽木谷《くつきだに》へ逃れた。そして高国は、わずかな供廻りを連れて自ら諸大名のもとに足を運び、再上洛のための出兵を説いて回っている。信頼に足る家臣がいないのであれば、自身で足を動かす他ない。

しかし、伊賀の仁木《にき》家、伊勢北畠家、さらには再び朝倉家を訪ねたが、首を縦に振る者は一人としていなかった。最早、畿内近国の大名はあてにならない。高国は越前三国《みくに》湊《みなと》を出航し、遠路出雲まで足を延ばした。山陰の雄、尼子経久を頼るためである。

尼子家は出雲守護代を務める家柄だったが、次第に主家を凌ぐ実力を蓄え、大内義興の上洛にも従っている。その後、出雲に戻った経久は大内領を蚕食《さんしょく》して山陰に勢力を拡大、義興帰国の一因ともなっている。

同じ中国地方の大大名でも、再び大内家を頼るというわけにはいかなかった。享禄《きょうろく》元年十二月、義興は安芸の陣中で病に倒れ、間もなく山口で没していた。享年五十二。十年にわたり京の都に君臨し、西国の覇者とも称された義興だが、病に勝つことだけはかなわなかったのだ。義興の跡を継いだ義隆《よしたか》はまだ若く、大内家中も義興の死からいまだ立ち直ってはいない。

だがそもそも、大内家が今、高国のために上洛軍を出すはずがなかった。義興の帰国後、高国と大内家は遣明船《けんみんせん》派遣の主導権を巡って対立しているのだ。義興は生前、堺公方府を支援し、娘を足利義維に嫁がせてもいる。

その点、尼子家であれば利害の対立も少ない。正統な将軍家のために上洛して働いたとなれば、成り上がり者の経久の名にも、箔が付くというものだ。義興の死によって、西からの圧力も減じている。要請に応じる目は十分にあると、高国は見ていた。

しかし、経久の反応は冷ややかなものだった。領内の仕置きで手いっぱいで、とても上洛軍など出せぬ。ひどく迷惑そうな顔で、経久はそう答えたのだ。

「世も末じゃ。道義もものふの道も、無残にも廃《すた》れてしもうた」

滞留先の寺の一室で、高国は大いに嘆いた。

「致し方ありますまい」

波々伯部兵庫助が、冷めた声音で言う。

「この乱世にあっては、諸大名の望みは自領を守り、拡げることのみ。将軍や管領のために戦うような奇特な者は、最早どこにもおりますまい」

「馬鹿な。将軍家は武門の棟梁ぞ。その求めとあらば、従うのが当然ではないか。都に上って天下に武名を鳴り響かせるのが、武人の本懐というものであろう」

「いつの時代の話をしておられます。大名の都合で首を挿げ替えられる将軍家など、誰も武門の棟梁などと思うてはおりませぬ」

「ぐぬぬ……」

返す言葉がなかった。将軍家の首を挿げ替え、その権威を貶《おとし》めてきたのは、他ならぬ自分たちなのだ。

しかし、光明は思いがけないところから射してきた。備前守護代の浦上村宗《うらがみむらむね》が、協力を申し出てきたのだ。

浦上家は播磨守護赤松家の家来筋だが、実力を蓄えた村宗は主君の赤松義村を隠退に追い込み、その子政村《まさむら》を擁立、自らが後見人となって備前から播磨にかけて一大勢力を築いていた。

その後、義村は不可解な死を遂げている。恐らく、村宗による暗殺だろう。下剋上の典型のような男だが、有能であることは間違いない。

「それ見たことか。すぐに備前に向かうぞ！」

「お待ちくだされ。村宗は謀《はかりごと》を好む、信の置けぬ人物との評判。御屋形様を利用しようという意図は明白にござるぞ」

「構うものか。こちらも向こうを利用しようとしておるのだ。下手に道義など持ち出されるよりましじゃ」

「つい先日と、仰《おつしや》ることが違いますな」

「うるさい！」

早速、村宗の居城、備前三石城《みついしじよう》を訪れた高国は、村宗と堺公方府打倒の策を話し合った。

村宗は、四十六歳になった高国よりもいくらか若く、抜け目のない冷徹な策士といった印象だった。どこか陰湿な人となりに軽い嫌悪の念を覚えたが、この際、好悪はどうでもいい。必要なのは、堺公方府を打ち破れる味方だ。

「堺公方府の内訌《ないこう》は、すでにお聞き及びかと存じます」

村宗の言葉に、高国は頷く。

堺公方府で、三好元長が失脚していた。先の高国との戦の後、元長は柳本賢治と対立を深めていたが、堺の細川六郎が賢治を支持し、元長に阿波での蟄居《ちっきょ》を命じたのだ。公方府の武力は今、賢治ら丹波衆が一手に握っている。

「元長率いる阿波衆のおらぬ堺公方府は、片翼をもがれた鳥のようなもの。仕留めるは、難しいことではござらぬ」

畿内近国を記した絵図を指し示しながら、村宗が温めた軍略を披露する。耳を傾けながら、高国は勝利を確信した。

「よかろう。堺公方府を滅ぼした暁には、そこもとを備前、播磨、美作の守護に任じよう」

「はは。ありがたき幸せ」

村宗の口元に、はじめて暗い笑みが浮かぶ。再び込み上げた嫌悪を押し殺し、高国も微笑で応えた。

享禄三年五月、入念に準備を整えた村宗は、東播磨へ軍勢を派遣、堺公方府に与《くみ》する国人衆を攻め立てた。

これに対し、堺公方府は柳本賢治に出陣を命じる。播磨に入った柳本勢の兵力は一万に膨れ上がり、浦上方の東播磨依藤城《よりふじじょう》を囲んだ。

しかし、すべては周到に計画された、村宗の罠だった。賢治は攻城中、本陣で村宗が放った刺客に暗殺される。総大将を失った堺公方軍はたちまち瓦解し、すかさず出陣した村宗によって一掃された。村宗は正面から戦うことなく東播磨を手中に収め、堺公方府の武の柱を討ち取ってみせたのだ。暗殺という手段の是非はあれ、その手腕は見事なものだった。

「では、次の段階とまいりましょうか」

さして喜びも見せず、村宗は淡々と述べた。

八月、村宗は満を持して上洛戦の開始を下知する。浦上勢はおよそ二万。さらに、近江朽木の義晴の下にも、数千の軍勢が集まっているとのことだった。

九月、浦上勢の先鋒は摂津の富松城《とまつじょう》を落とし、十一月には要衝の尼崎《あまがさき》を攻略。京の周辺にも、高国方の軍勢が出没している。

享禄四年に入っても浦上勢の攻勢は緩まず、二月には摂津伊丹城が、三月六日には同じく摂津池田城が陥落する。翌七日、京を守る公方府の将木沢長政《きざわながまさ》が逃亡し、代わって義晴を擁する高国方の軍勢が京へ入った。

「ついに、京が我が手に戻ったか！」

京奪還の報せを受け、高国は摂津池田の本陣で狂喜した。

「しかし御屋形様、噂では、三好元長が蟄居を解かれ、阿波衆を率いて堺に入ったとの由。喜ばれるのは、まだ早いかと」

「何を申すか、兵庫助。今さら元長が出てきたところで、我らの勝利は疑いないわ！」

三月十日、浦上勢の先鋒五千が南摂津の勝間《こつま》で三好勢の襲撃を受けた。浦上勢は天王寺、木津まで後退し、これを受けた村宗は主力を野田、福島まで進める。高国はその後方の浦江砦、村宗の名目上の主君、赤松政村は神呪寺城《かんのうじじよう》に陣を置いた。浦江には二千、神呪寺には三千の守兵が配されている。

対する元長は、堺の北にいくつもの砦を築き、持久戦の構えを見せていた。敵の中には、あの細川尹賢もいるという。

その後、両軍は長い睨み合いに入った。敵味方ともに連日、遠方から矢を射掛け合うばかりで、大きな戦には至らない。対峙が二月《ふたつき》を過ぎると、高国の苛立ちは頂点に達した。

「何をのんびりと構えておるのだ、村宗殿。堺はもう、目と鼻の先ではないか！」

「焦りは禁物にござる。元長は稀代の戦上手。加えて、堺の前面に築かれた砦も、急ごしらえにしては堅固ゆえ、迂闊に攻めれば、こちらも多くの犠牲を払うこととなりましよう」

「我らは二万。敵は堺に多くの兵を割き、元長の手元にあるのはせいぜい八千ほどというではないか。この勢いのまま攻めれば、たちまち敵は浮足立つのではないか？」

「戦は数だけでするものにあらず。そして、戦って命を落とす者の多くは、それがしの麾下《きか》にござる。そのこと、くれぐれもお忘れなきよう」

口ぶりこそ穏やかだが、その眼光は鋭い。直属の兵を持たない高国は、口を噤《つぐ》むしかなかった。

「ご案じ召されるな。それがしもただ、手を拱《こまね》いていたわけではござらぬ。元長を砦から引きずり出す策は、すでに施しております」

「そのような策があるのか？」

「六郎が元長に疑いを抱くよう、堺で流言を撒かせました。今頃、六郎は元長がこちらに内通しておるのではと、疑心に駆られておりましょう」

「つまり、元長が六郎の疑いを晴らすには、砦を出て我らに決戦を挑むしかない、ということか」

「御意。その時こそ、元長の首級を挙げる機にござる」

村宗の深謀に、高国は感嘆の吐息を漏らした。「よかろう。戦は村宗殿、そこもとに任せよう」

「仰《おお》せのままに」

六月四日、ついに元長が動いた。

堺からの増援を受けた元長本隊は、一万ほどの軍勢で浦上勢の一隊が籠もる今宮砦を攻め立てているという。村宗は全軍に迎撃を命じ、今宮、天王寺一帯で激しいぶつかり合いが続いた。戦いは一進一退だが、すぐに兵力の差が表れてくるだろう。

刻々ともたらされる戦況報告に、高国は興奮を抑えることができずにいた。

あと一歩で、憎き元長の首を目にすることができる。堺公方府を叩き潰し、再び天下人として都に戻ることもできる。尹賢はどうしてくれようか。高国の目の前で磔にするか。洛中を引き回した後、車裂きの刑にするのも悪くない。

高国は、自身が描かせた『洛中洛外図屛風』を思い起こした。あの屛風に描かれた町と無数の人々。自らの壮麗な屋敷。古式ゆかしい寺社に、悠久を思わせる山河。そのすべてを、再び自分のものにできるのだ。心が浮き立ち、一刻も早く帰りたいという思いが込み上げてくる。

物思いに耽《ふけ》っていると、俄《にわ》かに砦内が騒がしくなった。

どこかから、喚《わめ》き声が上がっている。戦場ははるか南で、敵が襲ってくることなどあり得ない。

「何じゃ、騒々しい。このような時に、喧嘩でもしておるのか？」

口にした直後、喊声が沸き起こった。隣に控える兵庫助が、険しい顔つきで立ち上がる。

「赤松左京大夫《さきょうのだいぶ》の寝返りにより、お味方は総崩れにございます。すでに、この砦の門も破られ申した。急ぎ、落ち延びられませ！」

駆け込んできた浦上の臣が報告した。赤松政村の寝返り。言葉の意味を解することはできても、頭が追いつかない。

「何を……言っているのだ？」

思わず、ひどく間抜けな声が出た。状況を理解するより先に、兵庫助が高国の腕を取り、引き立てるように外へ連れ出す。喊声と得物を打ち合う音が近づき、ようやく何が起きているのか呑み込めた。

「急がれよ。まずはこの地を離れ、播磨へ！」

兵庫助が厩《うまや》から二頭の馬を曳いてきた。頷き、跨って馬腹を蹴る。

先を行く兵庫助が槍を振るい、立ちはだかる敵兵を突き伏せていく。高国は馬首にしがみつきながら、その後を駆ける。

負けたのか。三好元長。やはり之長が言っていた通り、あの男が自分を滅ぼすのか。

最悪の想像を振り払い、生き延びることだけに気持ちを向けた。

どうにか砦を抜け出した頃には、高国の全身は汗に濡れていた。こんなことなら、もっと馬術の鍛錬をしておけばよかった。

「じきに日が落ちます。それまでは、駆け続けられよ」

声を出すこともできず、高国は頷いた。後方からは、今も喊声が聞こえている。些からは火の手が上がり、暮れかけた空を焦がしていた。

「まずは、尼崎を目指しましょう。留守居の浦上勢がまだいるはずです。運がよければ、船で備前まで戻れるやもしれません」

馬を走らせながら、兵庫助が言った。戦況がどうなっているのか皆目わからないが、主戦場から離れた尼崎なら、少なくとも一息つくことはできるだろう。

やがて、戦場の喧噪が遠くなってきた。目の前に、中津川の流れが見える。ここを越えれば、尼崎はすぐそこだ。

馬を川に乗り入れようとした時、後方から喊声が聞こえた。数十人の一団が、こちらへ向かってくる。松明《たいまつ》の灯りに照らされた敵の旗は、赤松家のものだった。

「御屋形様、急がれよ！」

慌てて馬腹を蹴り、川へ乗り入れた。唸りを上げ、矢が耳元を掠めていく。震えながら、脇目も振らず馬を進ませる。

対岸まであと数間というところで、一本の矢が馬の尻に突き立った。馬が嘶《いなな》きを上げ、棹立ちになる。

「わわっ……！」

堪えきれず、高国は鞍から振り落とされた。

水音と同時に、口と鼻から大量の水が入り込んできた。手足をばたつかせるが、水面に顔が出ない。馬鹿な。天下人であった細川右京大夫高国が、こんなところで溺れ死ぬのか。恐怖と口惜しさに衝き動かされ、もがき続ける。

いきなり、目の前に棒のような物が現れた。藁にもすがる思いで摑むと、軽々と水面に引き上げられた。

「落ち着かれよ。それほど深くはござらんぞ！」

激しく咳き込む高国を、兵庫助が馬上から叱咤する。高国が摑んだのは、兵庫助が持つ槍の柄《え》だった。

よく見れば、川の深さは腰の高さほどしかなかった。敵も諦めたのか、川を渡ってくる気配はない。高国は決まりの悪い思いで立ち上がり、岸まで歩いた。

だいぶ遠くはなったが、喊声はまだ聞こえてくる。戦は今も続いているのだろう。一刻も早くここを離れなければ。頭では理解しているが、体は疲れきっている。それほど長い距離を駆けたわけではないが、具足が重くてたまらない。これが、老いというものか。

不意に、どさりという音が聞こえた。顔を上げると、馬に乗っていたはずの兵庫助が、地面に仰向けになって倒れている。

「お、おい……いかがいたしたのじゃ？」

這うように近づくと、脇腹のあたりに血溜まりができていた。

「どうやら、お暇《いとま》をいただかねばならぬようです」

言うや、兵庫助の口から血が溢れ出した。

「矢を、受けたのか……」

否定も肯定もせず、兵庫助は血の気の失せた顔で笑う。

「京を取り戻すなどという愚かな夢は、捨てられよ。御屋形様は、天下人の器に非ず
……」

「な、何を申すか。わしは京兆家の……！」

「家柄の他に、何がございます？」

訊ねられ、高国は口ごもった。政元死後の混乱を制し、畿内を安定に導いた。等持院の合戦で、三好之長を倒した。だが、どちらも自らの力だけで成し遂げたものではない。いや、もっとはっきり言えば、僥倖《ぎょうこう》に恵まれただけだった。

「御屋形様のご武運は、とうに尽きております。この先は、つまらぬ野心を捨てられよ」

「つまらぬ野心、だと？」

腹の底が熱くなった。京を奪回し、天下にあるべき秩序を取り戻す。それは、つまらぬ野心などではない。

「ではそなたは、何故わしに仕えてきた。わしに天下を獲らせ、甘い汁を吸おうと思うたからではないのか！」

憐れむような目で、兵庫助は首を振る。

「それがしは、稙国様ご臨終の際に、父上を支えてくれとのお言葉を賜り申した」

「稙国が……」

初めて耳にする話だった。稙国が倒れた時、高国は公家の屋敷で連歌の会に興じていて、死に目にも会えなかったのだ。

「凡愚《ぼんぐ》な御方だが、それでも自分の父である。どうか、惨めな最期は遂げぬよう、支えてもらいたい。それが、稙国様の……最期のお言葉に……ござった」

「凡愚、だと？」

高国は歯嚙みした。実の我が子でさえ、自分の器量を見限っていたというのか。

気づくと、兵庫助は事切れていた。稙国もこの男も、自分の役に立つ前に死んだ。自分は人材に恵まれていないのだと、高国は思った。

高国は立ち上がり、重い具足を脱ぎ捨てた。亡骸《なきがら》を捨て置き、兵庫助の馬に乗って駆け出す。

自分が凡愚であるなどと、断じて認めるわけにはいかない。この切所《せっしょ》を乗り越え、都に返り咲き、再び天下人の座に就く。そうすれば、世の誰もが自分の器量を認めるはずだ。

六

すでに敗報が届いていたのか、尼崎の守兵はあらかた逃げ散っていた。

町は混乱し、家財をまとめて逃げ出そうとする者や、略奪に走る者も出ている。

高国は無人の民家に入り、鎧直垂を脱ぎ捨てた。代わりに、葛籠《つづら》の中から見つけた粗末な小袖を身に着ける。

父祖伝来の金銀がちりばめられた太刀は、いかにも目立つ。口惜しいが、置いていくしかない。

脇差だけを差して民家を出ると、湊へ向かった。村宗の生死はわからないが、敵の追撃は厳しいものになるだろう。陸路で備前まで逃げるのは難しい。何としても、船を見つけなければ。

だが湊に出るより先に、馬蹄の響きが聞こえてきた。

「三好の軍勢だ！」

叫び声が響き、高国の全身から血の気が引いた。略奪を恐れて、往来にいた人々が逃げはじめる。

「ええい、退《の》け、退かぬか！」

人々を押しのけ、前へ進む。荷を背負った職人風の男とぶつかった。

「何や、おどれは！」

いきなり横面を殴りつけられ、高国は尻餅をついた。唾を吐きかけ、職人は走り去っていく。

口の中に血の味が広がるのを感じながら、高国は呆然とした。何だ、これは。細川京兆家当主たるこのわしがなぜ、職人風情に殴りつけられねばならないのか。普段なら、視界にすら入らない下郎の分際で……。

馬蹄の響きが近づき、高国は我に返った。慌てて立ち上がり、息を切らして船着場まで駆ける。

どこにも船は見えなかった。だが、絶望している暇はない。どこかに身を隠す場所はないかと、あたりを見回す。

目に入ったのは『京屋』という、染め物を扱う店だった。店の者たちはすでに逃げ去ったのか、人の姿は見えない。

屋内に飛び込み、奥の蔵に入った。藍の独特な臭いが鼻を衝き、高国は顔を顰める。

引き返そうかと思ったが、身を隠すのにちょうどよさそうな甕《かめ》が並んでいた。

物音。咄嗟に、腰の脇差に手をかける。甕の陰から顔を出したのは、五歳くらいの男《おとこ》童《わらべ》だった。いかにも貧しい百姓の子といった身なりで、親とはぐれたのか、不安そうにこちらを見つめている。

舌打ちし、高国は怒鳴りつけた。

「何を見ておる。さっさと去《い》ね！」

びくりと体を震わせ、童は蔵を飛び出していく。

しばしの辛抱だ。自分に言い聞かせ、身の丈ほどもある甕の一つに歩み寄る。蓋《ふた》を開け、中を覗いた。鼻が曲がりそうな臭い。だが、躊躇《ちゅうちょ》してはいられない。まさかこんなところに身を隠すとは、敵も思うまい。

苦労してよじ登り、甕の中に潜む。蓋を閉じると、視界は闇に包まれた。

どれほどの時が経ったのか。幾度か眠りに落ち、夢を見た。

政元。義興。之長。兵庫助。そして稙国。いくつもの顔が、現れては消える。どの顔も、高国を嘲笑《あざわら》っているようにも、憐れんでいるようにも見えた。

再び押し寄せた尿意に、高国は身を震わせた。

耳を澄ます。先刻聞こえた足音は、もう消えている。

もう、敵は去ったのだろうか。尿意は、すでに堪え難いところまできている。ほんの少しなら、大丈夫ではないのか。

決意し、わずかに蓋を押し上げて外を窺った。

格子窓から射し込んだ日の光が、蔵の床を照らしている。すでに、夜は明けているらしい。なおも慎重に様子を見たが、人の気配はまるで感じなかった。

「……よし」

甕の縁に手をかけ、外に這い出した。転がり落ちないよう、そっと床に下り立つ。小袖の裾をたくし上げ、壁に放尿した。とてつもない解放感に恍惚を覚えた刹那、背後から足音が響き、心の臓が跳ね上がった。

小袖が濡れるのも構わず、振り返る。蔵の入り口近く。そこにいたのは、高国が追い払ったあの男童だった。

童がゆっくりと手を上げ、こちらを指差す。その直後、入り口から具足に身を固めた男たちが雪崩《なだ》れ込んできた。

「わ、わぁっ……！」

高国は身を翻して駆け出したものの、自らの小便で足を滑らせ転倒、鼻面を強打した。涙で視界が滲む。襟首を摑まれ、引きずり起こされる。

「間違いござらぬか」

真っ白な髭を蓄えた老将が、隣の貧相な顔つきの将に訊ねた。

「相違ござらぬ。細川右京大夫高国に候《そうろう》」

答えたのは、細川尹賢だった。

こちらに向き直り、老将が名乗った。

「それがしは三好筑前守《ちくぜんのかみ》元長が家来、三好一秀《かずひで》。貴殿に討たれた三好之長が弟にござる。細川右京大夫殿、ご同行いただこう」

「おのれ、下郎。このような真似をして、ただですむと思うか！」

「最早、貴殿には何の力もござらぬ。浦上勢は壊滅し、浦上村宗の首級も挙がっております」

「何と……」

淡々と告げられ、高国は全身の力が抜けていくのを感じた。抗う気力さえ、萎えていく。

手早く縄を打たれ、立たされた。

「童、よくやった。褒美じゃ」

一秀は腰に提《さ》げた袋からまくわ瓜を摑み出すと、童に与えた。受け取った童は頬を緩ませ、懐に瓜をねじ込む。

高国は唖然としながら、駆け去っていく童の背を見つめた。たかが瓜のために、童はこの場所を知らせたというのか。

体の奥深いところから、なぜか笑いが込み上げてきた。

我ながら、何という滑稽な生涯だろうか。溢れ出す得体の知れない感情は押さえようもなく、高国は声を放って笑った。左右を固める雑兵が、ぎょっとしたように高国を見る。尹賢は怯《おび》えた目を、一秀は憐れみの目を、こちらへ向けていた。

だが高国の目はすでに、一秀も尹賢も見てはいない。

京の屋敷に造らせた庭。その向こうに広がる山並み。都には花が咲き誇り、管弦の音が耳朶《じだ》を撫でる。

「そうか」

高国は呟いた。

自分はただ、あの光景をいま一度、目にしたいだけだった。政も秩序の再建も、本心ではどうでもいい。贅を凝らした庭を眺めるように、天下人として京の都を眺めていたい。ただ、それだけだったのだ。

ようやく、すべてが腑に落ちた。自分の生涯は、都という夢に食われたのだ。

だがそれはそれで、悪くない生ではないか。見果てぬ夢を、一心不乱に追い求める。この乱世で、誰にでもできる生き方ではない。

口惜しさと死の恐怖から目を逸《そ》らすように、高国は笑い続けた。

華は散れども

一

六条本国寺《ろくじょうほんこくじ》の談義所には、重苦しい気配が満ちていた。

本来は学問の講義を行うための建物だが、今日は僧俗合わせて二十人ほどが集り、寄《より》合《あい》が開かれている。

話し合いは、すでに二刻に及んでいた。上座に就く本国寺の住持《じゅうじ》ら僧侶たち、そして俗体の檀徒《だんと》たちも、長々と続く議論に疲れ、暫時《ざんじ》の休憩を終えた今も、疲労の色を隠しきれずにいる。

末席に連なる椿屋平三郎《つばきやへいさぶろう》は、小さく嘆息を漏らした。

檀徒の多くは富裕な商家の主で、二十五歳になる平三郎とは、ずいぶんと年が離れている。椿屋の三代目当主とはいえ、若輩と侮《あなど》られているせいか、寄合がはじまっても発言を求められることは一度もなかった。

「ぐだぐだ話し合うたところで埒《らち》が明かんわ」

痺《しび》れを切らしたように喚《わめ》く小太りの中年男は、檀徒の筆頭格の伊丹屋久兵衛《いたみやきゆうべえ》だった。五条で武具を商う伊丹屋の当主で、四十過ぎの働き盛り。押し出しは強く、声も野太い。平三郎と同じ武具を扱う商人でも、その身代には雲泥の差があった。

「このまま手を拱《こまね》いとったら、都が一向宗の門徒どもにめちゃめちゃにされるのは火を見るよりも明らかや。都を守るには、わしら法華宗信徒が起つ他あれへん」

その強硬な意見に、方々から賛同の声が上がる。

「事は一刻を争う。一向門徒は、明日にもこの都へ攻め入ってくるやもしれんのや。わしらの都がどうなってもええんか？」

摂津の貧しい商家に生まれた伊丹屋久兵衛は、若い頃は自ら戦場に出向き、売り物にする武具を死体から剝《は》ぎ取って集めていたという噂もある。その商人らしからぬ迫力に、慎重派は押され気味だった。

話し合われているのは、浄土真宗本願寺の門徒が畿内近国で起こした一向一揆への対処である。

昨年六月、天王寺の戦いで細川右京大夫高国《ほそかわうきようのだいぶたかくに》を討ち取った堺公方府《さかいくぼうふ》は、共通の敵がいなくなったことで内部分裂を起こしていた。勝利の立役者である三好筑前守元長《みよしちくぜんのかみもとなが》と、三好一族の台頭に危機感を覚える主君、細川六郎《ろくろう》の対立が頂点に達したのだ。

しかし六郎には、公方府で最大の武力を持つ元長に抗する術《すべ》がない。そこで、六郎は本願寺を動かし、元長討伐の一揆を起こさせたのだ。

今年六月二十日、五万とも十万とも言われる一向一揆は堺へ押し寄せ、元長の宿所顕《けん》本寺《ぽんじ》を攻め落とす。歴戦の勇将元長も、門徒の大軍の前に衆寡敵せず自害。堺公方と呼ばれた足利義維《あしかがよしつな》と、元長の遺児千熊丸《せんくままる》は三好家の本拠、阿波へと落ち延びていったという。

自らが拠って立つ堺公方府を壊滅させた六郎は、かつて自身が京から近江朽木谷へ追い払った将軍足利義晴《よしはる》と和睦し、その名の一字を戴いて晴元《はるもと》と名乗った。義晴が将軍として京に復帰し、晴元が管領《かんれい》となって幕府を支える。そうした形でこの争乱は決着が付くだろう。誰もがそう見ていたものの、事態はまったく別な方向へと進んでいた。

一度火が付いた門徒の蜂起は、燎原《りょうげん》の火の如く畿内近国へと広がっていったのだ。七月、元長を屠《ほふ》った一向一揆は、本願寺の解散命令も無視して大和へ乱入、奈良興福寺《こうふくじ》を焼き討ちするという暴挙に出る。

これに慌てたのが、門徒を蜂起させた張本人の晴元である。

とどまるところを知らない門徒の跳梁《ちょうりょう》を受け、晴元はすぐさま掌《てのひら》を返した。本願寺と訣別した上で幕府を動かし、将軍義晴の名で本願寺の討伐を布告する。

だが、元長を滅ぼした晴元に、一向一揆を鎮めるほどの兵力はなかった。そこで晴元が目をつけたのが、京に多くの門徒を持つ法華宗の勢力である。

応仁、文明の大乱の後に多くの法華寺院が建立された京は、世に『題目《だいもく》の巷《ちまた》』と称されるほど、多くの信徒を抱えている。誇張はあるものの、京に暮らす三人に二人は法華宗に帰依《きえ》していると言われていた。晴元はこの法華信徒に一揆を結ばせ、一向一揆とぶつけようというのだ。

かくして、朽木谷の幕府から京の法華宗各寺院に向け、『一揆を結び、幕府に忠節を尽くすように』との書状が発給される。

この要請を受けるか否かが、今日の寄合の議題だった。

「どうや、平三郎はん。若いあんたの考えも聞かせてくれ」

久兵衛にいきなり意見を求められ、平三郎は動揺した。

「わ、わしは若輩やで、難しいことは……」

「さよか。ほな、ええわ」

小さく舌打ちされ、平三郎はうなだれる。こうした時に考えを主張できない自分の気弱さが恨めしい。

「待たれよ、皆の衆。血気に逸《はや》ってはならぬ」

本国寺の老住持が、久兵衛ら強硬派を窘《たしな》めた。

「久兵衛殿。そなたは一向門徒と戦うべしと簡単に申すが、もしも敗れればいかが相成るか、考えておるのか？　相手は、かの三好筑前守でさえ敵わなんだ、五万とも十万とも号する大軍ぞ。一つ間違えば、京は焼け野原となりかねん」

「何を弱気な。そないなことにならへんよう、戦わなあかんのです。敵は大軍やが、わしらには銭がある。戦慣れした足軽どもを雇い入れ、京の出入り口に要害を構えておけば、敵は手も足も出えへん。そこへ細川の軍勢が背後から襲いかかる。それで、敵はたちまち総崩れや」

「しかし、それだけの銭を出すとなると……」

今度は、下京《しもぎょう》に店を構える商人だった。銭の話になった途端、少なくない檀徒たちが腕を組んで考え込む。

米や武具と同じく、足軽にも相場がある。ここ数年、おおきな戦が続いたせいで、相場は跳ね上がっていた。一向門徒に対抗できるほどの足軽を雇うとなると、その出費は相当なものになるだろう。

「案ずることはあれへん。首尾よく一向門徒を追い払えば、得る物はある」

声を潜め、久兵衛が続ける。

「幕府の要請に応《こた》えて一向門徒討伐に手柄を立てたら、その見返りに、地子《じし》銭《せん》の免除を求めるつもりや」

おおっ、とどよめきのような声が上がる。平三郎も、思いがけない提案に、久兵衛の顔をまじまじと見つめた。

地子銭とは、町屋の家屋敷に課される税のことだ。これが免除されれば、大店や屋敷を構える富裕な商人ほど、利益が大きい。平三郎の店はさほど広くはないが、売り上げの如何《いかん》に関わらず徴収される地子銭は、かなりの負担になっていた。

「しかし、そないなことができるんやろか」

「そや。もしも商いを禁じられたりしたら、暮らしていけへん」

檀徒たちが口々に不安を並べるが、久兵衛は「できる」と断言した。

「ええか。大名衆がいちばん恐れとるのは、わしら民百姓が団結して逆らうことや。せやからこの戦で、わしら町衆《まちしゅう》の力を見せつけたったらええ。それで、地子銭免除は必ず勝ち取れる」

確信に満ちた久兵衛の言葉で、寄合の流れは決した。

寄合が終わると、平三郎は境内《けいだい》を出て家路についた。

空は茜色に染まっている。まだ七月の末だが、日射しは弱く、この刻限でも寒いくらいだ。稲の実りは悪く、冬になればまた多くの餓死者が出るだろう。

油小路《あぶらこうじ》を北上し、五条烏丸《からすま》にある家へと向かう。普段ならば春をひさぐ女たちが辻々に立ちはじめる刻限だが、町は不気味なほどに静まり返っていた。

このところ、都からは活気が失せている。六月の祇園会《ぎおんえ》も、今年は行われていない。それもこれも、すべてこの一揆騒ぎのせいだ。

奈良や堺周辺に一向門徒が蟠踞《ばんきょ》しているため、物や銭の流れが滞《とどこお》っていた。連年の不作と相まって米は値上がりし、商いも冷え込んでいる。その代わり、戦で在所を追われ、着の身着のままで京へ逃れてきた人々が鴨河原や寺社の境内に屯《たむろ》している。

奈良で狼藉《ろうぜき》の限りを尽くした一向門徒が、次に京の都を狙うのは自明の理だ。京の町衆の中には、すでに家財をまとめて逃げ出す者も出はじめている。都に暮らす十数万の人々の頭上には、貴賤《きせん》の別なく不安と恐怖がぶ厚い雲のように、重く垂れ込めていた。

「帰ったで」

客が一人もいない狭い店先で声を掛け、奥へ上がる。

「お帰りなさいませ」

妻の紺《こん》が出迎えた。三つ年下で、平三郎の遠縁に当たる。幼い頃からの顔見知りで、親同士が決めた縁談だった。自分で選んだ妻ではないが、慎ましく働き者の紺に、取り立てて不満はなかった。

紺の足元で平三郎を見上げるのは、三歳になる娘の華《はな》だ。

しゃがみ込み、華を抱き上げた。娘のはしゃいだ声に、少しだけ気分が軽くなる。

「それで、寄合の方はいかがでした？」

紺が不安げな面持ちで訊ねた。

「どうもこうもない。遠からず、一向門徒と合戦になるで」

「そうですか、やっぱり」

この数年で、京は幾度も戦場になっていた。五年前には堺公方府と細川高国の軍が京を巡って激しく戦い、多くの家が焼かれるか、軍兵の略奪に晒された。幸い、椿屋を含めたこのあたりの被害は少なかったものの、紺はその時の恐怖を忘れられないのだろう。

「しばらくは、商いどころやのうなる。銭もかかるし、忙しくなるで」

「旦那さまも、戦に？」

「そうなるやろな」

寄合では、各檀徒が出す兵の割り当ても決められた。椿屋は、十五人の兵を揃えることになっている。しかし、それだけの足軽を雇う銭などなかった。となると、平三郎や奉公人も数に入れるしかない。

平三郎は自室に入り、文机《ふづくえ》と向き合った。商いの帳面を捲《めく》りながら、考えを巡らせる。

「まったく、難儀なこっちゃ」

椿屋は、応仁の乱の後に祖父が開いた、刀剣を商う店だ。間口は狭く、商いの規模も小さいが、祖父が自らの足で諸国を巡って集めた逸品が揃っている。祖父は、元々は東国の武士で、戦で主家と領地を失い京へ流れてきたのだという。店を開いてからは地道な商いで、武家を中心にそれなりの信頼を築いている。

とはいえ、この時世で売れるのは、数打ちの無銘《むめい》の刀ばかりだ。質よりも量の勝負になれば、大店の伊丹屋に勝てるはずもなく、椿屋の屋台骨は父の代から徐々に傾きつつあった。

平三郎には兄が二人いたが、長兄は夭折し、父と跡継ぎになるはずだった次兄が流行《はや》り病《やまい》で同時に没したため、平三郎が三代目当主となった。

店を継いで、今年でようやく三年になる。主という立場には何とか慣れたものの、商いのやり方や刀剣の目利《めき》きは、祖父や父に遠く及ばない。傾きかけた店をどう立て直すかで頭がいっぱいで、一揆どころではなかった。

しかし、一向門徒が京へ攻め入ってくれば、商いどころか自分や妻子、奉公人たちの命さえ危うくなる。騒ぎが収まるまで京を離れることも考えたが、法華宗の檀徒は横の繋《つな》がりが強く、一揆に加わらずに逃げたとなれば、京に戻っても商いはできなくなるだろう。

都は戦が絶えないが、これまでどうにかやってきた。この先も、平凡な商家の主として生き、戦場に出ることもなく老いていくのだろう。いつか生まれる息子か、それとも華の夫に店を譲り、隠居した後は紺と二人で寺社巡りでもしながら余生を送れれば、それで十分だ。

漠然とそう思っていたが、その考えは甘かったようだ。この乱世では、戦わずして生きていくことはできないらしい。

「やるしかあれへんか」

嘆息とともに吐き出す。

他に道はない。せめて、洛中が戦場にならず、店も妻子も無事に終わることを祈るしかなかった。

二

「よいか、者ども！」

八月七日早朝、本国寺に集まった法華一揆勢に向け、山村正次《やまむらまさつぐ》が声を張り上げる。

境内には、『南無妙法蓮華経《なむみようほうれんげきよう》』と大書された旗が何十本と掲げられている。秋分を間近に控えた京の町は、熱気に包まれていた。都中から集まった一揆勢は三千を超え、今もまだ増え続けている。

山村正次は、法華一揆を指揮するために細川晴元が送り込んできた将だ。かつて京を支配していた堺公方府の将、柳本賢治《やなぎもとかたはる》の家臣だというが、詳しいことはわからない。

平三郎も、なけなしの銭で集めた足軽たちとともに、山村正次の言葉に耳を傾けた。

「一向門徒どもは奈良を焼き、堺に押し寄せ、さらにはこの都までも狙うておる。天下を乱す彼《か》の門徒どもの暴虐を一刻も早く食い止めねば、都は一面の焼け野と化すであろう。これは、私利私欲による戦にあらず。天下安寧のための、義戦である！」

集まった法華宗信徒が、口々に賛同の声を上げる。皆で都を守ろうぞ。一向門徒どもを、一人残らず打ち殺せ。

平三郎はそうした光景を、どこか冷めた気分で見つめていた。

何が、天下安寧のためや。細川晴元のために利用されとるのがわからへんのか。そもそも、三好元長を倒すために一向門徒に一揆を起こさせたのは、どこの誰や。言いたいことは山ほどあるが、口にすれば、ここから生きては出られないだろう。

「堺が落ちれば、敵は間違いなくこの京へ雪崩《なだ》れ込んでまいる。その前に敵の本拠、山《やま》科《しな》本願寺を攻め落とすのだ！」

京の町衆が一揆の準備をしている頃、摂津、和泉方面で睨《にら》み合っていた細川勢と一向門徒の間で、ついに戦端が開かれた。一向門徒勢は大挙して晴元のいる堺を囲み、摂津の要衝池田城や大和の高取城《たかとりじょう》でも、激しい合戦が行われているという。

堺を包囲され追い詰められた晴元の狙いは、法華一揆に山科本願寺を攻めさせ、堺を囲む一向門徒を動揺させることだろう。そのために、法華一揆勢が何人死のうが、晴元には何の痛痒《つうよう》もない。

　とはいえ、堺が落ちれば京が危うくなるのもまた、事実だった。店と妻子を守るためには、戦う以外の術はない。

　本国寺を進発した法華一揆勢は、清水寺《きよみずでら》へ進み東山《ひがしやま》一帯に陣を布《し》き、周辺の一向宗の寺や道場を焼き討ちして回った。その間にも法華宗信徒が続々と集結し、その数は一万近くに達している。

　さらに、晴元の依頼を受けた近江守護の六角定頼《ろっかくさだより》が動いた。近江観音寺城《かんのんじじょう》を出陣した六角の大軍は、近江堅田《かたた》周辺の一向門徒を掃討しながら山科へと進軍している。

　一方、堺でも大きく戦況が動いていた。細川勢が一向一揆勢の攻勢を凌いで反撃に転じ、大坂御坊《おおさかごぼう》へと攻め寄せたのだ。摂津の大坂御坊は、山科と並ぶ本願寺の一大拠点である。堺の勝報に、東山の陣営は大いに沸き立った。

　法華一揆勢の主力がはじめて一向一揆勢とぶつかったのは、出陣から十日後だった。六角家の参戦で追い詰められた一向一揆勢数千が山科本願寺を出陣し、新日吉口《しんひよしぐち》から京を衝《つ》こうとしたのだ。

　筵旗《むしろばた》を掲げ、粗末な武具に身を包んだ一向門徒は、口々に「南無阿弥陀仏《なむあみだぶつ》」の六字名号《みょうごう》を唱えながら、屍《しかばね》を乗り越えてひたすら前進を続ける。新日吉口を守っていた味方は崩されかけたものの、すぐに後詰が駆けつけ、一向一揆勢を敗走に追い込んだ。

勢いに乗って山科本願寺を囲んだ味方は二十四日早朝、山科本願寺の総攻めを開始した。六角勢を加えた味方は、およそ四万。主力が堺攻めに向かっていた一向一揆勢は猛攻に耐えきれず、本願寺法主の証如《しょうにょ》は大坂御坊へ逃亡。山科本願寺の伽藍《がらん》は炎に包まれ、その日のうちに陥落する。

「終わってみれば、何とも呆気ないものでしたな」

槍を手に言ったのは、奉公人の勘七《かんしち》だった。

「ともあれ、勝ちは勝ち。足軽を雇うのにずいぶんと銭は使うたけど、取り戻すどころか、すっかり儲かってしまいましたな。これやったら、戦も悪うない」

「確かに、そやな」

勘七が小脇に抱えるのは、寺内町《じないまち》の商家跡地で見つけた葛籠《つづら》だった。中には、ぎっしりと永楽銭《えいらくせん》が詰まっている。満足気に笑う勘七の足元には、麾下《きか》の足軽たちが寺や民家から略奪してきた財物が積み上げられていた。

材木と肉の焼け焦げる不快な臭いが、あたりを覆っている。焼け野と化した山科は、勝者たちの恰好の稼ぎ場となっていた。法華一揆勢や六角家の足軽雑兵は、この地の民や僧侶が残していった財物を求め、獣じみた目つきで焼け跡をうろついている。

平三郎と麾下の足軽たちは軍勢の中でも比較的後方に配されたため、実際に槍を取って戦うことはなかった。

「よほど慌てて逃げたんやろな。こんなにお宝が残っとるとは思わへんかったわ」

そう言って、平三郎は足元に目をやった。手に入れた財物は、刀剣や鎧兜《よろいかぶと》といった武具の他、銭や反物、書画に経典、唐物《からもの》の壺や茶器と、多岐にわたっている。これを売り捌けば、足軽を雇うのに使った銭の倍にはなるだろう。

「侍《さむらい》連中が戦をやりたがるのも、ようわかるわ」

これで地子銭まで免除になれば、傾きかけた椿屋も、いくらか立て直せる。こうしてみれば、戦も悪いことばかりではなかった。この乱世では、人は、奪うか奪われるかの二つに一つしかない。ならば奪われるよりも、奪う側に回りたい。そう考えるのは、人として当たり前のことだ。

不意に、甲高い悲鳴が聞こえた。いかにも高価そうな小袖をまとった若い女が、足軽たちに囲まれている。逃げ遅れた商家の娘だろう。

慰みものにされた後で売り飛ばされるか、あるいはその場で斬り捨てられるか。どちらにせよ、戦場ではよくあることだ。

平三郎は目を背け、葛籠の中の銭を数えはじめた。

一向宗の本山が陥落しても、戦火は収まるどころか、より一層激しく畿内近国で燃え盛っていた。

山科を脱した証如は摂津大坂御坊を新たな総本山とし、各地の一向一揆に徹底抗戦を呼びかける。これに対し、晴元も一歩も退《ひ》かず、戦は長期化していった。

九月、細川、法華一揆連合軍と一向一揆の主力が大山崎《おおやまざき》でぶつかり、連合軍が敗北を喫した。だが、十二月には連合軍が盛り返し、摂津の一向一揆方の拠点、富田《とんだ》道場を攻め落とす。

しかし、翌年二月には再び戦況が逆転、一向一揆が堺を落とし、晴元主従は淡路へと逃れていった。さらに丹波では、晴元に滅ぼされた細川高国の残党が蜂起し、上洛の機を窺《うかが》っている。

京では一向門徒への憎悪と疑心暗鬼が渦巻いていた。僧俗、老若男女の別なく、本願寺に内通したという疑いをかけられ、ろくな詮議もないまま斬られる者が後を絶たない。歌舞音曲を行う唱門師《しょうもんじ》たちの村が、丸ごと焼き討ちに遭うという事件も起きている。

四月、態勢を立て直した晴元が堺を奪回、大坂を囲んだ。それから二月《ふたつき》に及ぶ包囲で両軍に厭戦気分が広がり、六月二十日、ようやく和睦が成立する。晴元と本願寺の和睦仲介を請け負ったのは、かつて晴元に討たれた三好元長の遺児、千熊丸だという。

「ようやく終わったな」

久方ぶりに京へ戻り、平三郎は嘆息した。

この間、法華一揆勢は細川晴元の走狗《そうく》のごとく、各地を転戦した。平三郎も、幾度も死線を越え、無数の敵を殺し、幾多の村を焼いている。集めた足軽は半数近くが死に、平三郎自身も敵の矢を受けたせいで、左腕は肩の高さから上には上がらなくなっている。刀剣商の子として、刀の扱いはある程度学んでいた。それが無ければ、今頃とうに死んでいただろう。

戦場の恐怖は平三郎の深い部分に染みつき、病の発作のように時を選ばず襲ってくる。眠りにつく時、「南無阿弥陀仏」の幻聴に悩まされることもしばしばだった。

だが、得た物も多くあった。略奪で手にした銭である。

最初のうちは気が咎《とが》めたが、戦場では誰もが同じ、あるいはもっと非道な行いをしている。ましてや、相手は法華宗の不倶戴天《ふぐたいてん》の敵である、一向門徒だ。罪の意識はすぐに消え、代わりに平三郎は、戦場での稼ぎ方を学んでいった。

椿屋の蔵には今や、方々の町や村で分捕《ぶんど》った戦利品が高々と積み上げられている。捕らえた女子供を人買い商人に売り払った利も、かなりのものになっていた。

また、戦の間は地子銭の徴収も行われなかった。法華一揆の指導者たちは、和睦の後も地子銭免除を訴えるつもりだという。

「帰ったで」

五条の屋敷に戻るのは、大坂攻めに出陣して以来、二月ぶりだ。この一年近く、京市中でも多くの騒擾《そうじょう》があったが、幸い店と屋敷は無傷だった。

いつものように、店先で家人たちが出迎える。紺と華、下働きの女たちも、取り立てて変わったところはないようだ。

「ようご無事で。お疲れにならはったやろ」

安堵《あんど》の表情を見せる紺に、平三郎は笑みで応える。

「喜べ。今回もたんと稼いできたで」

「まあ」

勘七と足軽たちが曳《ひ》いてきた荷車を見て、一同が沸いた。大坂周辺の村や道場から分捕ってきた品々だ。

「今宵は宴や。仕度は整ってるやろな？」

「はい、もちろん。食事もお酒も、たんと用意しております」

和睦が成ったことで、京が戦場になる危険は去った。戦場に出た奉公人は何人か命を落としたが、それを補って余りあるほどの戦利品も得た。これでようやく、商いの道に専念できる。

すべては上手くいっている。平三郎は、紺の足にしがみついている華を抱き上げた。

「どうや、華。これからはもっときれいな着物着て、美味《うま》いもんも仰山《ぎょうさん》食べられるで。嬉しいやろ？」

華はなぜか、怯えるような表情で平三郎を見ている。

三

「ええか、皆の衆。これまで、幕府や大名がうちらに何をしてくれた？　事あるごとに銭を巻き上げ、戦で町を焼いて商いを妨げてきただけや」

五月晴れの空の下、平三郎は本国寺境内に集まった一揆勢に向け、大音声《だいおんじょう》で呼びかけた。

「けどな、これからはもう、侍の世の中やない。うちら商人が都を治め、守っていくんや。ただの市中見廻りと思うて、気を抜くんやないで。京の町ではいかなる狼藉も許さへん。その気概をもって臨むんや！」

五十人の一揆勢が物の具を鳴らし、喚声で応える。恍惚とした気分に包まれながら、平三郎は出立を告げる。

細川と本願寺の和睦から、三年近くが過ぎていた。

将軍義晴は近江から京へ戻り、南禅寺《なんぜんじ》を仮の御所としたものの、細川晴元は摂津芥川城《あくたがわじょう》にとどまったまま、京へは入っていない。

法華一揆勢は、幕府や細川家との交渉で地子銭の免除と京の検断権《けんだんけん》（警察権）を勝ち取り、事実上、京を支配下に収めている。幕府は法華一揆勢に〝七口《ななくち》〟と呼ばれる京の七つの出入り口の警固《けいご》を命じ、この事実を追認するしかなかった。

大名でも、名だたる大寺院でもない、町衆を中心とする一揆が都を治める。それは、日ノ本開闢《かいびゃく》以来はじめてのことだった。

京の政《まつりごと》は、町衆の有力者と、法華宗各寺院の高僧たちの合議によって執り行われていた。そしてその下で、一揆の指導者たちが治安の維持と七口の警固に当たる。平三郎は一向一揆との戦での働きが認められ、五十人を指揮する組頭《くみがしら》に任じられていた。

麾下のほとんどは、法華寺院や富裕な商人に雇われた足軽と、下京に暮らす貧しい町衆だ。戦乱で村を追われ、裸一貫で京へ流れ込んだ者も少なくない。法華一揆と呼ばれてはいても、熱心な門徒はほんの一握りにすぎなかった。

「しかし、いつになったら商いに専念できるやら」

隣を歩く勘七が、苦笑しながら言った。

「仕方ないわ。商いもええが、都を守るのも大事やからな」

「そらまあ、そうですけど」

細川家と本願寺の和睦以来、京はおおむね平穏だった。一向門徒たちはそれぞれの在《ざい》所《しょ》へ帰り、再び蜂起する兆《きざ》しは見えない。細川晴元も、今は自身の地盤を固めるのに忙しく、法華一揆とは協調関係を保っている。

都大路は、かつての活気を取り戻しつつあった。

細川と本願寺の戦で途絶えがちだった物流が再び活発になり、戦火を避けて逃れていた京の商人たちも帰ってきた。諸国から多くの人や物、銭が流れ込み、道行く人々の顔つきにも明るさが戻っている。また、戦で刀剣を求める客が増えたおかげで、椿屋の商いもいくらか上向いていた。

とはいえ、京を支配する法華一揆に対する反発も少なくはなかった。特に公家、武家、そして法華宗以外の寺社は、一揆を苦々しい目で見ている。表立った諍《いさか》いに発展していないのは、ひとえに一揆の武力を恐れてのことだ。

「椿屋の旦那」

五条河原の近くで、先行させていた足軽が駆け戻ってきた。

新蔵《しんぞう》という、一向門徒との戦がはじまった時に雇い入れた足軽の一人だ。まだ三十路《みそじ》にもなっていないが、戦の経験は豊富で、腕も立つ。

「どうした、新蔵」

「それが、ちょいと厄介なことに」

下京の外れにある小さな法華宗の寺で、延暦寺《えんりやくじ》の僧兵が暴れているという。平三郎は数人を周辺の法華寺院へ走らせると、足を速めて現場へ向かった。

「こりゃ、ひどいありさまやな」

境内には仏具が散乱し、山門の外では、打ち据えられた僧侶たちが呻《うめ》き声を上げている。

僧兵は三十人近くもいた。いずれも袈裟の下に鎧を着こみ、得物《えもの》を手にしている。寺そのものも打ち壊すつもりなのか、掛矢《かけや》を手にした者も数人いた。

「何だ、お主らは。合戦でもはじめる気か」

僧兵の首領格らしき男が、嘲笑混じりに言った。人数ではこちらの方が多いが、所詮は町衆と侮っているのだろう。

「そんなつもりはあれへん。何があったのか、教えてくれ」

「ふん。この寺を我が延暦寺の末寺にしてやろうという話を、住持が拒んだ。ゆえに懲らしめてやった。ただそれだけだ」

このところ、法華一揆と比叡山延暦寺の関係が張り詰めたものとなっていた。

きっかけは、今年二月に一条烏丸《からすま》の金山天王寺《きんざんてんのうじ》で行われた法華宗と天台宗の宗論《しゅうろん》だった。延暦寺の華王房《けおうぼう》という僧が、一介の法華宗信徒である松本新左衛門《まつもとしんざえもん》という武士に、完膚《かんぷ》なきまでに論破されたのだ。敗北した延暦寺側は再度の宗論を挑もうと都中を探し回ったが、松本新左衛門はすでに京を離れた後だった。

怒りの収まらない延暦寺は、法華宗に対して「法華」の名を用いないよう訴訟を起こしたが、幕府の裁定により敗訴となる。延暦寺は再び面目を失い、法華宗への敵愾心《てきがいしん》をさらに募らせていた。

「何が末寺や、ふざけるな！」

「上納銭が欲しいだけやろ。そんな無茶苦茶な話があるか！」

打擲《ちょうちゃく》を受けた僧侶たちが、口々に喚き立てた。

「これは、延暦寺とこの寺の問題。そなたら一揆ばらの出る幕ではないわ。早々に去《い》ね！」

首領格の言葉に、双方が殺気立つ。

「面倒なことになりましたな」

「ええか、新蔵。絶対にこっちから手は出させるな。向こうの思う壺や」

「承知」

数ではこちらが勝るが、相手は武芸の鍛錬を積んだ僧兵たちだ。そしてそれ以上に、ここで合戦に及べば、法華一揆と延暦寺の全面的なぶつかり合いにも発展しかねない。だがこちらが引けば、僧兵たちはこの寺を打ち壊すだろう。

山門を挟んで睨み合う形になった。敵味方ともに得物を構え、弓には矢を番《つが》えている。

張り詰めた時が流れた。全身が汗に濡れている。一歩間違えば、放たれた矢がこの身を貫くだろう。南無妙法蓮華経。口の中で題目を唱え、恐怖を堪《こら》えた。

どれだけの時が流れたのか、晴れ渡っていた空に、いつの間にか厚い雲が垂れ込めている。

不意に、後方から無数の足音が響いてきた。

振り返る。武装した数十人。掲げるのは、法華経を大書した旗だった。

さらに、方々から味方が続々と駆けつけてきた。人数は百人を優に超えている。平三郎は安堵の息を吐き、額の汗を拭った。

すぐに攻め入るべきだという味方の声を、平三郎は押し止めた。

前に進み出て、僧兵たちに呼びかける。

「さっきも言うたが、うちらに戦をする気はあれへん。叡山と事を構えるつもりもない。あんたらが大人しゅう引き上げてくれたら、それでええんや」

騒ぎ立てていた僧兵たちが、静まり返った。さすがにこの人数が相手では勝ち目がないと踏んだのだろう。

「よかろう」

首領格の声が静寂を破った。

「今日のところは引き上げよう。されど、これで終わりだなどと、ゆめゆめ思わぬがよい」

言い捨て、僧兵たちは境内から立ち去っていく。降り出した雨に打たれながら、平三郎は安堵の吐息を漏らした。

見たか、悪僧ども。これに懲りたら、二度と都に出てくるな。味方が口々に快哉《かいさい》を叫ぶ。

町衆の中には、高利貸も営んでいる延暦寺に痛い目に遭わされた者も少なくない。平三郎の知人や親族にも、借財が返せず身ぐるみ剝がされた者が何人もいる。

「やりましたな、旦那さま。大手柄や！」

駆け寄ってきた勘七が、白い歯を見せた。他の味方も、平三郎に称賛の視線を向けている。

「旦那さま、皆に何か言葉を」

勘七に促され、平三郎は一同を見渡す。

「ええか、皆の衆。この都は、わしら町衆のもんや。たとえ叡山の悪僧やろうと、恐れることはあれへんぞ！」

どっと、歓声が上がった。

生まれてこの方、感じたことがないほどの高揚を、平三郎は覚えた。誰もが恐れをなす叡山の荒法師たちを、他の誰でもない、この自分が追い散らしたのだ。こんな事が自分の人生に起こるとは、考えたことすらなかった。

平三郎は逃げ去る僧兵たちの背を眺めながら、誇らしい思いで胸を張った。

四

七月に入ると、京は戦の気配に騒然としはじめた。

延暦寺が京へ攻め入るとの風説が流れ、法華一揆は迎撃のため、京周辺に数多くの要害を築いている。相国寺《しょうこくじ》や鹿苑院《ろくおんいん》、東寺といった法華宗以外の大寺院でも、戦に備えて堀や土塁、防柵の普請に昼夜の別なく励んでいた。

「旦那さま。戦は避けられへんのですか？」

平三郎に酌をしながら、紺が訊ねた。すでに夜は深く、七歳になった華は床に就いている。

「ああ。叡山はやる気やろな、間違いなく」

答えると、紺の表情に不安が浮かぶ。

「嫌やわ。都が戦場になるやなんて」

「安心せえ。都は戦場にはならん。わしらが洛外で食い止めるからな」

延暦寺は多数の僧兵を抱えているというが、各地の寺領から戦える者を掻き集めても、せいぜい五千から六千というところだ。対する味方は、一揆に参加している者だけで一万は下らない。戦になれば洛中洛外から門徒が馳せ参じ、一万五千から二万にも達するだろう。

京に攻め寄せてきた延暦寺勢を洛外に築いた要害で釘付けにし、機を見て反撃に転じれば、必ず勝てる。そのまま勢いに乗って、坂本や比叡山に攻め込むことさえ、不可能ではない。それが、一揆の指導者たちの見立てだった。

「けど、比叡のお山を攻めるやなんて。罰が当たるんとちゃいますか？」

「阿呆。あいつらは仏に仕える言いながら、やってることはそこらの銭貸しと同じ、いや、それより質《たち》が悪い。いっぺん、火ぃでも付けて痛い目に遭わしたらなあかん」

〝半将軍〟と呼ばれた細川政元《まさもと》が叡山を焼いたのは、三十年以上も昔のことだった。それからしばらくは叡山も大人しくしていたそうだが、この十数年で再び力を蓄え、悪辣《あくらつ》なやり方で都人を苦しめている。ならばいま一度、叡山を焼いて、今度こそ立ち直れないほどの痛手を与えるしかない。仏法を蔑《ないがし》ろにし、悪事を働いているのは叡山の方だ。報復したところで、仏罰が当たるはずはない。

「それに」と平三郎は続ける。

「叡山は宝の山や。この際、京の町衆から吸い上げた財物を、全部吐き出させたるんや。この戦が終わったら、打ち掛けでも髪飾りでも、何でも買うたるで」

「まあ、嬉しいわあ」

今しがたの不安顔が嘘のように、紺は目を輝かせた。

法華一揆の主立った者たちが二条妙覚寺《にじょうみょうかくじ》の本堂に集められたのは、七月二十一日のことだった。緊急の軍議である。

「叡山勢の出陣が明後日、二十三日と決した。これは、叡山に放った間者がもたらした、確かな報せである」

軍議を仕切る妙覚寺日兆《にっちょう》が、一同に向けて言った。

「加えて、近江の六角定頼が叡山に与《くみ》したらしい。六角勢はすでに近江観音寺城を出陣し、京へ向かっておるとのことじゃ」

「何やて」

「そないな話、聞いてへんぞ」

一同がざわついた。叡山だけが相手ならともかく、武家を敵に回すとなれば話は違う。しかも近江六角家といえば、近江南半国を領する大国だ。戦となれば、一万や二万の兵は集められるだろう。

「静まらんかい」

野太い声は、伊丹屋久兵衛のものだった。

一向一揆との戦を経て、久兵衛の発言力は増していた。本人は戦場には出ていないにもかかわらず、多くの足軽を雇い、多額の軍資金も提供したことで、法華一揆勢の中で一目置かれる存在になったのだ。

　立ち上がり、久兵衛は一同に呼びかける。

「六角家が敵に回ったところで、わしらのやるべきことは何も変わらへん。敵を打ち破り、わしらの都を守る。それだけやろ？」

「しかし伊丹屋はん」

　列席する商人の一人が、口を挟んだ。将軍家にも酒を納める富裕な酒屋の主で、酒造りのかたわら高利貸も営んでいる。

「敵は、戦慣れした侍衆や。勝てたとしても、味方の被害は甚大なもんになる。そうなったら商いどころやあらへん。せやから、ここは穏便に、叡山や六角家と話し合いを持つべきとちゃうか？」

「何をぬるいことを」

　その提案を、久兵衛は鼻で笑った。

「わしらが犠牲を払って一向門徒どもと戦ったんは、己の利のためだけとちゃう。侍衆や叡山の横暴から法華宗信徒を、いや、この都に暮らすすべての者を解き放つためや。あの連中は所詮、都を食い物にすることしか考えてへん。話し合うたかて、時を無駄にするだけや」

　法華宗の高僧たちも、久兵衛の言葉にしきりに頷《うなず》いている。

法華宗は宗祖日蓮《にちれん》以来、他宗との争論で教勢を拡大してきた。そうした法華宗の指導者という立場からすれば、これまで幾度となく対立してきた叡山に対する妥協など、もっての外ということだろう。彼らにとってこの戦は、文字通り宗派の存亡を賭けたものなのだ。

「ええか、皆の衆」

久兵衛はさらに続ける。

「敵が戦慣れした侍衆やからって、気遅れする必要はあれへん。わしらは、あの苦しい戦を戦い抜いて、侍衆も敵わんかった一向門徒を打ち破ったんや。ここで侍衆に屈したら、あの戦で死んだ連中が浮かばれへんやろ」

久兵衛の熱弁を受け、いつの間にか座の雰囲気は一変していた。門徒たち、特に、若く血気に溢れた者たちは、身を乗り出して久兵衛の言葉に耳を傾けている。

久兵衛の長広舌が途切れたところを見計らい、平三郎は立ち上がった。周囲から、熱の籠もった視線が注がれる。戦わずして叡山の僧兵を追い払ったことで、平三郎は町衆の中で一目置かれるようになっていた。

注目を浴び、体中の血が滾《たぎ》るのを感じながら、平三郎は口を開いた。

「わしも、伊丹屋さんと同じ考えや。相手が誰やろうと関係あらへん。町衆の誇りにかけて、断じて戦う」

たっぷりと間を取り、一人一人の顔を見回す。

「ここまで来たら、道は二つに一つしかあれへん。叡山勢と六角勢をまとめて打ち払うか、さもなくば、生まれ育った京の都を枕に討死にするまでや！」

その一言で、軍議の大勢は決した。

慎重論を唱える者は若い門徒から非難を浴び、さらには、こちらから打って出るべきという意見が相次ぐ。そして、翌早朝、叡山勢の一部が籠もる松ケ崎城《まつがさきじよう》を攻めることが決定した。

「椿屋さん、よう言うてくれましたな」

軍議を終えると、珍しく久兵衛が笑顔で話しかけてきた。

「ずいぶんと大人しいお人や思うとったけど、戦に出たおかげか、肝が据わらはったようやな」

「いえ、わしは別に……」

「ともかく、これでまた、武具が飛ぶように売れるで。あんたはんの店も、昔のように繁盛するやろ。ありがたいこっちゃ。できることなら、長い戦になってほしいもんや」

その身も蓋もない言い草に腹は立ったものの、否定することはできない。この戦で店が儲かっているのは、紛れもない事実なのだ。そして、戦が長引けば長引くほど、武具を求める客は増える。

「まさか、伊丹屋さんは儲けのために……」

戦を煽っているのか。そう言いかけた平三郎を、久兵衛は「滅多なことを口にするもんやない」と遮った。その目つきは、柔和なものから野の獣を思わせる鋭いものへと変わっている。

「忘れたらあかんで。わしら武具商は所詮、人の生き血を吸うヒルのようなもんや。人を殺す道具を売るのが生業の、罪深い存在や。けど、わしらが商う武具があれへんかったら、町衆は一向門徒を打ち破ることも、都を侍どもから解き放つこともできへんかった。違うか？」

「それは、その通りですが……」

「叡山も六角も追い払って、わしら町衆で都の支配を固めるんや。侍衆が容易に手を出せんようになれば、都は泰平を謳歌できる。商いはますます盛んになって、みんなが儲かるようになる。それは、あかんことか？」

上手く丸め込まれたような気もするが、頷くしかなかった。ここまで来た以上、戦う以外に道はないのだ。

都は、この地で生まれ育った自分たち町衆のものだ。侍衆にも、叡山の悪僧にも、渡しはしない。

五

七月二十二日早朝、法華一揆勢一万は二条妙覚寺を出陣し、鞍馬口《くらまぐち》から北上、愛宕郡《おたぎぐん》の松ヶ崎城へ向かった。

都の危急存亡の秋《とき》とあって、戦意は高い。行軍しながら声を揃えて唱える題目にも、いつになく力が入っていた。その反面、大軍を擁する六角家が敵に回ったという緊張も、いくらか固い表情から窺える。

出陣から一刻後、田畑に囲まれた低い山の上に築かれた松ヶ崎城が見えてきた。ここを守るのは、叡山方の山本《やまもと》某という土豪だ。城は小さく、守兵もせいぜい数百。落とすのに、それほどの苦労はないだろう。

予想通り、敵は短い小競り合いの後に、城を捨てて逃げ去った。勢いに乗った味方は、松ヶ崎城にわずかな守兵を残して東へ進み、一乗寺から南下、同じく叡山方の土豪が籠もる田中城を攻め落とした。さらに一揆勢は、近隣の弥勒堂《みろくどう》、川崎観音堂《かわさきかんのんどう》といった叡山勢が要害として使えそうな社寺を焼き払って回る。

「何とも呆気ないもんですな」

立ち上る黒煙を見上げながら、新蔵が言った。小さいながらも二つの城を落としたが、平三郎の隊はまだ、ろくに戦ってもいない。

「油断するなよ。恐いのは、叡山よりも六角の軍勢や」

「わかっとります。六角勢とは、何度か戦場で会うたことがありますよって」

周辺の焼き討ちを終えると、一揆勢は賀茂川の西岸まで後退し、川沿いに点々と築いた陣地に分かれて夜営した。

平三郎の隊は、二千ほどの味方と共に、御所の東に築かれた要害に配された。要害には柵と逆茂木《さかもぎ》、さらには堀と土塁も設《しつら》えられている。

味方が寝静まると、平三郎は独り、焚火の側で佩刀《はいとう》の手入れをした。

今日戦ったのは、あくまで敵の一部にすぎない。早ければ、明日にも敵の主力は京に向かって押し寄せてくるだろう。慣れたつもりだったが、いざ戦が目の前に迫ると、落ち着いて眠ることができない。

手入れを終えると、平三郎は刀身を焚火の明かりにかざした。造りこそ無骨だが、箱《はこ》乱刃《みだれば》の刃文には得も言われぬ気品のようなものが漂っている。

佩刀は、祖父が所蔵していた伊勢国桑名の刀工、村正《むらまさ》の打ったものだ。

村正は遠からず、刀鍛冶の世界で天下を獲《と》る。この刀を手入れしながら、祖父はよく言っていた。今は代替わりして二代目になっているが、多くの武人が村正の刀や槍を愛用している。実際、その切れ味は凄まじく、人を斬っても錆《さび》や刃《は》毀《こぼ》れは一つも出ていない。一介の商人にすぎない自分が持つには、不釣り合いなほどだった。

人殺しの道具だと、伊丹屋久兵衛は言っていた。だが、それだけではないとも、平三郎は思う。名工が精魂込めて鍛え上げた武具には、人の心を惹《ひ》きつけてやまない何かが、確かにある。

いつか、刀が戦に使われることなく、その美しさだけを愛《め》でられる、平穏な世が来るのだろうか。

ふと考え、平三郎は首を振った。刀が戦に使われなくなった頃には、人は何か別の、もっと容易《たやす》く人を殺せる道具を使って、戦を繰り返しているに違いない。

平三郎は嘆息し、村正を鞘《さや》に納めた。


翌二十三日、姿を現した六角勢が、東山一帯に布陣した。その数はおよそ二万。その日の夕刻には、延暦寺から出陣した叡山勢が雲母坂《きららざか》を下り、鞍馬口から平三郎たちの正面に当たる荒神口《こうじんぐち》にかけて陣を布いた。

この日は戦端が開かれることなく、そのまま日没となった。平三郎たちの陣の目の前を流れる賀茂川の対岸で、叡山勢の篝火《かがりび》が煌々《こうこう》と輝いている。

続く二十四日も遠い間合いから矢を射掛け合うだけの小競り合いに終始し、双方に十数名ずつの手負いを出しただけで終わった。味方には、陣の守りを徹底し、軽々に打って出るという命が出ている。敵を目の前にしながら戦えない苛立《いらだ》ちが、味方に広がりつつあった。

正面の叡山勢が動いたのは、二十五日の卯《う》の刻だった。数百の足軽が楯を掲げ、賀茂川を押し渡ってきたのだ。

「来たぞ。迎え撃て！」

組頭たちの下知《げじ》で、矢と礫《つぶて》が放たれる。喊声《かんせい》といくつもの悲鳴が重なり、敵兵が次々と水柱を上げて倒れた。敵からも矢を射返してくるが、ほとんどは楯で防がれている。

味方の矢と礫が、やむことなく敵の頭上に降り注いだ。敵の前進が止まる。

「今や、打って出るで！」

槍を摑み、平三郎は下知した。味方からどっと喊声が上がり、開かれた柵から飛び出していく。

駆けながら、恐怖を振り払うように雄叫《おたけ》びを上げた。目の前の足軽の頭に、力任せに槍を振り下ろす。重い手応えとともに足軽が白目を剝き、棒のように倒れる。

逃げ始めた敵を追って、賀茂川を渡った。こちらの戦意が予想以上だったのか、敵陣は混乱している。

向かってきた敵の肩口に、槍を叩きつけた。音を立てて、槍の柄《え》が折れる。すかさず腰の村正を抜き、喉元を貫く。何度やっても慣れることのない、肉を斬る嫌な手応え。

吐き気を催す血の臭い。そして、それらを補って余りある高揚。いつの間にか、恐怖はどこか遠いものになっている。

返り血を浴びながら敵の体から刀を引き抜き、背を向けた敵兵の背中を抉《えぐ》る。悲鳴を上げて倒れたのは、壮年の僧兵だった。袈裟も鎧も上等で、それなりの地位にあるのだろう。

覚えず、口元に笑みが浮かんだ。この男の首は、手柄になる。

「おのれ、下郎が……！」

尻餅をついたまま、僧兵が刀を向けてきた。その手を踏みつけ、馬乗りになる。村正を首筋に押し当て、一気に力を籠める。噴き出した鮮血を浴びながら、首を落とした。刀の切っ先に突き刺し、高く掲げる。

味方の歓声が上がった。敵が算を乱して敗走していく。恐らく、鞍馬口の叡山勢のもとへ逃げ込むつもりだろう。

「お見事にござった」

駆け寄ってきた新蔵が、白い歯を見せる。

「されど、深追いは禁物じゃ。陣に戻りましょう」

荒い息を吐きながら頷き、平三郎は踵《きびす》を返した。

この日、荒神口の戦いでは五十人を討ち取る大勝利を挙げたものの、北の戦線では味方が押され、相国寺の塔頭《たっちゅう》と鐘楼が炎上している。とはいえ、いずれも局地的なぶつかり合いにすぎず、賀茂川を挟んで睨み合うという形に変化はなかった。

翌日、味方の陣にある噂が流れはじめた。

法華一揆勢が、六角家と和睦するため水面下で交渉を開始したのだという。六角勢に戦意は無く、交渉は順調に進んでいるらしい。早ければ明日にも、六角勢は近江に引き上げるとのことだった。

二万という大軍を繰り出しながら、六角勢にこれまで目立った働きはない。叡山との付き合いで出兵こそしたものの、本心ではそれほど戦う気がなかったということも、十分考えられる。実際、この日も六角勢は動かないまま、日没を迎えた。

「和睦の話がほんまやったら、この戦は勝ったも同然ですなあ」

「気を抜くなよ、勘七。まだ、六角勢が引き上げると決まったわけやない」

だが、味方の陣にはどこか弛《ゆる》みが生じていた。多くの兵が、戦はすでに終わったかのような顔をしている。六角勢が退いて叡山勢のみが相手となれば、勝利は疑いない。誰もがそう考えているのだ。

夜が明け、二十七日を迎えた。空は晴れ渡り、河原に吹く弱い風も心地いい。今が戦の最中だとは、とても思えなかった。

朝餉《あさげ》を摂り、陣を見回る。今日にも六角勢が退くと期待しているのか、兵たちの表情は和《なご》やかなものだった。

「危のうございますな」

新蔵が、いつになく深刻な面持ちで言う。

「もしもあの噂が、こちらの油断を誘う策だとしたら……」

言い終わる前に、あたりがざわついた。

南の方角。粟田口《あわたぐち》のあたりから、黒煙が上がっている。耳を澄ますと、喊声と法螺貝《ほらがい》の音も聞こえてきた。

「六角勢が、攻め寄せてきたか」

粟田口の味方が向き合っていたのは、六角勢だ。戦になったとすれば、相手は他に考えられない。

救援を乞う伝令が、次々と飛び込んできた。粟田口の味方は敗走寸前、鞍馬口でも、叡山勢が攻勢に出ているという。

粟田口と鞍馬口、どちらの救援に向かうか。決めかねているうちに、六角勢の一部が賀茂川西岸を北上してきた。その数は、三千を超えているだろう。

南から敵が来る。それは、粟田口の要害が破られたことを意味していた。

「怯《ひる》むな、踏みとどまれ！」

組頭たちは声を嗄《か》らして叫ぶが、味方は明らかに動揺し、浮足立っていた。六角勢を食い止めようと数百が前に出たものの、たちまちのうちに蹴散らされる。

敵の放った無数の矢が、陣に降り注いだ。怒号と悲鳴が折り重なり、あたりは大混乱に陥る。平三郎は楯の陰に飛び込んで避けたものの、かなりの数の味方が矢の餌食になっていた。

「旦那、椿屋の旦那」

袖を引かれ、振り返る。新蔵だった。

「もはやこれまで。ここで気張ったところで、待つのは犬死じゃ。わしはこれにてお暇《いとま》仕《つかまつ》る」

「おい……」

引き止める間もなく、新蔵は身を翻《ひるがえ》して駆け去っていった。

所詮、銭で雇った足軽か。舌打ちして、あたりを見回す。

一昨日の戦意は見る影もなかった。味方は楯に隠れ、矢を避けるのがやっとだ。

矢の雨がやんだ。楯の陰から顔を出す。地面に転がる骸《むくろ》の中に、勘七を見つけた。仰向けに倒れた勘七は、全身に十本以上も矢を受けている。

地鳴りのような足音が聞こえてきた。敵が、こちらへ向けて突っ込んでくる。どこかへ消え去っていたはずの恐怖が蘇り、肌が粟立った。

脳裏に、妻子の顔が浮かんだ。死にたくない。思った途端、体が勝手に動き出した。

立ち上がり、敵に背を向けて走る。

土手を駆け上がり、上京の小路を駆ける。法華一揆の敗勢を聞いて逃げようとする公家や僧侶たちで、通りはごった返していた。そこへ一揆勢が逃げ込み、混乱がさらに加速していく。

「あかん、南は六角勢が塞《ふさ》いどる。内裏《だいり》へ逃げ込むんや！」

誰かが叫び、群衆は西の土御門《つちみかど》内裏へ進路を転じた。

だが、内裏の門は閉ざされていた。人の流れが止まり、業《ごう》を煮やした群衆の一部が、築地塀《ついじべい》を乗り越えて内裏へ流れ込む。それを防ごうとする内裏警固の番衆との間で、小競り合いも起きていた。

方々から、童《わらべ》の泣き声や助けを求める声が聞こえてくる。倒れて踏みつけられる者が続出している。死人もかなりの数、出ているだろう。

見切りをつけ、平三郎は道を転じた。もみ合いながら群衆から抜け出し、狭い小路を駆ける。せめて、妻子に一目会いたい。その思いだけで、五条の家を目指す。

喊声と悲鳴が追ってきた。六角勢が、上京に雪崩れ込んでいるのだろう。上京には、公家や武家の屋敷が多い。六角勢はここぞとばかりに略奪に励むはずだ。そのぶん、一揆勢の追撃は疎《おろそ》かになる。逃げるには好都合だった。

足を速め、下京へ向かう。

だが、状況は下京の方が深刻だった。粟田口から攻め入ったと思しき六角勢が、民を追い散らし、法華宗の寺に火を付けて回っている。妙覚寺、妙顕寺《みょうけんじ》といった大寺院は炎に包まれ、通りには首を刎《は》ねられた僧侶の骸が転がっていた。

「いたぞ、一揆勢だ！」

路地の先に現れた敵が叫ぶ。身を翻し、来た道を戻る。再び狭い路地へ飛び込むと、何度も辻を折れた。

どれほど走ったのか、ようやく追手の声が遠ざかった。平三郎は膝をつき、荒い息を吐く。握ったままだった刀を鞘に納め、重い具足を脱ぎ捨てる。

見上げると、彼方の空を炎が焦がしていた。火の手はさらに勢いを増し、下京全域に拡がろうとしている。黒煙が空を覆い、傾きかけた日の光も遮られていた。炎がどこまで拡がり、どれだけの家や寺社を焼くのか、もう見当もつかない。

休んでいる暇はなかった。すぐに立ち上がり、歩き出す。

辻を折れたところで、三人組に行き会った。思わず飛び退《すさ》り、刀の柄《つか》に手をかける。

「そなた、椿屋平三郎か」

一人の老いた僧が言う。左右には、袈裟の下に具足を着込み、槍を手にした若い僧が二人。

老僧はよく見ると、妙覚寺住職の日兆だった。粟田口の陣で指揮を執っていたはずだが、敗走してここへ逃げ込んできたのだろう。若い僧は二人とも、頭や腕に血の滲んだ晒しを巻いている。

「これは、日兆様……」

言いかけた平三郎を遮り、日兆は険しい声音で訊ねてきた。

「よもやとは思うが、そなたも伊丹屋の企みに加担しておったのではあるまいな？」

若い僧が前に出て、槍を突きつけてくる。

「お、お待ちください、仰《おお》せの意味がわかりません。伊丹屋さんは、粟田口の陣におったはずでは？」

必死で訴えると、日兆は「よかろう」と若い僧を制した。

「どうやら、何も知らぬようだな。あの者は昨夜、粟田口の陣を抜けて、何処かへ逐電しおった。恐らく、六角勢が今日、攻め寄せてくることを知っておったのじゃ。聞けば、和睦の噂の出所も伊丹屋らしい」

「それは、ほんまですか？」

「今朝、六角勢の攻撃が始まる前に伊丹屋の店へ人をやった。すると、家財はとうに運び出されておったそうじゃ。いつからかはわからんが、あ奴が叡山や六角と通じておったのは、まず間違いあるまい」

怒りを滲ませ、日兆は続ける。

「あ奴は、一揆を煽り立てて戦に導き、さんざんに銭を稼いだ。そしていざ戦となれば、和睦の噂を流して我らを油断させた挙句、さっさと逃げ出したということよ。あ奴だけは、許すことはできん」

平三郎は眩暈《めまい》を覚えた。これまでの戦はすべて、伊丹屋の銭儲けのためだったということだ。都を町衆が治めるという志も、ただの方便だった。ならば、勘七や町衆たちの死に、意味などありはしない。

だが、伊丹屋を責める資格がこの身にあるのか。略奪で得た銭で店を立て直し、今こうして戦から逃げている自分は、伊丹屋と同じ穴の貉《むじな》ではないのか。

「わしらは六条本国寺に籠城するつもりや。そなたも参るがよい。敵に、せめて一矢報いてやろうやないか」

その誘いを断り、平三郎は踵を返した。敵の狼藉は腹に据えかねるものがあるが、構っている暇などなかった。戦がどうなろうと、京の都が焼き尽くされようと、どうでもいい。

紺と華を守る。何としても二人を見つけ出し、ともに生きて都を離れる。今は、それだけがすべてだ。

逃げ惑う民に紛れて六角勢をかいくぐり、どうにか五条烏丸の店にたどり着いた。このあたりに火の手が回ってくるのも、時間の問題だろう。急がねばならない。

肩で息をしながら、中の様子を窺う。

店は、ひどく荒らされていた。背中にじわりと汗が滲む。刀の鯉口《こいぐち》を切り、息を潜めて中に入る。

声が聞こえた。数人の足軽。袖印《そでじるし》は、六角家のものだ。店にある金目の物を手当たり次第、土間に積み上げている。そして店の奥の床に、二つの骸が見えた。

間違いであってくれ。願いながら、目を凝らす。だが、血の海に沈む骸はまぎれもなく、紺と華のものだ。二人が身に着けているのは、戦で得た銭で購《あがな》った小袖だった。

口から、声が漏れ出した。抑えようとしても、声は次第に大きくなっていく。

「何や、おのれは！」

気づいた足軽の一人が喚く。平三郎は刀を抜き、地面を蹴った。

無我夢中で刀を振り回す。どう動いたか自分でもわからないまま一人を斬り伏せた。背中を斬られた。痛みも感じない。振り向きざまに、刀を振る。斬り裂かれた敵兵の喉から血がしぶき、視界が赤く染まる。

気づくと、骸が四つ増えていた。

焦げ臭い匂いが鼻をつく。火の手が、すぐ近くまで回ってきているのだろう。構わず、血溜まりの中に膝をついた。

自分のせいだ。己で考えることなく周囲に流され、目先の銭に目が眩《くら》み、些細な勝利に酔い痴れた。自分が強く、大きくなったような気がして、その心地よさに溺れた。そして周りが見えなくなった結果が、この惨状だ。何という、愚かな夫、愚かな父だ。

紺と華。震える手を伸ばし、二人の頰に触れる。

答えなど、返ってくるはずもない。わかってはいても、平三郎は二人の名を呼び続けた。

六

たった二月前の惨劇がまるで嘘のように、空は晴れ渡っていた。

だが、かつて下京のあった場所は、見渡す限りの焼け野原と化している。東寺の五重塔が残っていなければ、ここが都の一部だったなどとは誰も思わないだろう。

平三郎は東寺の門前で広げた筵の上に座り込み、九月の澄んだ空を見上げていた。

汚れきった襤褸《ぼろ》を身にまとい、顔の左半分に負った大火傷《おおやけど》は手拭いで隠している。筵に置かれた木椀に銭を投げ込む奇特な者は、今日も一人もいなかった。

叡山、六角勢の放った炎は二昼夜にわたって下京全域と上京の三分の一を焼き、ようやく鎮火した。焼けた範囲だけを比べれば、応仁、文明の大乱をも凌ぐ被害だという。

その後も残党狩りと称した乱暴狼藉は続き、討たれた町衆は三千にも及んだ。法華宗の主立った僧侶も大半が討たれ、巻き添えを食って多くの公家も殺害された。混乱の中で殺され、あるいは炎に焼かれて死んだ者の数は、誰にも計り知れない。

洛中法華二十一箇寺と称された法華宗の諸寺院は、悉《ことごと》く灰燼に帰した。生き残った僧侶と信徒たちは敵の目をかいくぐり、法華寺院の多い堺へと逃れていった。京では法華宗の教えが禁制となり、檀徒は洛中に居住することさえ禁じられている。

自分がどうやって、あの大火と執拗な残党狩りから生き延びたのか、今となってはよく覚えていない。敵への憎悪と自責の念が、己に死ぬことも許さなかったのだろう。

あの戦は何だったのか、紺と華はなぜ死ななければならなかったのか、考えることはやめた。頭の中に靄《もや》がかかったようで、何を見ても、何を聞いても、感情が動くことはなくなっている。

だが、己が何を為すべきかだけは、はっきりとわかっていた。

伊丹屋久兵衛を殺すことも考えたが、やめた。あの男も許し難いが、所詮は立ち回りの上手い小物に過ぎない。やるべきことは、他にある。

あたりに人気が無いのを確かめ、筵の下に隠した村正を取り出した。鞘ごと筵でくるみ、小脇に抱えて立ち上がる。

人の姿が増えてきた。やがて現れる軍勢の見物に訪れた、物見高い京童《きょうわらべ》たちだ。

馬蹄《ばてい》の響きが聞こえてきた。先触《さきぶ》れの騎馬武者たちが、西国街道を駆けてくる。それが通り過ぎると、東寺口の方角から、三千ほどの軍勢が現れた。

叡山、六角勢は京から去り、摂津芥川城で形勢を見守っていた細川晴元が、念願の上洛を果たそうとしていた。

結局、この数年の争乱で漁夫の利を得たのは、一向一揆、法華一揆を使嗾した晴元だった。本願寺も法華宗も力を失い、晴元はこれから、都の支配者として君臨するのだろう。

平三郎は群衆に紛れ、軍勢を見つめた。行列の中ほどの、白馬に乗った将。まだ、二十歳をいくつも過ぎてはいないだろう。晴れがましい表情で胸を張り、悠然と馬を進めている。

細川晴元。すべては、あの男が元凶だった。あの男さえいなければ、法華宗が一揆を起こすことも、京が焼かれることも、紺と華が殺されることもなかった。

誇らしいか。心の中で、問いかけた。何千、何万の民を殺し合わせ、町を焼き、自らの手を汚すことなく都を手に入れたことが、それほど嬉しいか。

晴元の姿が近づいてくる。

平三郎は筵を捨て、村正の鞘を払った。

晴元への憎しみが逆恨みに過ぎないことは、自分でも理解している。それでも、あの男を生かしておくことはできない。

無言のまま、群衆を掻き分けて前に出る。近くにいた女が、抜き身を見て悲鳴を上げる。晴元の左右を固める徒歩武者《むしゃ》が、異変に気づき喚いた。

「おのれ、狼藉者！」

踏み出した。突き出された槍を払い、徒歩武者の首筋を切り裂く。噴き出した血が、晴元の白馬を汚した。晴元の顔に、怯えの色が浮かぶ。平三郎は頬を緩め、晴元を見上げる。

何かが体を貫いた。視線を下げる。槍の穂先。胸の真中から突き出ている。血を吐いた。視界が歪《ゆが》む。

叫び声を上げ、村正を振り上げた。また、槍で突かれた。まだ、倒れてはいない。晴元。轡《くつわ》を引かれ、遠ざかっていく。せめて一太刀。思ったが、刀を握る腕が、肘の先から消えていた。

こんなものか。平三郎は自身を嗤《わら》った。刺し違えるつもりが、傷一つ負わせられない。

空が見えた。いつの間にか、倒れていたらしい。

紺と華に会えるだろうか。二人は赦《ゆる》してくれるだろうか。考えながら、目を閉じた。

幕間 一

男が語るのは、京の都に魅入られ、あるいは翻弄《ほんろう》された人々の歴史そのものだった。畠山義就《はたけやまよしひろ》。細川政元《ほそかわまさもと》。大内義興《おおうちよしおき》。細川高国《たかくに》。そして、天文法華《てんぶんほっけ》の乱。

いずれも、その名は知っていた。義就が応仁の乱を引き起こし、政元が将軍家の首を挿《す》げ替えることでその権威を貶《おとし》めることがなければ、戦国の世は訪れず、私がこうして幽閉されるようなこともなかっただろう。

「私には、理解しがたいな。天下など、欲しい者同士で戦でも何でもして、奪い合えばいい。私の望みは、俗世から離れ、日々を平穏に生きることだ」

「されどあなた様の中に流れる血は、それを許しはしませぬ」

「血などに、何の意味がある。世は下剋上。どれほど高貴な血であろうと、力が無ければ利用され、用が済めば弊履《へいり》のごとく捨てられるだけではないか」

私は男を見据え、続けた。

「我が父祖……そして、兄上のように」

雲上の剣

一

都が燃えていた。新月の暗い夜空を舐めるように、炎が天に伸びている。

また、京から追われるのか。義藤《よしふじ》は心中で呟き、東の方角に目を凝らした。

正しく言えば、燃えているのは洛東、東山にある霊山城《りょうぜんじょう》とその周辺だ。ここからはかなりの距離があり、軍勢の喚声や得物を打ち合う音は聞こえない。それでも、火勢の激しさは伝わってくる。霊山城には三千ほどの味方が籠もっているが、寄せ手は一万余。あの様子では、城が落ちるのも時間の問題だろう。

「やはり、この地を本陣とするのは験《げん》が悪かったようだな」

今度は、声に出して言った。供廻りの者たちが、気まずそうに俯く。

義藤は洛北、船岡山《ふなおかやま》に本陣を置いていた。かつて、足利義澄《よしずみ》を奉じる細川澄元《すみもと》方が大内義興、細川高国と激戦を繰り広げ、敗れ去った地だ。

義藤が相対するのは、霊山城を攻める一万余だけではない。敵の本隊は、総大将三好《みよし》長慶《ながよし》が率いる洛中の一万五千である。そして、船岡山の本陣には二千足らずの兵しかいない。霊山城が落ちれば、敵は全軍を挙げて船岡山へ押し寄せてくるだろう。すでに、味方の不利を悟って逃亡する兵が続出している。

「晴元」

義藤は、脇に控える将を呼んだ。

「はっ」

「この戦、どうやら我らの敗けじゃな」

晴元は唇を嚙み、答えない。所詮、権謀術数だけでのし上がった男か。十八歳の義藤とは父子ほども歳の違う晴元を、侮蔑の眼差しで見据える。

細川六郎晴元。自らの家臣であり、細川高国討伐に大功を挙げた三好元長を、一向一揆を使嗾《しそう》して攻め滅ぼし、京の法華一揆を壊滅させて畿内の実権を握った男だ。義藤は担がれた神輿《みこし》に過ぎず、この戦の事実上の総大将は、この晴元だった。

法華一揆の崩壊以後、十年以上にわたって京を支配していた晴元だが、五年前に元長の遺児長慶に背かれて大敗、義藤と共に近江坂本へと逃れていた。

昨年、義藤は長慶と和睦して京へ戻ったものの、晴元はこれを潔《いさぎよ》しとせず、自力での京の奪回を目論んでいた。そしておよそ一月《ひとつき》前に摂津で長慶への反乱が起こると、晴元はそれに乗じ、領国の丹波で京奪回の兵を挙げたのだ。

義藤が晴元に与したのは、自らの意思ではない。幕臣たちの中で、将軍家を蔑《ないがし》ろにする長慶への反感が募り、晴元と組んで三好を討つという意見を抑えることができなかったのだ。

しかし、京を追われて落ちぶれた晴元と、本拠の阿波に加え、讃岐、淡路、摂津、和泉をも勢力下に収めた長慶とでは所詮、勝負にならなかった。摂津芥川城を囲んでいた長慶は、晴元の挙兵を知るやすぐさま帰京し、晴元方の籠もる霊山城に攻めかかった。

「最早、これ以上の戦は無駄というもの。余は近臣のみを連れ、近江朽木谷《くつきだに》へと逃れる。そなたも、丹波へ落ち延びるがよい」

「大樹《たいじゅ》、それがしも近江へ……」

「ならん。そなたは麾下の軍勢をまとめて丹波へ向かえ。臥薪嘗胆《がしんしょうたん》し、再起の秋《とき》を待つのだ」

方便だった。晴元と行を共にすれば、三好の軍勢が朽木谷へと押し寄せてくる。義藤には、晴元と枕を並べて討死にするつもりなど毛頭無い。

近習《きんじゅう》に馬を命じ、鞍に跨《また》がった。

振り返り、都を見下ろす。霊山城を焼く炎も、夜の闇に沈む京の町を照らすには至らない。

敗けたのは、義藤ではなく晴元だ。だが、またしても都を追われることに変わりはない。日ノ本の武士たちの頂点に立つべき征夷大将軍が、わずかな人数で京から逃げ出す。その屈辱を、義藤は噛み締める。

いつかこの京の都に、自らの足で立つことができるのか。胸を張って、征夷大将軍を名乗れる日が来るのか。

答えが見えないまま、義藤は馬腹を蹴る。

父義晴から征夷大将軍の座を譲られて七年。第十三代将軍足利義藤はいまだ、己の意思で戦ったことがない。


長坂越《ながさかごえ》から北上して京見峠《きょうみとうげ》を抜け、一旦丹波に入ってから、道を東へ転じた。深い山中である。丸一日歩き通す間に、ただでさえ少ない味方は次々と脱落し、わずか十数名にまで減っている。それなりの地位にある幕臣で、姿が見えなくなった者も少なくない。恐らくは逃亡したか、得物を捨てて敵に降《くだ》ったのだろう。

「出立《しゅったつ》」

小休止を終え、近習頭の細川与《よ》一郎藤孝《いちろうふじたか》が命じた。

すでに国境は越え、近江に入っている。三好勢は、晴元を追っているはずだ。わかってはいても、夜の闇と深い山は、不安を掻き立てる。

また、細い山道だった。頭上を木々が覆い、星の光も届かない。従者が掲げる松明の灯りだけを頼りに、馬を操る。疲労、空腹、喉の渇き、具足の重み。朽木谷に辿り着くまでは、そのすべてに耐えるしかない。

これが、日ノ本の武士たちの頂点に立つ征夷大将軍の姿か。自嘲の笑いを漏らした刹那、短い悲鳴が連続して上がった。幾人かの兵が、体に矢を突き立てて倒れていく。

「敵襲！」

「落ち武者狩りぞ。大樹をお守りせよ！」

心の臓が跳ね上がった。慌てて馬を下り、近習たちの背後に身を隠す。目の前にいた若い近習が喉を射抜かれ、声も上げず倒れた。

矢の雨がやむと、暗い森の中から人影が湧き出してきた。喊声《かんせい》を上げることもなく、無言で味方に襲いかかる。たちまち、激しい斬り合いが始まった。

こんなところで死ぬのか。恐怖に体が強張った。足利家嫡流に生まれながら、自分はまだ、何一つとして為し遂げてはいない。何を為したいのかさえもわからない。

「おのれ……」

刀の柄に手をかけた。人を斬ったことはない。だが、人並み以上の修練は積んできたつもりだ。たとえ討たれるとしても、刀を抜くこともなく殺される無様だけは、肯《がえ》んずることはできない。

刀を抜きかけた義藤の腕を、藤孝が摑んだ。

「大樹。ここは我らが防ぎまするゆえ、ただちにお逃げください」

藤孝が切迫した声音で耳打ちする。

「馬鹿な。余は征夷大将軍なるぞ。百姓ごときに背を見せるなど……」

「敵は、ただの落ち武者狩りにあらず。恐らくは、三好の使う陰働《かげばたら》きの者にござる」

確かに、敵は身なりこそ粗末だが、発する気は百姓のそれではない。味方は、身を低くして素早く動き回る敵に、完全に翻弄されている。

「問答の暇はござらぬ。さあ、急がれませ！」

藤孝は義藤を強引に鞍に押し上げ、馬の尻を叩く。嘶《いなな》きを上げ、馬は乱戦を搔き分けながら疾駆する。

敵の一人とすれ違う。左腿に鋭い痛みが走った。斬られたが、深くはない。しかし、痛みは激しかった。声を上げそうになるのを、歯を食い縛って堪える。

斬り合いの喧噪が、次第に遠ざかっていく。小さく聞こえる断末魔の悲鳴は、家臣たちのものだろう。

己は弱い。この身は、武士の頂点に立つどころか、己さえも一人で守ることができない。それを、痛いほど思い知らされた。

強くならねばならない。込み上げる涙を堪え、左腿の激痛に耐えながら、義藤は己に固く誓う。

二

聞こえるのは、自分の息遣いだけだった。

顎の先から汗が滴《したた》り落ちた。こうして向き合っているだけでも、凄まじい圧力を感じる。だが、相手は右手に木剣をぶら下げ、構えを取ることもなく悠然と佇《たたず》んでいるだけだ。それでも、どこへどう打ち込めばいいのか、見当もつかない。

天下に剣名を響かせた遣い手といっても、とうに還暦を過ぎた老人だ。力で押しきることはできる。義輝《よしてる》のその考えは、木剣を手に対峙した瞬間、微塵に砕かれていた。

塚原卜伝《つかはらぼくでん》。常陸国鹿島《ひたちのくにかしま》に生まれ、剣技を極めるべく諸国を行脚した後、鹿島新当流《かしましんとうりゅう》を開いた人物だ。嘘かまことか、幾多の名だたる剣豪と真剣勝負を行いながら、敗れたことがないばかりか、その身には一つとして刀傷が無いと言われている。

その卜伝が京に滞在していると聞き、使いを送って朽木谷に招いたのは、今から十日前のことだ。それから連日、こうして木剣で向き合っているが、いまだ勝利の糸口さえ摑めていない。

霊山城での敗北から、四年半が過ぎていた。三好長慶は義輝に代わる将軍を立てることもなく、幕府など不要と言わんばかりに独力で都を治め、さらに畿内近国へと版図を拡げている。その勢力は九カ国に及び、長慶は事実上の天下人として振る舞っていた。

それに引き換え、己はどうか。

義藤から義輝と名を改め、剣の鍛錬に励んでみても、落魄《らくはく》の身であることに何ら変わりはなかった。守護職補任《ぶにん》を餌に諸国の大名の取り込みを図ったものの、三好一門と表立って事を構えようとする大名はどこにもいない。細川藤孝や進士《しんじ》晴舎《はるいえ》といった側近、朽木谷を治める朽木稙綱《たねつな》らごく一部の者たち以外、信頼できる味方もいない。できるのは、こうして剣の腕を磨くことくらいだ。

己の無力を思い、自然と木剣を握る手に力が籠もる。

不意に、卜伝の総身に気が満ちた。次の刹那、両腕が痺れ、握っていたはずの木剣が地面に落ちていた。

「またしても、己に囚われましたな」

何事もなかったかのように、卜伝が微笑を湛えて言う。つい先刻の、こちらの全身が強張るような剣気はすでに消えている。

「己を捨て、目の前の相手だけを見据える。それができるようになって初めて、己の真の姿が見えるようになる。そしてさらなる高みに昇れば、もはや己という存在すら掻き消え、天、地、人が自然と一体となる。それが、剣を極めるという行為に候《そうろう》」

「そなたの申す事はわからぬ。余は、ただ強くなりたいのだ。将軍の名に恥じぬ力を得て、己の足でこの天下に立つ。それが、我が望みじゃ」

「力のみを追い求めるのならば、剣の稽古など無駄というもの。大樹が剣の腕を磨いたところで、お一人で三好一門を滅ぼせるわけではござらぬ」

わかっている。だが、何かに打ち込んでいなければ、己を見失いそうだった。

「まずは己の真の姿を見つめ、我執を捨てることに候。さすれば、京の都に巣食う魔物にも、打ち克つこともかないましょう」

「魔物、か」

三好一門のことだろう。己一人の剣であの者たちを倒すことはできずとも、剣を通じて己を鍛え上げれば、あるいは将軍の権威を取り戻すことはできるかもしれない。

「いま一度、立ち合いを所望」

義輝は落ちた木剣を拾い、構えを取った。

天皇の代替わりに伴い、弘治《こうじ》から永禄《えいろく》へと改元が行われたのは、二月二十八日のことだった。

「朝廷は、余など眼中に無いというのか！」

報《しら》せを受け、義輝は激怒した。改元に当たっては、事前に朝廷から幕府へ通告するのが従来の慣習である。それを、義輝に何の相談も無しに行うということは、朝廷は幕府を天下の統治者と認めていないと宣言するも同然だった。

「兵を挙げる」

朽木谷仮御所の広間で、主立った者たちに向かって言った。

「稙綱、直ちに兵を集めよ。藤孝、そなたは丹波の細川晴元、近江の六角承禎《じょうてい》に使いを立て、参陣を要請いたせ」

「大樹、何卒ご再考を。今、兵を挙げたところで勝ち目などございませぬぞ」

「黙れ、藤孝。これを見過ごせば、将軍家の威光は地に堕《お》ちる。勝ち目があろうと無かろうと、ここで戦わずして、この先などありはせぬ」

四月、朽木谷を出陣した義輝は、五月三日に近江坂本へ進出、京を窺った。手勢を率いた晴元と六角家からの援軍も合流し、総勢で三千。

対する長慶は居城の摂津芥川城を発して入京、その兵力は一万五千に達するという。長慶は本陣を東寺に置き、三好一門の長逸《ながゆき》と重臣松永久秀《まつながひさひで》を将とする軍勢を洛北の瓜生《うりゅう》山《ざん》山頂に築かれた勝軍山城《しょうぐんやまじょう》に入れた。

洛東方面が手薄なのを見て取った義輝は、近江、山城の国境を越えて如意《によい》ヶ嶽城《がたけじょう》を占拠、ここを本陣とした。大文字山《だいもんじやま》の頂上に建つこの城からは、京が一望できる。三好勢の動きも、手に取るように見えた。

およそ五年ぶりに見る都の姿に、義輝は血が滾《たぎ》るのを感じた。軍勢こそ寄せ集めだが、かつてのような担がれた神輿ではない。己の意思で戦を起こし、己の足で戦場に立っている。

高所を占められて焦ったのか、敵の一部が勝軍山城から出陣し、こちらへ向かってきた。兵力はおよそ四千。この数で、要害の如意ヶ嶽城を落とすことはできない。物見と牽制を兼ねた出陣だろうと、義輝は踏んだ。

「我らも城を出るぞ。緒戦で敵の出鼻を挫《くじ》き、戦意を削《そ》ぐ」

「お待ちくだされ。大樹御自ら出陣いたすはいかがなものかと」

「案ずるな、晴元。余が出馬いたせば、敵の矛先も鈍るというもの。三好も松永も、将軍殺しの汚名を着たくはあるまい」

口ではそう言ったものの、内心は違った。これまでの将軍家と同じ、有力大名に担がれるだけの存在では、幕府の権威を取り戻すことなど到底覚束《おぼつか》ない。義輝は初代将軍尊《たか》氏《うじ》のように、自ら陣頭に立って天下を掴みたかった。

義輝は自ら全軍を率い、大文字山西麓の鹿ヶ谷《ししがたに》に陣を布いた。

敵の姿が、はっきりと見えてきた。すでに梅雨は明け、晴れ渡った空から強い日差しが降り注いでいる。本陣に掲げられた足利将軍家の馬印《うまじるし》に、敵は戸惑っている。こちらが全軍で山から下りてくるとも、考えていなかったようだ。

「やれ」

味方の先鋒が前進し、矢と礫を放ちはじめた。敵も応戦するが、勢いはこちらにある。敵の一部が右翼から回り込もうとするが、義輝は新手を出して防がせた。

自ら戦を指揮するのは初めてだが、思ったほどの緊張は無い。朽木谷では兵法書を読み漁り、戦の稽古も積んできたのだ。その経験は、実戦でも通用すると確信できた。

義輝の出馬で、敵勢にはやはり躊躇《ためら》いが生じている。今が好機だった。

「このまま押すぞ。馬曳《ひ》け」

「大樹！」

「晴元。五十人ばかり残すゆえ、そなたは本陣に残れ」

言い捨て、馬腹を蹴った。味方を掻き分け、敵前に躍り出る。

「征夷大将軍、足利義輝である。逆賊ども、我が刃を受けよ！」

刀を抜き放ち、大音声を上げた。恍惚が全身を駆け巡る。

敵に動揺が走った。明らかに怯《ひる》みを見せている者もいる。配下を鼓舞するように前へ出てきた騎馬武者を、馳せ違いざまに斬り落とした。

肉を切る、重い手応え。返り血の熱さ。咆哮《ほうこう》し、さらに馬を駆けさせた。馬上で刀を振るい、敵兵を斬り伏せ、馬蹄にかけていく。

「大樹！」

気づくと、藤孝が轡を並べていた。周囲を味方が固めている。敵はいったん後退し、態勢を立て直そうとしていた。

「深入りしすぎです。我らもいったん下がるべきかと」

頷き、馬首を巡らせた。冷静なつもりでいても、周囲が見えなくなっていたようだ。荒くなった息を整え、後退を命じる。

結局、その日は日没まで睨み合いが続いたものの、勝敗のつかないまま双方引き上げとなった。

数日後、三好勢は勝軍山城に自ら火を放ち、洛中へ後退する。その後も、洛東一帯で幾度か小競り合いが起こったが、大規模な決戦にいたることはなかった。

七月に入っても、睨み合いは続いていた。両軍には厭戦気分が蔓延し、和睦を望む声が高まっている。義輝は、六角承禎に命じて長慶との和睦交渉に当たらせた。

元より、この兵力で大勝利など望むべくもない。今回の出兵は、将軍家はいまだ健在であると、天下に示すことが目的である。交渉は難航し、三月《みつき》が過ぎてもまとまらなかったが、義輝は焦ることなく腰を据えて待った。長引けば長引くほど、世人に将軍家の存在を印象づけられるのだ。

「ほう。長慶は、余の帰京を認めたか」

交渉の経過を報告に来た藤孝が、「御意《ぎょい》」と頭を下げた。

「長慶は、洛中を明け渡し、今後は大樹と手を携えて天下の運営に当たりたいと申しております。ついては、自身を幕府相伴衆《しょうばんしゅう》に任じていただきたいとの由」

相伴衆とは、将軍家に近侍《きんじ》する者の役職だが、任じられるのは有力大名に限られている。長慶は相伴衆に任じられることで、細川家の家臣という身分を脱し、三好家の家格を上昇させる意図があるのだろう。

同時に、長慶が三好家単独での畿内支配を諦めたとも取れる。将軍家なくして、天下の政《まつりごと》は覚束ないということだ。

義輝としては、考えていた以上の大きな成果だった。三好家の家格を引き上げる代償として、義輝は京と、長慶の臣従という実を得られるのだ。

「よかろう。承禎には、その線で話を進めるよう伝えておけ」

戦場での勝敗こそつかなかったものの、足利将軍家にとっては大きな勝利と言っていい。

十一月二十七日、義輝は洛中へ向かった。和睦に反対していた晴元は数日前から姿をくらましているが、それも些事《さじ》にすぎない。

「ご尊顔を拝し奉《たてまつ》り、恐悦至極《きょうえつしごく》」

長慶は、自ら白川口《しらかわぐち》まで出迎えに来ていた。

「苦しゅうない。面《おもて》を上げよ」

「ははっ」

長慶は当年三十七。戦場では剽悍《ひょうかん》な阿波衆を率い勝利を積み重ねる一方で、連歌や茶の湯を好む風流人でもある。下膨《しもぶく》れの柔和な顔立ちに湛えた微笑は、つい先日まで干戈《かんか》を交えていたとは思えないほど穏やかだった。

「余の望むところは、天下の静謐《せいひつ》である。政道を正し、天下をあるべき姿に戻す。そのために、まずは我らが遺恨を水に流し、力を合わせることが肝要」

「心得ましてございます。我ら三好一門、天下静謐のため、粉骨砕身《ふんこつさいしん》いたす所存」

互いに、腹の底を見せはしない。今後も、水面下での駆け引きは続くだろう。

対面を終え、再び馬に跨った。行列は、妙覚寺の仮御所へと進んでいく。

沿道には、天下人三好長慶と渡り合い、自ら武勇を示した将軍を一目見ようと、多くの京童が集まっていた。義輝の姿を見て、歓声を上げる者もいる。

「まこと、このような日が来るとは……」

進士晴舎が、感極まって声を詰まらせる。藤孝も、感慨深げに目を細めていた。

「泣くな、晴舎。我らは、本来在るべき地に戻ってきただけだぞ」

この勝利はまだ、始まりに過ぎない。幕府を真の意味で再興し、長く続いた乱世を終わらせ、天下に静謐をもたらす。そのためにはいずれ、三好一門は排除しなければならない。

決意とともに、義輝は胸を張って馬を進める。

三

面を上げた男の相貌に、義輝は思わず身構えそうになった。

色白細面。噂を聞いて想像していた野卑な顔つきとは、まるで違う。むしろ、鼻筋の通った美男と言ってもいい。だが、その酷薄さを感じさせる冷たい眼光には、こちらを警戒させる何かを感じる。

「織田上総介信長《おだかずさのすけのぶなが》」

上座から、義輝は男に呼びかける。

義輝より二つ年長の信長は、当年二十六。〝尾張《おわり》の大うつけ〟と仇名されていたが、家督相続後は敵対する一族を次々と攻め滅ぼし、さらには謀叛を起こした弟を謀殺して、今や尾張一国を制しつつある。

かつては足軽や下人のような恰好で領内を練り歩いたと聞くが、今日の出で立ちは、烏帽子《えぼし》に地味な色合いの直垂《ひたたれ》だった。所作も、しっかりと礼法に則《のっと》っている。単なる、戦と謀《はかりごと》を得意とする田舎武士ではないことははっきりとわかった。

「遠路の上洛、大儀である。尾張の仕置き、其の方に任せよう。今後は、尾張守を称するがよい」

謁見の間に居並ぶ幕臣たちがざわついた。無論、正式な叙任ではない。しかし将軍家の言葉であれば、尾張守護職に任じたも同然である。

「ははっ、ありがたき幸せ」

やや高い声で言い、信長が平伏した。あまり口数の多い男ではないらしい。

信長は、北の美濃斎藤《さいとう》家、東の駿河今川《いまがわ》家という大敵に向き合っている。今回の上洛は、尾張支配の正統性を得ることで、斎藤、今川両家が尾張に手出し難くするのが目的だろう。義輝は、信長が望むものを与えてやったことになる。当然、無償ではない。

「余は、今の形ばかりの幕府を立て直し、天下に静謐をもたらすを宿願としておる。其の方にも、その助けとなってもらいたい」

「御意」

信長は短く答えた。いずれ軍勢を率いて上洛し、三好と戦うための尖兵《せんぺい》となれ。義輝が言外に籠めた意味を、信長は理解しているはずだ。

「藤孝。そなた、信長という男をいかが見た?」

対面を終えた後、義輝は細川藤孝に訊ねた。

「彼の御仁がただのうつけではないのは、間違いありますまい。されど、斎藤、今川を差し置いて上洛し、大樹を補佐するには、いまだ力不足かと」

義輝は頷いた。来月には、美濃の斎藤義龍《よしたつ》が上洛し、義輝に謁見することになっている。ここで過度に信長へ肩入れするのは、得策ではない。正式に尾張守護職を与えなかったのは、そのためだ。

「これはと思う者を守護職に任ずることもかなわぬ。我ながら、無力なものよ」

「大樹、ここで焦ってはなりませぬ。少しずつでも、慎重に力を蓄えていくべきかと」

都を取り戻したといっても、問題は山積していた。

諸国の下剋上の風潮は、やむどころかますます激しく吹き荒れ、かつての秩序は有名無実と化している。信長や斎藤義龍のように上洛し、将軍家を敬う姿勢を見せているのは、幕府への忠義などではない。将軍に謁見することで自らの地位を高め、自国での戦を優位に運びたいだけだ。

しかし、直属の軍勢を持たない義輝にとっては、形骸化した幕府の威光を振りかざして諸大名を手なずける他に、採るべき手段が無いというのが実情だった。

その後も義輝は、諸国の紛争を調停し、幕府の役職や自らの諱《いみな》の一字を与えることで、権威の上昇に努めた。信長、斎藤義龍に続いて上洛した越後の長尾景虎《ながおかげとら》には関東管領就任の内示を与え、豊後《ぶんご》の大友義鎮《おおともよししげ》を九州探題《たんだい》に任じる。三好長慶の嫡男義興《よしおき》と松永久秀は、長慶に続いて相伴衆に任じた。

和睦したとはいえ、長慶との関係が完全に修復されたわけではない。実際、長慶は義輝の親政を認めはしたものの、義輝とは距離を保ち、幕府の体制に取り込まれることを慎重に避けている。義興と久秀を相伴衆に任じたのは、そうした駆け引きの結果だった。

京を義輝に明け渡してもなお、三好家は強大だった。もしもこちらが不穏な動きを見せれば、長慶は躊躇なく大軍を上洛させ、二条御所を攻め落とすだろう。

だが、一見盤石に見える三好家の権勢には、わずかな翳《かげ》りが生じていた。永禄四年三月、三好家の武の柱である長慶の弟、十河一存《そごうかずまさ》が病没したのだ。さらに、義輝の勧めでようやく三好との和睦に応じた細川晴元を、長慶は摂津の普門寺《ふもんじ》に幽閉する。この違約に激怒した六角承禎が、打倒三好を画策しはじめていた。

承禎は、かつて長慶に敗れて紀伊へ逃亡中の河内守護畠山高政《たかまさ》と密約を結ぶ一方、義輝にも密使を送ってきた。近江へ移り、諸大名に三好討伐の御教書《みぎょうしょ》を発してほしいとの要請である。

「近江六角と紀伊の畠山が同時に兵を挙げれば、三好は南北から挟撃される。さすがの長慶も、この窮地を切り抜けるは容易なことではあるまいな」

しかし、六角と畠山が百戦錬磨の長慶を討ち、三好一門を滅ぼすこともまた、難しいだろう。場合によっては決着がつかないまま、畿内は際限のない戦乱に見舞われることにもなりかねない。

「承禎の使者には、こう伝えよ。大名同士の私戦に、将軍家が関わることはない」

「中立を保つ、と？」

「そうだ、藤孝。この段階でどちらかに肩入れするのは、危険が大きい。ただし、長慶が討たれるようなことがあれば、余はただちに動く。そう心づもりしておけ」

「承知いたしました」

七月、六角と畠山の軍勢が、同時に三好家の版図に攻め入った。

六角勢は洛東の勝軍山城を占拠して京を窺い、畠山勢は和泉に侵入し、岸和田城を囲む。畠山勢の主力は紀伊根来寺《ねごろじ》宗徒で、多数の鉄砲で武装しているという。

長い睨み合いを経た十一月、勝軍山城を攻めた三好勢が敗走。翌年三月には、河内久米田《くめだ》の合戦で長慶の弟実休《じっきゅう》が根来寺宗徒の鉄砲を受けて討死にする。その報せを受け、京を守る三好義興、松永久秀は山崎へ撤退、六角勢が入京を果たした。

三好の軍勢に守られて山崎へ移った義輝は、長引く両軍の戦いに高みの見物を決め込んだ。仮御所の周囲は三好の軍勢が警護の名目で固めているが、長慶が討たれれば、混乱に乗じて脱出するつもりだった。

実休を討ち取った畠山勢はさらに北上し、長慶の新たな居城、河内飯盛城《いいもりじょう》を攻め立てるが、城の守りは固く、戦況は再び膠着《こうちゃく》する。そして四国から三好の援軍が到来し、五月二十日、飯盛城近郊の教興寺《きょうこうじ》において決戦が行われた。

合わせて十万近い大軍同士のぶつかり合いは、三好勢の完勝に終わった。畠山勢は多くの名のある将を討たれて壊滅、紀伊へと敗走する。その報せを受けた六角勢は戦の継続を断念し、一戦も交えることなく近江へと引き上げていった。

「余の娘を、人質に寄越せと申すか」

覚えず、声音に怒りが滲んだ。

「人質とは大仰な」

悪びれるふうもなく、松永右衛門佐久通《うえもんのすけひさみち》は頭《かぶり》を振った。一十一歳になる久通は、松永弾正《だんじょう》久秀の嫡男で、先に久秀から、松永家の家督と大和信貴山《しぎさん》城主の座を譲られている。

「ただ、京童の間にあらぬ風説が流れておりますゆえ、主《あるじ》長慶は、大樹に遺恨なきことを示さんがため、姫君をお預かりしたいと申しておるまでにございまする」

巷では、先の戦で六角、畠山を裏で操っていたのは義輝だという風説が広まっていた。実際、数名の幕臣が義輝の下から、六角家へと奔《はし》っている。義輝が六角、畠山を使嗾《しそう》したと長慶が考えるのも、無理はない。

だが、臣下が将軍家に人質を差し出すよう求めるなど、聞いたことがなかった。加えて、義輝の娘はまだ八歳である。

「主長慶は、今後とも大樹をお支えし、天下静謐のため尽くす所存にございます。ここは何卒」

言葉とは裏腹に、有無を言わさぬ調子で久通が迫る。父久秀や長慶とは違い、将軍家の権威など歯牙にもかけぬと言わんばかりの口ぶりだ。挑みかかるような鋭い目つきで、久通は上座の義輝を見据える。

斬り捨ててくれようか。一瞬、そんな考えが脳裏をよぎる。

しかし短慮に走ったところで、今の義輝が三好家に勝てるはずもない。反三好勢力を糾合しようにも、六角、畠山はすでに敗れ、細川晴元は先ごろ、幽閉先の普門寺において病没していた。自前の兵力も、頼れる盟友もない。ここは、要求を呑むしかなかった。

「結局、無力な神輿のままか」

久通が退出すると、義輝は呟いた。

いや、神輿どころか、娘を人質にと言われて唯々《いい》諾々《だくだく》と従うしかない自分は、虜囚にも等しい。

「今は、耐えられませ」

応じた藤孝の声にも、口惜しさが滲んでいる。

「怒りに任せて動いては、あの者どもの思う壺。耐え続ければ、必ずや光明は射してまいります」

それからほどなくして、思いがけない報せが届いた。文武に優れ将来を嘱望されていた長慶の嫡男義興が病に倒れ、没したのだ。まだ、二十二歳の若さだった。

長慶には、他に男子がいない。代わって跡取りに選ばれたのは、長慶の弟十河一存の子、重存《しげまさ》である。

「これは、蟻の一穴になるやもしれんな」

義輝はにやりと笑った。

順序から言えば、跡取りになるのは長慶次弟の安宅冬康《あたぎふゆやす》か、長弟実休の息子だ。長慶がそれを曲げてわずか十五歳の重存を跡取りに指名したのは、重存の母が朝廷の有力者である九条家の出だからだろう。

この強引な擁立は、必ず三好家中に波紋を呼ぶ。中でも大きな問題は、冬康の存在が無視されたことだ。冬康はまだ三十六歳と若く、実力も人望も兼ね備えている。人となりは思慮深く温和で、表立って不満を唱えることはないだろうが、冬康を後継者に望む三好家臣は少なくない。

「京市中に噂を流せ。安宅冬康に叛意《はんい》あり、とな」

長慶が真に受けることはないだろう。だが、三好家中の疑心暗鬼を煽り、わずかに生じた罅《ひび》をいくらか拡げる程度の効果はあるだろう。

その年は何事も無く終わり、永禄七年に入った。義興の死後、長慶は居城の河内飯盛城に籠もったきり、ほとんど動きを見せていない。義興の早すぎる死にひどく打ちのめされているとは聞いたが、この頃になると、重い病の床にあるという噂もまことしやかに囁かれていた。

河内飯盛城から使者が送られてきたのは、五月のことだった。九日、長慶は冬康を、飯盛城内で自害させたという。理由は、冬康が長慶に逆心を抱いたためであり、安宅家の家督は冬康の遺児が継ぐ。三好家中にはいささかも揺るぎが無いので、安心してほしいと使いの者は述べた。

冬康を討ったのが、長慶自らの意思によるものか、それとも冬康に敵意を持つ誰かの讒言《ざんげん》によるものかはわからない。だが、これで三好家の力が大きく削がれたのは事実だ。

それから間もない六月二十三日、重存、松永久通、三好長逸らが四千の軍勢を率い、河内飯盛から慌ただしく上洛してきた。翌二十四日、重存らは義輝に謁見、重存の正式な三好家家督相続を願い出る。

「家督相続の儀、委細承知した。修理大夫《しゅりのだいぶ》（長慶）にも、よしなに伝えるがよい」

「ははっ。ありがたき仕合せ」

まだ十六歳の重存は硬い口調で答えた。

「修理大夫は息災か。病に伏しておるとの風説もあるようだが」

「何の。少しばかり風邪をこじらせただけにございまする。いたって息災にて、大樹におかれましては、ご案じ召されることは何もございませぬ」

あらかじめ言い含められていたのだろう。昂然と胸を張り、義輝とは対等であるかのように振る舞っているが、滲み出る緊張は覆い隠せていない。長慶の器量とは比べるまでもないと、義輝は見て取った。

問題は、重存の背後に控える久通、長逸ら三好家臣団である。

長慶は、幕府とは距離を置きながらも、義輝を将軍の座から引きずり下ろそうとはしてこなかった。将軍の首を挿げ替えるには、それ相応の覚悟がいる。逆賊の誹《そし》りを受け、周囲の諸大名を敵に回し、都はいつ果てるとも知れない戦乱に見舞われる。長慶の脳裏には、将軍の首を挿げ替えた細川政元や高国の末路があるはずだ。

だが、長慶の家臣たちはどうか。三好家臣の多くは義輝を、晴元や六角、畠山と結んで、長く三好家を苦しめてきた〝悪御所〟と見ている。もしもこのまま長慶が没するようなことになれば、三好家臣団を掣肘《せいちゅう》する者はいなくなる。

家督相続の承認を得ると、重存らは京に長くとどまることなく飯盛城へと引き上げていった。それほど、長慶の容態は差し迫っているということだろう。

七月四日、飯盛城に放っていた間者から報せが届いた。三好長慶、没。享年四十三。重臣たちはその死を秘しているため、葬儀は行われないという。

敵ではあったが、一代の英傑であったことは間違いない。あるいは、最初から共に手を携《たずさ》えて幕府の再興を目指すという道もあったのではないか。

ふと思ったが、時が遡《さかのぼ》ることはない。飯盛城の方角に向かい、義輝は静かに手を合わせた。

四

無心に、木剣を構えていた。

心の中で、敵の姿を思い浮かべる。相手は構えを取ることなく、右手に持った剣をだらりと提げただけだ。

一歩踏み出し、上段から打ち込んだ。相手はわずかに体を捻《ひね》ってかわす。返す刀で胴を薙ぎにいくが、容易《たやす》く避けられる。続けざまに斬撃が来た。かろうじて受け止め、渾身の力を籠めて逆袈裟《ぎゃくげさ》に斬り上げる。しかし、それも虚しく空を斬っただけだ。

再び膠着した。五月の朝の湿り気を帯びた空気も、構えた木剣の重みも、遠いものになっている。剣が、体の一部になったような気さえした。

己が周囲と融け合うような感覚。あと一歩だ。思った刹那、ぼんやりとした影でしかなかった相手の顔が、はっきりと像を結んだ。

三好長慶。細川晴元。松永久通。わずか十一歳の義輝に将軍職を押しつけた挙句、何らの功績も残すことなく死んだ父、義晴。いくつもの顔が、現れては消え、また別の像を結ぶ。そして最後に、自分自身の顔が浮かんだ。

向き合った己の顔が、歪んでいる。笑っているのだ。

そなたはまことに、天下の静謐を願っているのか。都を戦乱に巻き込んでも、己が手で天下を意のままにしたいだけではないのか。醜い笑みを浮かべながら、もう一人の自分が問いかける。

「おのれ……」

呻くように呟き、木剣を振るう。嘲笑《あざわら》うように、影が消えた。

大きく息を吐き、構えを解いた。気づくと、小雨が降りはじめている。諸肌《もろはだ》脱ぎで庭に立つ義輝を案じた小姓たちが、手拭いを握ったままこちらを見つめていた。

「これまでといたす」

安堵したように、小姓が義輝の体を拭きにかかる。

いつもあと一歩のように感じるが、卜伝の言う剣の境地は、まだまだ遠い。一介の修行者ならばまだしも、将軍家という己の立場で我執を捨て去るのは、容易なことではなかった。

結局、戦や政務に追われ、卜伝との修行は中途半端なままで終わっている。京に落ち着いてから幾度か使いを送ったが、「もう教えることは無い」とにべもなく断られた。

いっそすべてを投げ捨て、剣の道を追い求めてみようか。そんな思いがよぎることもある。だがここで逃げ出せば、尊氏以来十三代に及ぶ足利将軍家の名に泥を塗ることになる。少なくない幕臣たちとその妻子を路頭に迷わせることにもなる。何より、都から逃げ出すのは、義輝の矜持《きょうじ》が許さなかった。

長慶が没し、十カ月が過ぎている。三好一門は長慶の死を伏せつつも、これといった動きを見せていない。しかし都人の間では、すでに長慶が身罷《みまか》っているという噂が広まりつつある。

義輝も、妙覚寺の仮御所から、新たに築いたこの二条御所に移ったこと以外、目立った動きは避けていた。長慶没後の三好家を誰が主導していくのか。それを慎重に見極めなければ、思わぬ陥穽《かんせい》にはまりかねない。

五月一日には、三好重存、松永久通が上洛し、義輝に謁見していた。義輝はその場で重存に自身の諱の一部を与え、義重《よししげ》と改名させている。腹の底はともかくとして、義輝と三好家の関係は、表向きは落ち着いていた。教興寺の戦い以後、反三好勢力の蜂起も絶えており、京はいたって平穏である。

「大樹、申し上げます」

居室で衣服を改めていると、藤孝が慌ただしい足音を立てながら訪《おとな》ってきた。その顔には、珍しく焦燥の色が浮かんでいる。

「いかがした」

「火急の報せにございます。河内、大和より三好、松永の軍勢が京へ向かっております。その数は、一万を超えるとの由」

「まことか」

「はい。勝竜寺城《しょうりゅうじじょう》の兄より、早馬が参りました」

藤孝の兄三淵藤英《みつぶちふじひで》には、南山城の要衝、勝竜寺城を預けてあった。その報せであれば、間違いはないだろう。

「大樹……」

居合わせた側室の小侍従《こじじゅう》が、不安げな声を出した。進士晴舎の娘で、一月《ひとつき》前には女児を産んでいる。

「案ずるな。何があろうと、そなたや娘を危険に晒すようなことはさせぬ」

小侍従の肩に手を置いて言うと、義輝は主立った者を集めるよう命じた。

幕臣たちが駆けつけてきた頃、三好の使者が御所を訪れた。上洛は清水寺参詣のためであり、義輝に対して二心は無い。警戒の要無し。そう述べ、使者は引き返していった。

「見え透いたことを。何故、たかが参詣に一万を超える軍勢がいるのじゃ！」

声を荒らげたのは、進士晴舎だ。

「三好、松永らの謀叛は明白。されど、御所の普請は完了しておりません。口惜しいことなれど、ここは先例に倣い、近江へ落ち延びられるべきかと」

この二条御所は、不慮の事態に備えて普請を続けてきた、城と呼んでも差し支えない要害である。だがいまだ完成にはいたらず、一万余の大軍相手では、到底持ちこたえられない。

「近江へ落ち延び、その後いかがいたす？」

「直ちに近隣諸大名に御教書を発し、討伐を命じられませ。逆賊追討の義戦にござる。必ずや、雲霞《うんか》のごとき大軍が集まりましょう」

「ならん」

晴舎の強硬な意見を、義輝は却下した。

「まだ、謀叛と決したわけではない。事実はどうあれ、参詣と称する者に怯えて京から逃げ出すような将軍に、どこの大名が従うと言うのか」

義輝の言葉に、一同が静まり返る。

「三好、松永が、義栄《よしひで》殿の擁立を狙っているということは、考えられぬでしょうか」

沈黙を破ったのは、藤孝だった。

阿波では、かつて堺公方と呼ばれた足利義維《よしつな》が、三好家の庇護を受けている。義維は中風を患い将軍の任に堪えられないだろうが、子の義栄は当年二十八、義輝に代わって、将軍になり得る人物だった。

「確かに、その恐れは無いとは言えぬ。されど、まだ若い義重が当主となり、三好の家はいまだ足元が固まっておるまい。その状況で余を将軍の座から追い、新たな火種を抱えることを、三好、松永が望むとは思えぬ」

「では、この率兵上洛の意図は、奈辺にあると？」

「三好家としても、遠からず、長慶の死を公表せねばならん。その際、余がおかしな真似をせぬよう、威圧しておくのが目的であろう」

本当にそうか。己の権威を過信してはいないか。裡《うち》なる声に耳を塞ぎ、義輝は命じた。

「念のため、御所の守りを固めておけ。藤孝、そなたは勝竜寺城に入れ。万一に備えて、兵を集めるのだ」

「御意」

その日のうちに、三好、松永の軍勢は続々と入京してきた。

義重は革堂行願寺《こうどうぎょうがんじ》、三好長逸は知恩院、松永久通は相国寺に入ったという。まるで、義輝が京を捨てて近江へ逃れるのを防ぐかのような布陣である。物見によれば、戦仕度は万端で、明らかに参詣のための行列などではなかった。

「彼奴らの目的は、〝御所巻《ごしよまき》〟やもしれんな」

物見の報告を受け、義輝は呟く。

御所巻とは、大名が軍勢をもって将軍御所を取り囲み、将軍家に異議を申し立てる行為である。幕府草創期、足利尊氏の執事高師直《こうのもろなお》が御所を囲み、副将軍足利直義《ただよし》の一派を追放した。三代将軍義満《よしみつ》の御世には、管領の座を巡り斯波義将《しばよしまさ》が御所を包囲、細川頼之《よりゆき》を罷免させている。応仁の乱の直前にも、細川、山名《やまな》の軍勢が御所巻によって、権勢を誇る政所執事伊勢氏《まんどころのしつじいせ》の追放に成功していた。

応仁の乱以来、御所巻は絶えて久しい。だが三好、松永が、この前例に目をつけてもおかしくはない。要求として考えられるのは、義輝側近の罷免、追放あたりか。

ならば、交渉の余地はあるはずだ。罷免を受け入れたとしても、ほとぼりが冷めるのを待ち、復帰させるというやり方もある。若く権力基盤も弱い義重では、家中の統制はままならない。しばらく耐え忍べば、必ずや挽回の機は訪れる。

ほとんど眠れないまま、翌十九日を迎えた。日が昇っても、空はぶ厚い雲に覆われている。降り出すのも、時間の問題だろう。

寝間着から烏帽子直垂に着替え、広間に座した。左右には、張り詰めた面持ちの幕臣たちが居並ぶ。

御所には、昨日から三百人ほどの兵が詰めている。これが、義輝が京で集められる軍勢のすべてだ。

「三好、松永勢、それぞれの陣所を出立し、御所へ向かっております！」

悲鳴にも似た注進が入る。やはり、逃げるべきではないのか。そんな声が幕臣の一部から上がるが、義輝は無視した。京を抜ける道は、とうに封鎖されているはずだ。

やがて、屋敷の中からも三好、松永の旗印が見えてきた。御所の四方は、蟻の這い出る隙もないほど厳重に囲まれている。

「晴舎。三好の者どもに、いかなる存念か問い質《ただ》してまいれ」

「はっ」

緊張の面持ちで、晴舎が立ち上がり、大手門へと向かっていく。

重苦しい時が流れた。誰もが咳一つ立てず、晴舎が戻るのを待っている。

不意に、無数の乾いた音が響いた。

鉄砲。思わず、義輝は立ち上がった。続けて、四方からどっと喊声が沸き起こる。

「馬鹿な、撃ってきたぞ！」

「おのれ、逆賊め！」

幕臣たちが罵り声を上げた。

己の迂闊《うかつ》さに、義輝は唇を嚙む。御所巻などではない。三好、松永は最初から、自分を討つつもりで上洛してきたのだ。義輝の前でもまるで恐懼《きょうく》することなく、むしろ挑むような視線を向けてきた久通の顔が脳裏に浮かび、全身の血が沸き立つ。

「大樹、お逃げくだされ。京さえ抜ければ……」

蒼褪《あおざ》めた顔で、幕臣の一人が言った。逃げ道を探すように、あたりをきょろきょろと見回す者もいる。

その狼狽ぶりが逆に、義輝に落ち着きを取り戻させた。

結局、久通や義重を甘く見過ぎていた。三好家全盛の中で育ってきた彼らには、将軍家の権威など通用しなかった。幕府はもう、役目を終えた古い神輿に過ぎないということだ。

「よかろう」

覚えず、口元に笑みが浮かぶ。

ならば、足利将軍家の幕切れを、華々しく飾ってやろうではないか。

「具足を持て。それと、酒宴の仕度を。最後の宴とまいろうではないか」

五

喊声と雨音が、途切れることなく続いている。

開戦から一刻近くが過ぎても、味方は三好、松永勢を食い止めていた。大手口の三重の門のうち二つは破られたものの、広庭に面した客殿からはまだ、敵の姿さえ見えない。

進士晴舎は三好、松永らの意図を見抜けなかったことで自らを責め、腹を切った。妻子と女房衆は、敵と話をつけて御所から出したが、母の慶寿院《けいじゅいん》は頑として拒み、自害して果てた。

母や側近の死を目の当たりにしても、義輝は平静を保っている。だが腹の底には、憤怒が渦巻いていた。

腹の底を揺さぶる大音響とともに最後の門が破られ、宴は終わった。数十人の敵兵が、どっと雪崩れ込んでくる。近習や幕臣たちが抜刀し、広庭へ駆け下りる。先刻から降り出した雨のせいで、敵も味方も鉄砲は使えない。そこここで斬り合いが始まり、剣戟《けんげき》の音と断末魔の悲鳴が周囲を包んだ。

五月雨《さみだれ》は　露か涙か不如帰《ほととぎす》　我が名を上げよ　雲の上まで

辞世の句を詠み上げ、盃に残った酒を呷《あお》った。立ち上がり、薙刀《なぎなた》を手に庭へ下りる。

「征夷大将軍、足利義輝」

静かに名乗りを上げた。手柄に飢えた敵兵の、虎狼《ころう》のような視線が集まる。三人が、同時に斬りかかってきた。遅い。薙刀を横へ薙ぎ、下から振り上げる。二人が首筋から血を噴き出し、一人の腕が飛んだ。続けて前へ踏み出し、組頭らしき鎧武者の喉を抉《えぐ》る。横合いから踏み込んできた足軽の脚を斬り飛ばし、振り向きざまに背後から向かってきた敵の両目を斬り裂く。

ほんの数瞬の出来事に、周囲の気が凍りついた。敵の将兵が、驚愕の表情を浮かべている。

　薙刀の刃が毀《こぼ》れ、血脂が捲《ま》いている。義輝は踵を返し、客殿に戻った。襲いかかってくる者はいない。

　薙刀を捨て、客殿の奥の襖を開いた。

　畳に、無数の太刀が突き立っている。足利将軍家に代々伝わってきた、宝刀の数々だ。

そのすべてが、城を一つ購《あがな》えるほどの逸品である。

　白刃の鮮烈な輝きが、義輝を圧倒した。人を斬るための道具。それでも、幾世代にも
わたって研ぎ澄まし、磨き上げれば、これほどの美を放つ。剣術もまた、同じだ。

　恍惚とした気分に浸りながら一振りを摑み、引き抜いた。大般若長光《だいはんにゃながみつ》。備《び》前長船《ぜんおさふね》派の
名工長光が鍛えた、二尺四寸の大業物《おおわざもの》だ。

　再び庭に向かった。数十人いた味方は半数ほどに減り、敵はさらに数を増している。

広縁《ひろえん》に出たところで、鎧武者が駆け上がってきた。

　槍が繰り出される。わずかに首を捻った。頬に風を感じながら、長光を振り上げる。

ほとんど力を入れることもなく、脇の下に食い込んだ刃は太い血の管を切り裂いた。派
手な音を立て、鎧武者が床に倒れる。

　背筋が震えるほどの切れ味だった。歓喜が全身を駆け巡る。

　庭に下りた。一人が雄叫びを上げ、踏み出してくる。合わせて、義輝も前に出た。す

れ違いざま、首筋を裂く。次の敵に、上段から打ち込んだ。肩口から入った刃が、鎖骨を断ち割る。別の敵が、斬撃を放つ。刀で弾き返し、袈裟懸けに斬り下ろす。

まだだ。まだ、美しくない。足元に転がる骸《むくろ》を見下ろし、義輝は思った。長光に目をやると、刃が毀れていた。太刀のせいではない。遣う者の、腕のせいだ。

客殿に戻り、刀を代え、戦場に引き返す。それを、幾度となく繰り返した。二つ銘則《のり》宗《むね》。豊後《ぶんご》行平《ゆきひら》。九字《くじ》兼定《かねさだ》。いずれも凄まじい切れ味だったが、数人斬ると刃が毀れ、血と脂が捲く。己の技量の未熟さが歯痒い。

どれほどの間戦っていたのか、さすがに息が上がっている。義輝は具足の紐を解き、脱ぎ捨てた。もはや、これが戦という思いさえなかった。己の生の最後に、どれほどの高みに昇れるか。頭にあるのはそれだけだ。

いくらか軽くなった体で、最後に残った一振りを手に取った。天下無双とも称される、不動国行《ふどうくにゆき》。何年も遣っている愛刀のように、柄が手に馴染む。複雑に入り組んだ刃文にしばし見入り、再び踵を返した。

「公方、覚悟!」

敵が客殿に踏み込んできた。四人。馳せ違いながら、全員を斬った。ゆっくりと歩を進め、庭に下りる。

敵将の一人が名乗りを上げ、槍を構えた。踏み出す一歩。繰り出す槍の軌道。すべて見える。いや、肌で感じる。穂先をかいくぐって懐へもぐり、喉笛を貫いた。背後に気配。敵将の体を楯に斬撃を防ぎ、斬り上げる。

「何をしておる。残るは公方一人ぞ！」

誰かが喚《わめ》いた。義輝を遠巻きにしていた十人ほどの敵兵が、一斉に前に出る。

いくつもの刃風が、全身を打った。だが、どこも斬られてはいない。体が、自分のものではないように軽かった。剣先まで、己の気が満ちているのを感じる。誰にも斬られる気がしない。

どう動き、どう刀を振れば斬れるのか。考えるより先に、体が動く。気づくと、襲ってきた敵兵はすべて倒れていた。

刃の血を払い、大きく息を吐く。刀身に目をやった。刃毀れは一つもない。

ぬかるんだ地面に、夥《おびただ》しい数の骸が転がっている。失くした腕を探す者。死にきれず、掠れた声で女の名を呼ぶ者。ちぎれた手足。割れた頭蓋から零《こぼ》れ出た脳漿《のうしょう》。

己が作り出した凄惨な光景を目にしても、義輝の心に波は立たない。奪った命を悔やんだところで意味などない。人であることをやめたその先に、剣の境地は開けているはずだ。

正面に立つ若い武者の顔が、恐怖に歪んでいた。手にした打刀の切っ先はがたがたと震え、股のあたりが濡れている。

「覚悟が定まっておらぬのなら、やめておけ。死ぬぞ」

言いながら殺気を放つと、若武者は短い悲鳴を上げ、尻餅をついた。まるで鬼神にでも睨まれたかのように、その表情は強張っている。

覚えず笑いが込み上げ、義輝は不意に悟った。

自分の望みは、幕府や将軍家の権威を取り戻すことではない。世人が、足利義輝という一人の男を怖れ、ひれ伏す世を作ることだった。天下静謐も、乱世の終息も、ただの建前に過ぎない。剣を学んだのも、己を大きく見せるための手段でしかなかった。

これが卜伝の言っていた、己の真の姿というものなのか。だとしたら、あまりに卑小で、空虚な望みだった。

「そうか……その程度のものか」

呟いた刹那、腹に衝撃を受けた。視線を下げる。若武者が握る打刀の切っ先が、深々と突き刺さっていた。

刃が引き抜かれ、義輝は膝をついた。傷口から、とめどなく血が流れ出る。若武者が刀を捨て、這うようにして逃げていく。不動国行を振ろうとしたが、腕が上がらない。

これまでが嘘のように、体が重い。

口から大量の血を吐いた。内臓がひどく傷ついている。助かりはしない。はっきりとわかったが、恐怖は無かった。死は、元より覚悟の上だ。

「鉄砲衆、前へ！」

聞き知った声。松永久通。十数人の鉄砲足軽が、筒先をこちらへ向けている。

負けたのか。義輝は乾いた笑みを漏らす。

己の真の姿を見つめ、我執を捨てれば、京に巣食う魔物に打ち克つことができるかもしれない。かつて、卜伝はそう言った。

だが、京に魔物が巣食っているのではない。京を、天下を、己が栄華を追い求める心が、人を魔物へと変えていくのだ。

卜伝の高みには、届かない。いや、野心の虜となった自分には、最初から届くはずもなかった。

しかし、自分でも不思議なほど、悔いは無い。

残る力を振り絞り、立ち上がる。この命はまだ、尽きてはいない。己の真の姿が見えた今ならば、もっと高い場所へ行けるはずだ。笑いながら、不動国行を青眼に構えた。

「放てぇ！」

久通が、高く掲げた手を振り下ろす。

閃光。轟音。灼けつくような風が、頬を撫でた。

幕間　二

「あなた様の兄君……前将軍義輝公の志は、確かに潰《つい》えました」

搾り出すような声音で、男が言う。

「されど、目指した道は間違っておりませぬ。天下を静謐ならしめるためには、足利将軍家の再興こそが肝要。強き為政者なくして、乱世の終結はあり得ませぬ」

「ゆえに、ここから私を連れ出し、次の将軍に立てようというのか、藤孝」

男――細川与一郎藤孝は「御意」と頷いた。

「数日の間に、あなた様をここから救い出す手立てが整います」

私の目を見据え、藤孝は続ける。

「我らと共に、義輝公の御遺志を継ぐお覚悟は、ありや否や？」

瞑目し、私は思案した。

京の相国寺鹿苑院で出家していた弟の周暠《しゅうこう》は、兄が殺された直後、三好、松永の放った刺客に討たれた。私のいる奈良興福寺一乗院《こうふくじいちじょういん》も、松永久秀の軍勢が固めている。

久秀は、覚慶《かくけい》の命を奪うつもりは無いと誓書を差し出したが、信用できるはずもない。

久秀は何らかの思惑があって、私を生かしているのだろうが、予断は禁物だ。情勢が変われば、久秀は躊躇《ためら》いなくこの首を刎ねるだろう。藤孝らの助けがなければ、ここを抜け出すことは到底かなわない。それどころか、今この瞬間に刺客が斬り込んできてもおかしくはなかった。

しかし、兄義輝は、幕府の再興を志したがゆえに殺された。藤孝の望み通り将軍になれたとしても、その先に待つのは兄と同じ、血に塗《まみ》れた修羅の道だ。

命を賭して前に進むか、それとも、いつ訪れるかわからない死に怯えながら、ここにとどまるか。

私は意を決し、目を開く。

夢幻の都

一

素襖《すおう》をまとい烏帽子を被った武士たちが十数人、目の前にひれ伏していた。

美濃国、立政寺《りゅうしょうじ》本堂の大広間。上座に腰を下ろした義昭《よしあき》は、重々しい声音で告げる。

「面《おもて》を上げよ」

わずかに頭を上げた一同は、貴人に対する作法に則り、憚《はばか》るように顔を俯《うつむ》けている。

だが、最前に座る壮年の男だけは、ぶしつけなほどに真っ直ぐこちらを見据えていた。

噂に聞く通り、面倒な儀礼は意に介さない質《たち》らしい。

「お初に御目にかかりまする。織田弾正忠《だんじょうのちゅう》信長に候」

やや甲高い声で、信長が名乗った。当年三十五。義昭よりも三つ年長である。色白細面の顔立ちは、能面のように冷たく、感情らしきものが窺えない。

この男の器量を、義昭は測りかねた。

実績だけを見れば、傑物であることは間違いない。若かりし頃は〝うつけ〟と称されたものの、瓦解寸前の織田弾正忠家を立て直して尾張を制し、駿河の今川義元《よしもと》を討ち取り、さらには美濃一国と北伊勢までも版図に加えている。畿内近国では、最大の勢力と言っていい。

しかし実際に目にした信長は、どこか線が細く、癇《かん》ばかり強そうで、大大名の風格など感じられない。居並ぶ織田家の家臣たちの信長を見る目も、忠誠というより、恐怖に近いものが垣間見えた。

徳ではなく、力で周囲を従わせる類の男なのだろう。この男はいつか、家来に寝首を掻かれるのではないか。そんな予感が、義昭の脳裏をよぎる。

まあいい。優柔不断で腰の定まらない朝倉義景《あさくらよしかげ》などよりは、よほどましだろう。大切なのは、大名自身の器量よりも、どれだけの軍勢を動かせるかだ。

「そこもとの忠義、天晴《あっぱ》れである。都の逆賊どもを討ち果たし、天下に秩序を取り戻すため、力を尽くしてもらいたい」

「ははっ。我ら織田家一同、粉骨砕身いたし、上様に将軍職にお就きいただく所存にございまする」

予定では、これで対面の挨拶は終わり、酒宴に移ることになっている。だが義昭は、確かめておきたいことがあった。

「一つ訊ねる。そこもとが印判に用いておる、〝天下布武〟なる文言。あれは、いかなる意味か」

「唐土《もろこし》にては、武とは本来、戦を終わらせるという意味の文字にて候。将軍家の威光を取り戻し、天下を静謐へと導く。その志を籠めた印判にて」

「さようか」

予想した通りの答えだった。やはりこの男に、自ら天下人として立つ意志は無い。だが、それ相応の野心は抱いているだろう。傾いた足利将軍家を再興し、それを支えることで己の地位を高め、利を得る。そんなところか。

いずれにせよ、当面の利害は一致していた。京へ上り、幕府を再興する。兄を討ち、義昭に三年に及ぶ苦難の日々を味わわせた三好一党を討ち滅ぼす。それが、義昭の望むすべてだった。


本来なら、義昭は奈良興福寺で高僧として、俗世と無縁の生涯を送るはずだった。

十二代将軍足利義晴の次男として生まれた義昭は、物心ついて間もなく奈良興福寺の一乗院へ入れられ、一乗院覚慶と名乗ることになった。家督争いを避けるための、足利家代々の慣習である。

寺での暮らしは、今思えばぬるま湯のようなものだった。足利家嫡流の出とあって、僧侶たちは覚慶を下へも置かない扱いで遇した。衣食住には事欠かず、戦に怯えることもない。取り立てて学問に励んだわけでもなかったが、二十六歳になると、一乗院の門跡を譲られた。

このまま世に出ることなく、一生を寺で過ごす。そのことに鬱屈《うっくつ》した思いを抱きながらも、戦や飢饉で虫けらのように死んでいく庶民に比べればよほどましだと、覚慶は自分に言い聞かせた。

将軍職を継いだ兄の義輝が、三好家と苦闘を続けていることは聞き知っていたが、共に暮らした記憶はほとんど無く、所詮は他人事だった。天下の動静も将軍家の行く末も、覚慶にとっては遠い異国の出来事でしかない。

しかし三年前、義輝が三好義継《よしつぐ》（義重より改名）らに討たれたことで、覚慶を取り巻く世界のすべてが変わった。

興福寺はたちまち松永久秀の軍勢に取り囲まれ、覚慶は一乗院で幽閉の身となった。眠れぬ夜が二月余りも続いたある晩、覚慶の寝所を細川藤孝が訪れる。藤孝は、三淵藤英、上野《うえの》秀政《ひでまさ》といった兄の遺臣たちとともに、甲賀の土豪を味方に引き入れ、覚慶救出に動いていた。

ここを脱出し、亡き義輝の遺志を継ぐ覚悟はあるか。藤孝のその問いに頷いたのは、兄の志に感銘を受けたからでも、万民のためを思ったからでもない。殺されたくない。

ここから出られるならば、どんなことでもする。ただ、それだけだ。

脱出は、拍子抜けするほど呆気なく成功した。聞けば、この企てには近江の有力大名、六角承禎も加担しているという。

奈良を逃れた一行は、六角家の援助を受けて近江国矢島《やじま》に移り、覚慶は還俗《げんぞく》して義秋《よしあき》と名乗りを改める。朝廷からは、次期将軍候補に与えられる従五位下、左馬頭《さまのかみ》の官位を授かり、散り散りになっていた義輝の遺臣たちも次々と参集し、幕府の体裁は整いつつあった。

藤孝の構想は、かなり大掛かりなものだった。対立する美濃の斎藤龍興《たつおき》と尾張の織田信長を和睦させ、六角承禎と連合して上洛の兵を挙げさせるというのだ。

構想は、半ば以上まで成就した。藤孝の奔走によって美濃、尾張の和睦が成り、信長は上洛の兵を挙げることを確約した。

京へ上り、将軍になる。上洛が具体化して初めて、義秋はその重さに打ち震えた。一生、寺を出ることさえ無いと思っていた自分が、日ノ本全土の武門の棟梁として、京の都に立つ。想像しただけで肌が粟立ち、恐怖で全身が強張る。

しかし、上洛の計画は呆気なく頓挫した。三好家の調略を受けた斎藤龍興が土壇場で裏切り、上洛途上の織田勢を襲撃したのだ。信長は敗れて尾張へと撤退、さらには、六角承禎が三好と和議を結んで義秋を襲撃するという風聞が流れる。義秋は、ようやく腰を落ち着けた矢島御所から逃げ出す破目に陥った。

従う供はわずか数名。追手と落ち武者狩りに怯え、空腹と渇きを抱え、いつ果てるとも知れない山道を歩く。

何故、自分がこんな目に遭わなければならないのか。この国に、自分が生きられる場所は無いのか。幾度となく自問し、己が体を流れる足利の血を恨んだ。

喘《あえ》ぎながらいくつ目かの山を越えた時、疲れきった頭の中には、己の内なる声が響いていた。

足利嫡流に生まれた事実を、消すことはできない。ならば、この血を利用して、己の生きる場所を作り上げるしかない。それには、滅びかけた幕府を再興し、自らを天下の頂点に戴く秩序を打ち立てることだ。

矢島を逃れた義秋は、若狭武田《わかさたけだ》家、次いで越前朝倉家に身を寄せた。藤孝に任せきっていた外交も自らが率先して行い、諸大名に上洛の兵を出すよう盛んに要請する。

しかし朝倉家当主の義景は腰が重く、いつまで待っても上洛に動く気配が無い。対立する甲斐《かい》の武田信玄《しんげん》、越後の上杉謙信《うえすぎけんしん》に講和を促してみたものの、両者が応じることはなかった。

その頃三好家では、大和信貴山城を地盤に勢力を広げつつある松永久秀と、それを快く思わない重臣の三好三人衆の内訌《ないこう》が生じていた。三人衆は阿波から足利一門の義栄《よしひで》を招いて神輿とし、久秀は三好家当主の義継を味方に引き入れて対抗する。内訌は容易に決着がつかず、畿内は乱れに乱れていた。

三好家が分裂した今こそ、上洛の好機である。しかし、義秋の求めに応じて軍を出す大名は現れない。さらには、義栄が朝廷から十四代将軍に任じられ、義秋の焦りは頂点に達した。

そこで義秋が目をつけたのが、斎藤龍興を追い落とし、美濃一国を掌中に収めた織田信長だった。

信玄、謙信に比べれば、信長の格は一段落ちる。とはいえ、その両者が動かない以上、他に三好、松永に対抗できる大名はいない。

「織田家への使者に、うってつけの者がおります」

藤孝が推挙したのは、美濃の生まれだという朝倉家の家臣だった。

「明智《あけち》十兵衛《じゅうべえ》光秀《みつひで》と申しまする。以後、お見知りおきを」

藤孝に促され、壮年の武士が名乗った。

「ほう、明智とな」

美濃源氏の流れを汲む、名門である。だが、斎藤道三《どうさん》死後の混乱で領地を失って諸国を流れ歩き、今は朝倉家に微禄で仕えているという。光秀は、信長の正室の従兄に当たるとのことだった。

話してみると、光秀は弁が立ち、藤孝に引けを取らないほど、和漢典籍にも通じている。戦場経験も豊富で、確かな才気を感じさせた。

「そなたほどの者が、朝倉家では不遇をかこっておるのか。よかろう。信長を説き伏せてまいった暁には、幕臣に取り立てよう」

「ははっ、ありがたき仕合せ」

それからほどなくして、美濃へ出向いた光秀から信長の了承を得たという報せが届いた。上洛軍には織田家のみならず、同盟関係にある北近江の浅井長政《あざいながまさ》、三河の徳川家康《とくがわいえやす》までもが参加するという。

「尾張、美濃、北伊勢に加え、北近江と三河か。それだけの大軍が集えば、六角も三好、松永も、敵ではあるまい」

数万の大軍が自分の手足となって動く。その光景を思い描き、義秋は陶然とした。

「よき機会じゃ。冬枯れに向かう〝秋〟の字は不吉ゆえ、名を改める」

義秋改め義昭は、越前を発って美濃へと向かった。

永禄十一年、七月のことである。

二

これまで目にしたことのない、大地を埋め尽くすほどの大軍だった。

尾張、美濃、北伊勢、三河から集結した、織田、徳川両家の総力を挙げた上洛軍である。

九月七日、岐阜を出陣した総勢五万の大軍は、美濃国垂井《たるい》、赤坂に陣取っていた。国境を越えて近江へ入れば、浅井長政の五千も加わることになっている。

この五万を超える将兵すべてが、自分を将軍職に就けるために戦うのだ。そう思うと、全身が震えるほどの歓喜を覚える。

「六角承禎はやはり、三好に与するようです。本城の観音寺城《かんのんじじよう》、支城の箕作城《みつくりじよう》に兵を集め、迎え撃つ構えとの由」

義昭のために建てられた陣屋を訪れ、藤孝が報告した。

「さようか。ならば、討ち滅ぼすのみ」

信長は六角家を味方に引き入れようと交渉していたが、承禎は三好に付くことを選んだという。堅城として知られる観音寺城だが、この大軍が相手では為す術もないだろう。

九月十二日、織田、浅井勢の先陣が箕作城を攻め、激戦の末に一日で陥落させた。これを受け、承禎は観音寺城を放棄、甲賀へと落ち延びる。残された六角方の諸城は次々と降伏し、近江の名門六角家はわずか数日のうちに瓦解した。

義昭が上洛を果たしたのは、二十六日だった。六角家の敗北で三好勢は腰が砕け、ほとんど戦うことなく京から撤退。代わって入京した義昭は東山清水寺、信長は東寺に陣を置いている。

清水の舞台から眺める京の町は、壮観だった。ここに暮らす幾万の民、公家や寺社、そして内裏さえも、自分は今、見下ろしているのだ。

「これが、京の都か」

この地で暮らした頃のことを、義昭はほとんど覚えていない。清水の舞台に登るのも、初めてのことだ。天下が、自分の足元に広がっている。それは想像していたよりもはるかに大きな高揚を、義昭にもたらした。

「藤孝。寺にいた頃の余は所詮、籠の中の鳥でしかなかったのだな。余は、外の世界がいかに広いかを今、初めて知ったような気がするぞ」

「上様にはこれより、天下を統《す》べ、この国の武士の頂に立っていただかねばなりません」

「兄も、いや、この都に覇を称《とな》えんとした武人たちは皆、同じ夢を抱いたのであろうな」

今思えば、寺にいた頃の自分は、兄を羨望の眼差しで見ていた。最後に敗れはしたが、武門の棟梁として戦い、京の都を取り戻した兄は、自分の誇りだった。

いつ、誰に足をすくわれるかもわからない。兄のように、剣戟の中で果てるかもしれない。それでも古来、多くの武人たちが夢を追い、京の都を望んできた。

そしてその場所に今、自分は立っている。

恐怖と興奮が相半ばする思いで、義昭は眼前に広がる京の町に視線を戻した。


畿内五カ国は瞬く間に、義昭の下にひれ伏した。

三好義継、松永久秀は軍門に降り、三好三人衆は本拠の阿波へと落ちていった。足利義栄は、義昭の上洛直後に病で没したという。

三好義継と松永久秀の処遇に関しては、義昭はいくらか不満があった。斬首、あるいは切腹を望む義昭に対して、信長は領地を安堵して、その武力を幕府のために用いるべきだと反対したのだ。

幾度かの話し合いの末、結局は義昭が折れることとなった。今回の上洛戦は、織田家の軍勢があってのものだ。信長の顔も、少しは立てておかねばならない。

義昭は、信長に恩賞として望みの国を与えようとしたが、信長はそれを断り、代わりに近江国草津と大津、和泉国堺に、代官を置くことを求めた。また、朝廷から正式に征夷大将軍に叙任された際には、管領への就任を求めたものの、それも固辞した上、信長は軍勢の大半を率いて美濃へと帰っていった。

「よもや、管領職すらも拒むとはな」

仮御所とした六条本国寺の書院で、義昭は藤孝を相手に言った。

畿内を一応平定したとはいえ、いまだ情勢は不安定である。織田勢を京へとどめておくためにも、信長を管領に任じて、在京を義務付けておきたかったのだ。

「あるいは、長い在京で疲弊し、国衆の離反を招いた大内義興公の轍《てつ》を踏むまいといたしたのやもしれませんな」

「やはり、慎重な男だな」

「ともかく、急ぎ幕府の体裁を整えねばなりますまい。まずは人事を固め、京、畿内の支配を揺るぎなきものにすべきかと」

信長は上洛戦に協力こそしたものの、平定した畿内を版図に加えたわけではない。義昭は畿内のうち、山城、摂津、和泉、河内にはそれぞれ守護を任じ、大和は松永久秀の切り取り勝手とした。

三好家の敗退と義昭の上洛により、畿内は将軍が任じた各地の守護がそれぞれの任地を治め、幕府を支えるという、かつてのありように戻ったとも言えた。

いったんは阿波に敗走した三好三人衆が再挙したという報せが届いたのは、永禄十二年正月のことだった。

和泉に上陸した三好勢は、およそ一万。そこにはかつての美濃国主斎藤龍興も加わっているらしい。堺周辺はたちまち制圧され、先鋒はすでに、京の目と鼻の先まで迫っているという。

三好勢の反攻をやすやすと許したことに、義昭は動揺を抑えきれなかった。三人衆は、再び将軍の首を獲《と》ることに躊躇はしないだろう。

「いかがいたすのだ、光秀！」

本国寺仮御所の守将に任じた明智光秀を、義昭は怒鳴りつけた。

「敵が洛中まで攻め入れば、こんな寺では持ちこたえられんぞ！」

「焦る必要はございませぬ。すでに早馬を飛ばし、京周辺の味方に援軍を要請しております。じきに、駆けつけた味方が敵の背後を衝くでしょう」

「その前に余の首を獲られては、元も子も無いではないか！」

「ご安心を。それがしがいる限り、大樹に指一本触れさせませぬ」

自信に満ちた口ぶりに、義昭もいくらか落ち着きを取り戻した。とはいえ、光秀の用兵の手腕がどれほどのものかはわからない。そして、本国寺の守兵はわずか二千しかいないのだ。

一月五日、軍勢の気配が迫ってきた。敵は本国寺門前の民家を焼き払い、寺を囲みつつある。

鯨波《げいは》が上がり、境内に矢が降り注いだ。味方は屋根のある場所に隠れ、畳や戸板、米俵を積み上げて矢を防いでいるため、ほとんど損害は出ていない。

南の楼門に、水色桔梗《ききょう》の旗が掲げられた。続けて、鉄砲の筒音が立て続けに響く。

楼門に立っているのは、光秀だった。従者に玉を込めさせ、取り替えながら射ち放つ。鉄砲を得意としているとは聞いていたが、実際に見るのは初めてだった。

射撃の効果があったのか、敵の矢がいくらか弱まった。

「今だ。押し出せ！」

光秀の号令で、門が開かれた。内側に待機していた数百の味方が飛び出していく。

無数の怒号、悲鳴がこだまし、剣戟の音が響く。

それらを聞きながら、義昭は必死に恐怖と戦っていた。上洛戦の折は、義昭の本陣は戦場のはるか後方に置かれ、戦を間近に感じることはなかったのだ。

味方は鉄砲を撃ちかけ、門を開いて打って出ては、速やかに引き上げることを繰り返している。義昭のいる本堂から、戦況は見えない。今は、光秀ら配下の者たちを信じるしかなかった。

「山県源内《やまがたげんない》殿、討死に！」

戦端が開かれて二刻ほど後、注進が入った。山県は義昭麾下の中でも一、二を争う武辺者である。続けて、山県と並ぶ勇士の宇野弥七《うのやしち》が討たれた。五倍の敵を相手に、味方は疲れはじめている。

腹に響く重い音が聞こえた。敵が、門扉に丸太を打ちつけているらしい。門が破れ、敵が境内に殺到すれば、もはや為す術は無い。

恐怖で、何も考えられなかった。歯の根が合わない。具足の下は汗で濡れているが、全身はがたがたと震えている。

轟音とともに、門扉が打ち破られた。喊声を上げ、無数の敵兵が境内に雪崩れ込んでくる。味方は本堂の前に立ち塞がったものの、敵の勢いに押されつつあった。逃げようにも、寺はすでに、蟻の這い出る隙も無い。

覚悟を決めなければならないのか。将軍の座に就いてたった三月で、仇敵にこの首を差し出すのか。

「……嫌じゃ」

恐怖が極限に達した刹那、覚えず口にしていた。

こんなところで、死ぬわけにはいかない。天下人への道は、まだ緒についたばかりだ。三好ごときに、この道を断たれてなるものか。

腹の底から、得体の知れない感情が込み上げてくる。義昭は衝き動かされるように床几《しょうぎ》から腰を上げ、太刀を引き抜く。

「大樹、なりませぬ。血気に逸《はや》っては……」

近臣たちの制止を無視し、境内に下りた。

「者ども、聞け！」

太刀を手に、声を張り上げる。数年前まで寺にいた義昭に、武芸の心得など無い。それでも、震える足で前に出た。逃げられないのならば、前に進むしかない。

「三好の逆賊どもに、二度も将軍の首を渡すつもりか。武人の誇りがあるならば、逆賊を討ち果たして見せよ！」

周囲の敵の目つきが変わった。鎧武者が一人、味方をかいくぐって槍を向けてくる。次の刹那、筒音が響き、敵が何かに弾かれたように倒れた。楼門の上で、光秀が鉄砲を構えている。

「何をしておる、方々！」

光秀が声を張り上げた。

「大樹自らの御出馬である。疾《と》く、逆賊を討ち平らげ、武功を示されよ！」

味方が喊声で答え、たちまち勢いを取り戻す。敵は気を呑まれたように、防戦に回っている。組頭を次々と鉄砲で射ち倒され、敵に動揺が広がっていく。

形勢は一気に逆転した。味方は一丸となって、敵を再び門の外へ押しやっている。

やがて、敵陣から法螺貝の音が響き、寄せ手が退《さが》りはじめた。

「お味方じゃ。細川殿、荒木《あらき》殿の軍勢ぞ！」

援軍。ついに来た。敵は背後を衝かれまいと、後退に移ったのだろう。

気づくと、日が落ちかけていた。戦場の喧噪は、かなり遠くなっている。

「大樹、お見事にございました」

光秀が、傍に来て言った。太刀を抜いたままだったことにようやく気づき、鞘に納める。

「勝ったのか？」

「はい。勝ちました」

光秀が、硝煙で黒ずんだ顔で笑う。

「恐れながら、この一戦で大樹は、武士の顔つきになられました」

「そうか。余はまだ、武士ではなかったのだな」

覚えず、苦笑を漏らした。確かに、戦の場に立ったこともない者に、武門の棟梁たる資格など無い。そして自分はようやく、初陣を終えたのだ。

翌六日、畿内各地から駆けつけた細川、荒木、松永、池田《いけだ》らの諸将が、洛中から撤退した三好三人衆を打ち破った。三人衆は再び、阿波を指して敗走していった。

急を聞いた信長が駆けつけてきたのは、そのさらに二日後のことである。雪の降りしきる中、三日の道のりを二日で踏破してきたのだという。

「早かったな、弾正忠。だが、逆賊どもはとうに、余が打ち払ったぞ」

信長の眉間にわずかな皺が寄ったように見えたのは、やはり、自分の顔つきが変わったからだろうか。

「此度は、そこもとの働きどころは無かったが、これからも天下静謐のため、しかと力を尽くしてもらいたい」

「ははっ、ありがたきお言葉」

信長が深々と頭を垂れる。その神妙な声音の奥に、義昭はかすかな殺気のようなものを感じ取った。

三

元亀《げんき》元年四月、織田、徳川を主力とする三万余の軍勢が京を進発した。目標は若狭武《む》藤《とう》氏、並びに越前朝倉義景の討伐である。

武藤氏は、若狭守護の武田氏と対立し、国内を二分する争乱を引き起こしていた。その武藤氏を陰で支援しているのが、朝倉義景である。

各地の守護が将軍家を支えるという体制を目指す義昭にとって、若狭守護に逆らう武藤氏を看過することはできなかった。その背後にいるのが、かつて自分を庇護した朝倉義景であっても、将軍家の意向に従わないのであれば、討伐するしかない。

かくして、義昭の意を受けた信長は若狭、越前へ出陣した。

本国寺の合戦から一年余。義昭と信長の蜜月は、今も続いている。

信長は、義昭が新たに普請した二条御所に多くの人足を出し、自ら普請の指揮まで行った。また、義昭と信長は話し合いのもとで「殿中御掟《でんちゅうおんおきて》」を制定し、新たな幕府の規律を定めている。将軍義昭の下、信長をはじめとする畿内近国の守護たちがそれぞれに任国を治め、天下の静謐を乱す者があれば、一致協力して討伐に赴く。そうした体制が、徐々に出来上がろうとしていた。

だが、緒戦で越前手筒山《てづつやま》、金ヶ崎の両城を落とした信長は、義弟浅井長政の離反を受け、這《ほ》う這《ほ》うの体《てい》で京へと逃げ戻ってきた。

「面目次第もございませぬ」

戦塵に汚れたままの恰好で御所に戻った明智光秀が、平伏して詫びた。

光秀は、幕臣として義昭に仕えながら、織田家からも禄を受けている。それほど珍しいことではなく、むしろ将軍家と織田家の繋ぎ役としてよく働いていた。今回の戦でも、織田家臣の木下藤吉郎《きのしたとうきちろう》、摂津守護の池田勝正《かつまさ》らと共に、殿軍《しんがり》となって味方の撤退を助けている。

「致し方あるまい。浅井が裏切るなど、誰にも予想できなかったのだ。して、信長は今後、どう出る？」

「直ちに岐阜へ戻って態勢を立て直し、江北《こうほく》へ攻め入るものと思われます」

この敗北で、信長の武威は大きく損なわれた。取り戻すには、すみやかに報復に出て、誰もが認める勝利を収める他ない。

六月、織田、徳川勢は北近江浅井領へ攻め入り、姉川《あねがわ》の地で浅井、朝倉勢を打ち破った。しかし、浅井家の本拠小谷城《おだにじょう》を落とすにはいたっていない。

南近江では、信長に敗れて甲賀で逼塞《ひっそく》していた六角承禎が勢力を盛り返し、七月には阿波の三好三人衆が摂津に来襲、野田、福島砦に立て籠もっていた。

信長への敵対はすなわち、義昭、ひいては幕府への叛逆に他ならなかった。このままでは、出来上がりかけていた新たな幕府の体制が瓦解しかねない。義昭は三好討伐の軍勢を召集し、自ら摂津へ出陣することを決めた。

召集には、信長をはじめ畿内各国の守護、将軍家の直属軍である幕府奉公衆、そして紀伊の雑賀《さいか》、根来衆が応じ、織田勢三万を主力とした六万に及ぶ大軍となった。

「度重なる三好一党の叛逆、もはや許すことはできぬ。この一戦をもって、三好三人衆の首を獲るのだ」

義昭の号令一下、六万の幕府軍は野田、福島の砦を包囲した。三好勢はせいぜい一万。しかも、二つの砦に分かれて籠もっている。攻め落とすのにさほどの時はかからないだろう。そう楽観していたものの、事態は思わぬ方向へ進んだ。

九月十二日夜半、陣屋で目を覚ました義昭は、喊声のようなものを耳にした。遠いが、確かに人の声だ。耳を澄ますと、筒音も聞こえる。

夜襲か。急いで具足を着込むと、明智光秀が慌ただしく駆け込んできた。本国寺で五倍の大軍に囲まれても動じなかった男の顔色が、蒼褪《あおざ》めている。

「大坂本願寺、謀叛。大坂より数万に及ぶ門徒が出陣し、お味方の陣に襲いかかっております！」

「馬鹿な……」

一瞬、何を言われたのか理解できなかった。

浄土真宗本願寺派は、かつて三好元長、次いで細川晴元と法華一揆を相手に死闘を繰り広げた末、本山の山科本願寺を焼かれ、大坂へと移っていた。それ以後、俗世の権力とは距離を置き、大名間の争いに関わったことはない。それが今になって、あろうことか将軍家に弓引くとは。

「お味方はかろうじて持ちこたえておりますが、このまま三好攻めを続行するは困難かと」

大坂本願寺は、野田、福島砦からおよそ一里。日ノ本全土に数百万とも言われる門徒を抱える本願寺が敵に回ったとなると、もはや三好攻めどころではない。

敵の攻勢は翌日も続いたが、大雨で淀川の堤が破れたことで、戦況は膠着した。

だが、凶報はさらに続く。本願寺謀叛の数日後、浅井、朝倉勢が兵を挙げ、京へ進軍を開始したのだ。浅井、朝倉勢は近江国坂本で織田家重臣森可成《もりよしなり》を討ち取り、すでに醍《だい》醐《ご》、山科まで進出しているという。明らかに三好、本願寺と示し合わせての挙兵だった。義昭は摂津からの撤兵を下知した。京を奪われれば、義昭も信長も敵中に孤立することになる。そうなれば、滅亡は必至だった。

幕府軍の撤退を受け、浅井、朝倉勢は比叡山延暦寺に立て籠もった。信長は近江坂本に進み比叡山を囲んだものの、戦況はまたしても膠着する。十一月には伊勢長島で本願寺門徒が蜂起し、信長の本拠尾張の小木江城《こきえじょう》を攻略、信長弟の信興《のぶおき》が討ち取られる事態となった。

「もはや、戦にて叛徒どもを討ち平らげること、かないませぬ」

密かに二条御所へ戻った信長の顔には、さすがに焦燥の色が滲んでいた。

「ならばいかがいたす。叡山に出向いて浅井、朝倉に頭を垂れ、京を攻めないでくださいとでも頼むか？」

「大樹には、朝廷を動かしていただきたく、こうして罷《まか》り越した次第」

「帝に、和睦を斡旋《あっせん》していただくと申すか」

「さよう。他に、この窮地を脱する手立てがございませぬ。朝倉義景としても、このままでは越前への退路が雪で閉ざされます。そうなる前に帝から和を持ちかけられれば、必ずや応じましょう」

義昭は、しばし思案した。

確かに、この八方塞がりの状況を打開するには、帝に和睦の仲裁を仰ぐしかない。だがそうすれば、世間は将軍が帝にひれ伏したと見るだろう。窮地を切り抜ける代償として、足利将軍家の威信に大きな傷が付くことになる。

「そもそもの始まりは、朝倉攻めの失敗にある。そこもとが浅井長政の手綱をしかと握っておけば、このようなことにならなかったのではないか？」

信長の、能面のような目の奥に一瞬、凶暴な光が宿った。

「今それを言ったところで、何かが変わりますかな？」

「変わりはせぬ。だが、一大名の失敗の尻拭いをさせられるほど、足利将軍は軽いものではないぞ」

「そこを曲げて、こうしてお頼みいたしております る」

束の間、睨み合う。真剣を手に向き合っているような気がした。

「まあよい。余が動かねば、そこもとの首が飛ぶ。それは、いささか忍びない。明日にも参内《さんだい》し、勅命をいただけるよう取り計らって進ぜる」

「ははっ。御礼申し上げまする」

「足利と織田はもはや、一蓮托生。そのこと、ゆめゆめ忘れるでないぞ」

「御意」

信長は平伏したが、その声音の奥にはやはり、殺気に似たものが潜んでいる。


十二月、朝廷から和睦の勅命が下り、義昭自ら近江へ出向いて浅井、朝倉方と交渉を行ったことで、和睦は成った。

しかし翌元亀二年になると、信長は和睦の約定を平然と反故《ほご》にした。浅井領の佐和山《さわやま》城《じょう》を調略して版図に加えると、伊勢長島に出兵し、大敗を喫する。

これを受け、阿波の三好三人衆が再挙、畿内へ出兵する。三好義継、松永久秀は幕府から離反して三人衆と合流し、畿内は再び戦雲が漂いはじめた。

「大樹、一大事にございます！」

幕臣の上野秀政が御所へ駆け込んできたのは、九月十二日払暁のことだった。山城国勝竜寺城主となって反幕府勢力との戦に忙殺されている細川藤孝に代わって、この秀政を側に置くことが多くなっている。

「何事か？」

「織田勢が叡山に攻め上り、延暦寺の堂舎に火を放っておるとの由！」

義昭は耳を疑った。

信長が、近江に侵攻して一向門徒の拠点をいくつか落とし、さらに比叡山東麓の坂本へ軍を進めたことまでは知っていた。しかしまさか、義昭に何の断りも無く叡山を焼くなど、考えられない。

叡山は言うまでもなく、王城鎮護の聖地である。多くの僧兵を抱え、土倉を営んで利を貪《むさぼ》っていたとしても、焼き払うなど、あってはならない。

それから二日が経ち、ようやく詳細な報せが届いた。

三万の大軍で叡山を囲んだ信長は、延暦寺側からの攻撃中止の嘆願を拒絶し、まず麓《ふもと》の坂本、堅田に火を放った。多くの住人が叡山へ逃げ込んだが、織田勢は攻撃の手を緩めず、全軍で叡山へ攻め上る。堂舎は焼かれ、僧侶や僧兵のみならず、麓から逃れてきた数千の老若男女も撫で斬りにされたという。

最も果敢に働いたのは、明智光秀だった。光秀には恩賞として、坂本の地が与えられている。

「かつて、細川政元殿が叡山を焼いたことがございました」

報告に来た秀政が、呟くように言った。

「恐れ多くも将軍家の首を挿げ替え、半将軍とも称された政元殿と同じ所業を為す。信長殿はまことに、天下静謐を担うに足る御方なのでしょうか」

その問いに、義昭は沈黙で応じる。

天下の静謐を最も乱しているのは、信長ではないのか。胸中に湧いた思いは、容易に拭い去ることができなかった。

四

赤子を抱くのは、生まれて初めてのことだった。それも、自分の子である。興福寺にいた頃は、自分が人の親になることなど、想像もしていなかった。産着にくるまれた男子は、温かく、柔らかく、ほのかに甘い匂いがする。

「よくやったぞ、さこ」

義昭は妻のさこに、ねぎらいの言葉をかけた。

本国寺の戦のしばらく後に、播磨の名門赤松家から迎えた妻だ。今のところは、この男子が次期将軍ということになる。

「この子に、名を頂戴しとうございます」

床に就いたまま、さこが言った。難産で、一時は母子共に命を危ぶまれる状態だったという。

「菊幢丸《きくどうまる》。我が兄、義輝と同じ幼名じゃ」

「それは、よろしゅうございます。きっと、義輝公のように強き男子《おのこ》になりましょう」

さこは、神妙な面持ちで続けた。

「大樹。この子のためにも何卒、天下静謐を実現くださいますよう、お願いいたします る」

さこの父赤松政秀《まさひで》は一昨年、戦に敗れた後に、敵方の手にかかって毒殺されていた。

もしかすると、さこが乱世を憎む気持ちは、義昭よりも強いのかもしれない。

義昭は身の引き締まる思いがした。いずれ、将軍職はこの菊幢丸が継ぐことになる。

その時までに、かつての足利将軍家の権威を取り戻し、天下に静謐をもたらさなければならない。

それから一月後、信長の意を受けた明智光秀が、二条御所を訪れた。

「信長め、乱心いたしたか！」

光秀の差し出した書状を一読した義昭は、思わず怒声を上げた。

「言うに事欠いて、余を〝悪御所〟とは。勝手に叡山を焼き払ったあの者が、どの口で申すのだ！」

平身低頭する光秀に向けて、手にした書状を投げつける。

『異見十七ヶ条』と題した、信長からの上書である。

そこで信長は、義昭が朝廷への奉仕を怠っていること、金銭を過分に蓄えていること、信長に近い幕臣を重用しないことを責め、賞罰や訴訟の決裁に偏りがあると詰《なじ》っていた。

「世間では、百姓までもが義昭を悪御所と呼んでいる」とまで記している。

信長は、こちらが何をしているかはすべて筒抜けだと言わんばかりに、義昭の細々とした行動にまでも異見を述べていた。まるで、愚かな息子を窘《たしな》める父のような文面からは、将軍家への敬意など微塵も感じられない。

「織田様は天下のため、大樹により良き公方様となっていただきたいがゆえに、敢えて……」

「黙れ。朝廷への奉仕が滞るのも、金銭を蓄えねばならぬのも、信長のせいで戦が絶えぬからではないか。いつまでも天下が治まらぬ責任を、余になすりつけるつもりか！」

「決して、決してそのようなことは……」

「帰って信長に伝えよ。そなたが浅井、朝倉ごときに手こずっておるゆえ、天下の乱れは一向にやまぬのだ。余につまらぬ説教を垂れる暇があれば、速やかに叛徒どもを討ち平らげて見せよとな」

追い立てられるように光秀が退出すると、義昭は憤然と腰を下ろした。

信長の叡山焼き討ちから、一年が過ぎていた。信長はたびたび北近江浅井領に出兵したものの、戦況は膠着している。本願寺との和睦も破れ、畿内では三好、松永らが活発に兵を動かしていた。叡山を潰したところで、情勢はさほど信長有利に傾いてはいない。

義昭は怒気を鎮め、思案を巡らす。なぜ、信長はこの時期に、自分を挑発するような上書を送りつけてきたのか。侮辱を受けた義昭が、反信長に転じるとは考えなかったのか。

恐らく、ままならない情勢に焦りと苛立ちが頂点に達し、己を抑えることができなかったのだろう。

「所詮、その程度の男であったか」

信長の器量を、いくらか過大に見積もっていたのかもしれない。浅井、朝倉程度の相手にこれほど手こずる男に、天下の静謐を実現することなどできるのか。

それから一月ほど後、驚嘆すべき報せが届けられた。元亀三年十月、甲斐の武田信玄が大軍を発し、西上を開始したのだ。

信長と信玄は、義昭の上洛前に同盟を結んでいた。信玄がそれを反故にしたのは、信長がもう長くはないと踏んだからだろう。

十二月には、信玄が遠江国《とおとうみのくに》三方ヶ原《みかたがはら》で徳川、織田連合軍を完膚無きまでに打ち破った。敗れた家康は本拠の浜松城に立て籠もり、武田勢は三河まで進んでいるという。

これを受け、義昭は急遽、上野秀政を信玄の許へ派遣した。信玄に織田、徳川との和睦を勧めるためである。

このまま信玄が上洛を果たし、織田家が滅びるようなことになれば、信長とほとんど一心同体となっていた義昭は立場を失う。信玄は義昭を将軍職から追い、別の足利一族を探し出して将軍の座に据えるだろう。信長の延命のために動くのは業腹《ごうはら》だが、それを阻止するには、信玄と信長を和睦させるしかなかった。

しかし、信玄の返答はにべもないものだった。今さら信長と和を結ぶつもりは毛頭無い。むしろ義昭こそ、天下のために信長と離縁すべきだと言ってきたのだ。

「それがしも、信玄殿のお言葉に理があると存じます」

信玄の返答を持ち帰った上野秀政が言った。

「信長殿、いや信長は、今や四面楚歌に陥り、存亡の機に瀕しております。このまま信長と共に滅び去るおつもりならば、それもよろしゅうございましょう。しかしそうでないならば……」

秀政は膝を進め、真摯《しんし》な眼差しで訴える。

「今こそ諸大名に、信長追討の御教書を下すべきにござる」

瞑目し、義昭は黙考した。

浅井、朝倉、六角、三好、松永、本願寺。そしてそこに、武田が加わる。信長の勝機は、これで万に一つも無くなった。

だが信長を見限るとしても、武田信玄は、信ずるに値する人物なのか。義昭の知る限りでは、信玄は信義という言葉からほど遠い人間だ。幾度も同盟相手を裏切り、降伏した敵を騙し討ちにし、謀叛を起こした嫡男は自害に追いやっている。気づけば、足利幕府がいつの間にか、武田幕府になっているということはないのか。

いや、織田家を滅ぼしたからといって、浅井、朝倉や三好、本願寺がすぐさま武田の軍門に降るわけではない。武田家の武力を利用しつつ、少しでも叛意が見えれば、それらの大名に牽制させればいい。

各大名の手綱を上手く握れば、将軍家と諸大名による幕府の体制を、再び確立できるのではないか。むしろ、武力を織田家のみに依存するよりも、将軍家は安定するとも言える。

「大樹。ご決断を」

秀政が促す。目を開き、義昭は命じた。

「諸大名に、密使を送れ。余は、信長と手切れいたす」

都に、張り詰めた気が満ちていた。

二条御所周辺には軍兵が行き交い、人夫たちの掛け声と槌音《つちおと》が響いている。都大路は、戦の気配を察して逃げ出す民でごった返していた。

元亀四年二月、密かに準備を進めていた義昭は、ついに自ら信長追討を掲げ、公然と兵を挙げた。

二条御所に集結したのは、上野秀政、三淵藤英ら幕府奉公衆と、内藤如安《ないとうじょあん》、宇津《うつ》頼重《よりしげ》をはじめとする丹波や摂津、河内の土豪衆。兵力は六千七百に達している。

義昭はこれまで蓄えた金銭を投じて、二条御所の防備をさらに強化していた。すでに、御所というよりも城に近くなっている。兵糧や武具、玉薬も大量に集めた。

「備えは万全ですな」

城内を見廻りながら、上野秀政が言った。

信長は信玄の上洛に備え、岐阜を離れることはできない。京へ送れる軍勢は、せいぜい数千の規模だろう。ならば、もしもここを囲まれたとしても、一月や二月は持ちこたえられるはずだ。

「これで明智、細川の軍勢も加わっておればと思うと、腸《はらわた》が煮えます」

「言ったところで致し方あるまい。あの二人は、余よりも信長を選んだのだ」

信長に近い明智光秀、細川藤孝には、挙兵は知らせなかった。

光秀はすでに、ほとんど織田家の家臣と言ってよく、藤孝も親織田派で、このところ義昭と距離を置いている。呼びかけたところで、応じることはなかっただろう。

明智、細川が味方につかなかったとしても、義昭には十分な勝算があった。

近江では、義昭に呼応して、三井寺《みいでら》光浄院の暹慶《せんけい》が兵を挙げた。周辺の本願寺門徒を糾合して近江石山、今堅田《いまかたた》の砦を築いて立て籠もっている。兵力は、およそ四千。

また、摂津、河内、和泉では相変わらず、三好の軍勢が活発に動いていた。浅井、朝倉もいまだ健在で、武田信玄の上洛にも備えなければならない信長は、すぐに京へ軍勢を送ることはできない。

そして義昭の挙兵には、反信長陣営が増えたという以上の意味がある。天下人たる足利将軍家が反信長に回ったことで、信長が天下の政《まつりごと》に関わる大義名分が消滅したのだ。

これで、形勢を観望していた諸大名や、心ならずも織田家に従っていた者たちの中から、信長を見限る者が出てくるだろう。

「不安があるとすれば、信玄だな」

三方ヶ原で織田、徳川勢を打ち破り、三河野田城を囲んだ信玄だが、それ以後、音沙汰が無かった。野田城の攻略に手こずっているのか、それとも慎重に畿内の動静を見極めようとしているのか。

だが、義昭が兵を挙げたとなれば、信玄も急がざるを得ない。武田勢がさらに西へ進めば、信長も岐阜を動けなくなる。

期せずして、情勢の鍵を義昭自身が握ることになった。俗世から隔てられ、寺の中で一生を終えるはずだった自分が京の表舞台に立ち、歴史を動かしている。それは、思いがけないほどの悦びだった。

義昭の挙兵を受けた信長は、使者を派遣して和睦を求めてきた。人質を差し出すとまで申し出てきたが、義昭は応じない。すると今度は、あくまで戦うのであれば、都をことごとく焼き払うと脅してくる。義昭は鼻で笑い、使者を追い返した。

「舐められたものだな。この程度の脅しに屈すると思われるとは」

都を焼くなど、脅しにしても陳腐だった。

これまで、京は幾度となく焼かれてきた。しかし、意図して都を焼き払おうとした者はいない。

言うまでもなく、この地には有力な寺院や富裕な商家、公家屋敷、そして内裏がある。それを焼けば、信長は都人の支持を失う。叡山を焼くのとは、まるで話が違うのだ。

「されど、これで数日の時を稼ぐことができました」

秀政の言う通り、この戦は時こそが要だった。信玄の上洛まで、いかに時を稼ぐかが、勝負の分かれ目になる。

二月二十四日、信長は柴田《しばた》勝家《かついえ》、明智光秀らを西近江に派遣し、近江石山砦を攻めさせた。二十六日に近江石山が降伏、二十九日には今堅田砦が攻め落とされた。

予想よりも早い陥落に義昭は舌打ちしたが、元よりこの二つの砦で、織田勢を食い止められるとは考えていない。痛手は、さほどのものではなかった。

三月に入ると、畿内には不気味なほどの静寂が漂いはじめた。

信長は近江石山、今堅田を落としたきりで、他の方面でも軍勢を動かしてはいない。

とはいえ、その静寂は重い緊張をはらんでいて、どこか一点が破れれば、情勢が一気に動きそうな気配もある。

信長は信玄に備えるため、岐阜を動いていない。この期に及んでも和睦を諦めていないのか、京へたびたび使者を送ってくるが、義昭はすべて拒絶している。

義昭はすでに、勝利を確信していた。武田勢の動向は定かではないが、信長は当面、岐阜を動くことはできない。この膠着が続けば続くほど、味方は有利になるのだ。重圧に耐えかねて、織田家中から離反者が出ることも十分に考えられる。

しかし三月末、信じ難い報せが届いた。信長が大軍を率い岐阜を出陣、京に迫っているという。

「馬鹿な。信長は美濃を捨てるつもりか！」

「あるいは、武田勢が兵を退いているのやもしれません」

「どういうことだ、秀政」

「いくつか考えられます。織田と武田の間に、和睦が成った。越後の上杉あたりが、手薄な武田領に攻め入った。そのどちらでもないとすれば……」

「信玄が病。あるいはすでに」

没しているか。思ったが、口にはしない。あまりに不吉すぎる。

推測を重ねたところで意味は無い。問題は、目の前に迫った信長に、どう対処するかだ。

ほどなくして、続報が届いた。逢坂山まで進んだ信長を、細川藤孝、荒木村重《むらしげ》の二人が出迎えたという。村重は摂津の国人で、義昭の有力な与力である。

藤孝のみならず、村重まで寝返ったことに、二条御所に集った味方は動揺を隠せない。京の防備を固める暇も無く、織田勢は三条河原まで進んできた。

物見の報告によれば、織田勢の兵力は一万ほどだという。

「思ったよりも少ないな。どう見る、秀政」

「本気でこの二条御所を落とすつもりならば、二万から三万は率いてくるはず。やはり、岐阜にそれなりの守兵を残さざるを得なかったのでしょう。信長は依然として、武田の西上を怖れておりますな」

「無理をして一万を集め、まずは京を押さえにかかったということか」

ならばまだ、戦いようはある。ここで時を稼ぎ、武田が背後を衝くという戦略は、潰えたわけではない。

秀政の推測を裏付けるように、信長は再び和睦の使者を送ってきた。義昭が許すなら、信長は剃髪《ていはつ》して御所に出仕するとまで言ってきたのだ。

義昭はこの申し出を拒絶すると共に、出兵を命じた。京にある織田家の奉行、村井貞《むらいさだ》勝《かつ》の屋敷を攻めさせたのだ。屋敷は焼け落ち、貞勝は身一つで落ち延びていった。

情勢にほとんど影響のない小さな勝利だが、勝ちは勝ちだ。将兵の士気は大きく上がっている。

このぶんなら、かなりの時を稼げるだろう。本当の勝利は、すぐそこまで見えている。

四月三日払暁、義昭は激しく打ち鳴らされる半鐘の音で目を覚ました。

何かが焼け焦げるような、嫌な臭いが漂っている。

「大樹……」

さこも起き上がり、不安そうに身を寄せてくる。まさか、織田勢が攻め入ってきたのか。じわりと、背中に汗が滲んだ。

「申し上げます！」

宿直《とのい》の者が、廊下から声を張り上げた。

「織田勢、上京へ乱入。御所周辺に火を放っておるとの由！」

「何と……」

義昭は言葉を失った。

脅しではなかったのか。京を焼き、都人の恨みを買うことを、信長は恐れていないのか。

「ご安心を。御所は二重の堀に囲まれておりますゆえ、火の手が回ることは……」

「たわけ。そのような話ではないわ！」

怒鳴りつけ、義昭は寝間着のまま庭へ飛び出す。

そこには、この世の終わりのような光景が広がっていた。

日の光を遮り、都の空を覆う、夥《おびただ》しい量の煙。打ち鳴らされる半鐘の音。逃げ惑う都人の悲鳴。庭に立ち尽くす将兵たちは、信じられないといった顔つきで空を見上げている。

どれほどの家屋や寺社が燃えているのか、あの炎の下に幾人の民がいるのか、まるで見当がつかない。

「信長は、天魔か……」

覚えず呟いた。

信長は、帝もおわすこの地を、八百年の歴史を持つ都を、何の躊躇もなく焼き払った。ならば、将軍の首を刎ねるなど、あの男にとっては、いとも容易いことではないのか。

歯を食い縛って恐怖を堪え、義昭は天に立ち上る黒煙を見つめ続けた。

五

焼き討ちの直後、信長は朝廷を動かし、帝の名で改めて講和を求めてきた。

勅命による講和とはいえ、実質は無条件の降伏である。だが、義昭はこれを受け入れた。御所に籠もる将兵の中には、上京に親類縁者がいる者も多い。士気は下がり、もはや戦どころではなかったのだ。

焼き討ちの数日後、御所を囲む織田勢が岐阜へ引き上げると、都の惨状が露わになった。

富裕な商人が多くいる下京では、町衆が信長へ金銀を送ったことで、焼き討ちを免れていた。しかし上京は、二条御所の他、内裏やいくつかの寺社を残し、一面の焼け野原と化している。

恐らく、数千の家屋が焼けただろう。鴨河原《かものかわら》は焼け出された人々が逃げ込み、足の踏み場も無いほどだという。

また、焼き討ちと同時に織田勢がひどい略奪を行ったため、僧俗問わず、数多くの民が命を奪われ、あるいは奴隷として連れ去られた。商家や寺社には織田兵が押し入り、財物を奪われた後で火をかけられたのだという。他家よりも軍規が厳しいと言われる織田勢だが、今回ばかりは箍《たが》を外されたらしい。

「このような暴虐を、許すことができようか」

黒々とした焼け跡に立ち、義昭は唇を嚙んだ。

以前は、呉服屋を営む大きな商家があったところだ。建物はすべて焼け落ち、瓦礫の下には、略奪に抗《あらが》ったらしき、黒焦げになった死体がいくつも見えた。近臣たちも、間近で見る市中の有り様に声を失っている。

恐らく、焼き討ちは義昭を屈伏させるためだけではない。

信長は日頃から、都人の不遜な態度に、苛立ちを覚えていたという。都人の多くは信長を、尾張の鄙《ひな》から出てきた成り上がり大名としてしか見ていない。上洛直後に「名物狩り」と称して行った名物茶器の強引な買い上げも、信長の評判を落としている。

そうした都人の密やかな蔑視を感じ取り、信長は報復の機会を狙っていたのだろう。

信長は義昭との戦を、都人への意趣返しに利用したのだ。

「天下の静謐に、あの者は不要だ」

「では、和睦は破棄なさると？」

「そうだ、秀政」

ようやく、己が本当に為すべきことが見えた。

信長は、人の上に立つべき器ではない。あの男が生きている限り、同じような惨劇が幾度となく繰り返されるだろう。

天下の静謐を保つため、信長を討つ。それが、武門の棟梁たる自分が果たすべき役割だ。

七月三日、義昭は妻子や主立った幕臣と共に京を発ち、南山城の槇島城《まきしまじょう》に入った。

上京焼き討ちからわずか三月後の、再挙兵である。

槇島城は、山城南部に広がる巨椋池《おぐらいけ》に浮かぶ中洲に築かれている。城主の真木嶋《まきしま》昭光《あきみつ》は、義昭の側近で、奉公衆にも名を連ねていた。

前方を宇治川、後方を巨椋池に守られたこの城ならば、二条御所のように大軍で取り囲まれる恐れは無い。

ここで織田家の主力を釘づけにし、浅井、朝倉、三好、本願寺らが背後を衝く。前回は上京焼き討ちという奇手で出鼻を挫かれたが、戦略としては間違っていないはずだ。

問題は、義昭が降伏した直後に信玄が上洛戦を中止し、兵を引き上げたことだった。信玄が重病、あるいはすでに没したという風説もあるが、定かではない。いずれにせよ、早期の上洛戦再開は不可能だろう。武田家は事実上、反織田陣営から脱落していた。

武田家の脱落は大きな痛手だが、挙兵をこれ以上先延ばしにはできない。全体の流れから見れば、情勢は信長有利に傾きつつある。このまま手を拱《こまね》いていれば、各地の反信長陣営は連携を断たれ、各個に打ち破られるのは明らかだ。

義昭は二条御所の守備を近臣の三淵藤英に命じ、槇島城で自ら籠城の手配りに当たった。

槇島城には、三千七百余の軍勢が集まっていた。以前よりも大きく目減りしているのは、内藤如安ら丹波の国人衆が、再挙兵に反対して離脱したためだ。

「近隣の大名、国人に参陣を呼びかけ続けろ。浅井、朝倉、三好、松永、本願寺には、兵を出して京を窺うよう申し伝えるのだ」

手勢はいくらか減ったものの、あと十日もあれば七、八千にはなるだろうと、義昭は見ていた。

信長は今度こそ義昭の息の根を止めようと、大軍を率いて上洛してくるはずだ。槇島、二条御所の二つの拠点を固く守り、京に入った信長の四方八方から反織田陣営が攻撃を仕掛ける。

味方が琵琶湖と淀川の水運を止めれば、京の織田勢はなまじ大軍なだけに、すぐに兵糧が欠乏して自壊する。それが、義昭の練り上げた策だ。

だが、信長の動きは義昭の予想をはるかに超える迅速さだった。

義昭の挙兵からわずか三日後の七月六日、信長は大船で琵琶湖を渡り、翌七日に京の妙覚寺に布陣。翌日から二条御所を攻め立て、十日にこれを降伏させる。

瞬く間に京を制圧した信長は十六日、宇治川北岸の柳山《やなぎやま》に陣を布いた。織田勢の正確な兵力は不明だが、織内各地で形勢を眺めていた大名、国人の参陣が相次ぎ、すでに五万を超えているという。

織田勢の姿をはっきりと目にしたことで、城内には動揺が広がっていた。諸将は浮足立った兵を叱咤しているが、動揺が静まる気配は無い。

幸い、宇治川は数日降り続いた雨で増水しているため、敵も二、三日は渡河できない。しかし、水嵩が減れば大軍が押し寄せてくるのは目に見えている。

「大樹。城内の士気が、著しく下がっております。もはや、戦には耐えられぬかと」

十八日の朝、沈痛な面持ちで秀政が言った。城内からは脱走が相次ぎ、城兵は三千を割り込んでいる。

「ならば、いかがせよと申す？」

「かくなる上は、和を求めるべきかと。信長とて、降った相手の首を刎ねるような真似はいたしますまい。それが将軍家であれば、なおさら」

「馬鹿な。あの男が、敵を二度も赦すはずがあるまい」

「菊幢丸様を、差し出されませ」

「何だと？」

「信長とて、将軍家弑逆《しいぎゃく》の汚名は避けたいはず。されど、二度も干戈《かんか》を交えた相手を赦すには、相応の代価を得ねばなりませぬ」

「そこで、菊幢丸を人質として、信長に差し出せと申すか」

確かに、そこまで譲歩すれば、さすがの信長も受け入れるかもしれない。だが、我が子を差し出して己が生き長らえるなど、武門の棟梁として許されるのか。

「犬畜生と罵られようと、武士の本分は生き延びること。お命さえあれば、必ずや復仇の時は訪れまする」

秀政が身を乗り出し、義昭は腕を組んで思案した。

乱世にあって、子は政略の道具だ。もしも殺されたとしても、また作ればいい。それが、武士の考え方だ。

しかし、頭では理解していても、割り切ることができない。屈辱と後ろめたさに、自分は耐えることができるのか。

決断を下すより早く、法螺貝の音が響いた。

「織田勢、二手に分かれ、渡河を開始いたしました!」

伝令の武者が、声を張り上げた。敵は川上の平等院、川下の五ヶ庄の二箇所から宇治川を渡りはじめたという。

義昭は舌打ちし、外に飛び出した。本丸の物見櫓《ものみやぐら》に登り、目を凝らす。

水際に陣を布いた味方が矢玉を雨霰《あめあられ》と浴びせているが、敵は損害を物ともせず、一気に川を押し渡ってくる。敵が上陸してくると、味方はほとんど抵抗もできないまま蹴散らされ、城内へ逃げ戻ってきた。

敵は態勢を整え、矢と鉄砲を放ちながら大手門に迫ってくる。城内は混乱し、射ち返す矢玉はひどく少ない。

大手門が破られた。槇島城は宇治川に守られた天然の要害だが、城そのものはさほど大きくない。城内に雪崩れ込んだ敵に、味方は次々と討ち減らされていく。

敵はすでに、顔がはっきりと見える距離にまで近づいていた。

義昭のいる物見櫓に向けて、敵が鉄砲を放ってきた。甲高い音を立て、鉄砲玉が櫓の柱にめり込む。

「大樹、ここは危険です！」

無理やり引きずり下ろそうとする秀政を、義昭は振り払った。両手で、欄干を強く握りしめる。

不思議なほど、恐怖は無かった。それよりも、口惜しさの方がはるかに強い。

どう足掻いても、信長には勝てないのか。無謀な戦を挑んで呆気なく討ち取られた愚かな将軍として、自分の名は歴史に刻まれるのか。

「……まだだ」

呻くように、呟いた。まだ、終わるわけにはいかない。

「秀政。使者を立てよ」

「大樹」

「降伏いたす。信長が望むなら、我が子も質に出そう」

どんな手を使ってでも、生き延びてやる。本当の敗北は、この首が胴から離れた時だ。

六

菊幢丸を信長に預け、義昭は京から立ち退く。それが、信長が突きつけてきた、和議の条件だった。

菊幢丸にはいずれ将軍職を継がせ、幕府は存続させる。義昭の将軍位は剝奪こそされないが、幕府直轄領は菊幢丸の元服まで、織田家の預かりとする。信長は誓紙を差し出し、そう約束した。義昭がこれを受け入れたことで、戦はひとまず終わった。

「ともあれ、和議が成ったこと、祝着至極にございます」

七月二十日、いまだ戦の余韻が消えない槇島城の大広間で、織田家の将木下藤吉郎がにこやかに言った。

元は百姓で、信長の草履取りから成り上がったという、織田家随一の出頭人である。義昭退去の後、槇島城は一旦、藤吉郎が預かることになっていた。

「今後は、天下の政はすべて、我が主にお任せくださりますよう。大樹には政を離れ、平穏に暮らしていただきたいと、主も申しております。何ぞ、主に言伝《ことづて》があれば承りますが」

藤吉郎の問いに、義昭は頭を振った。

「余は、敗軍の将である。語るべき、いかなる言葉も持たぬ」

会見を終えると、義昭はわずかな供と女房衆だけを連れ、槇島城を出た。

今後は、河内若江城で三好義継の庇護を受けるということで、信長と話はついている。その前にいったん、領地がある宇治の枇杷荘《びわのしょう》で旅仕度を整えるつもりだった。

「案ずるな」

俯きながら歩くさこに、声を掛けた。

降伏に当たって最も苦労したのが、さこを説き伏せることだった。さこは、菊幢丸と引き離されるくらいなら、自裁するとまで言ったのだ。何とかなだめすかして説得したものの、あれからほとんど口を利こうとしない。

「信長は、菊幢丸を将軍にすると約束したのだ。いつかまた、会える日も来よう」

さこは答えず、顔を上げようともしない。気まずさを紛らわすように咳払いを入れ、義昭は歩を進める。

女房衆や中間、小者、足利家伝来の宝物を載せた荷車を曳く人足まで含めても、一行は五十名にも満たない。馬も輿も無く、全員が徒歩である。

それでもなぜか、義昭は縛《いまし》めを解かれたような心地よさを感じていた。

沿道からは、すでに戦の気配は消えていた。荷を負った行商人が行き交い、田畑では百姓が野良仕事に精を出している。義昭の一行は武装を解いているので、沿道の民もさして気にしてはいないようだ。

空は晴れ渡り、わずかに秋の気配を含んだ柔らかな風が、頬を撫でていく。ほんの一昨日まで戦場の只中にいたのが、悪い夢のように感じられる。

しばらく歩くと、上り坂に差し掛かった。

「大樹、この坂を越えれば、枇杷荘はすぐそこです。まずは数日の間、お体を休めるがよろしいかと」

「そうだな、秀政。そういたそう」

「今は苦しくとも、耐えられませ。その先には必ず、再起の時が訪れましょう」

秀政は、義昭の降伏はあくまで、再起のための方便だと思っている。無論、義昭もそのつもりだったが、今は再び戦を起こそうという気持ちがひどく薄くなっている。

応仁の乱からおよそ百年、天下人を巡る争いで、いったいいくつの戦が引き起こされ、どれほどの血が流されたのか。考えただけで、気が遠くなる。そして、夥しい流血の末に天下人の座に就いた者たちも、大抵は非業の死を遂げるか、虚しく京の都を去っている。

人間五十年　下天のうちをくらぶれば　夢幻《ゆめまぼろし》の如くなり

ふと、幸若舞《こうわかまい》の一節が脳裏に浮かんだ。信長が愛唱しているという、『敦盛《あつもり》』だ。

「夢幻の如く、か」

義昭は呟いた。

地位も権勢も、永遠に続くものなどありはしない。盛者となれば、必ずや衰える時がやってくる。そんな儚《はかな》いもののために、武士たちは血を流し、町や寺を焼き、我が子を質に差し出す。

あまりに虚しい営みではないか。そんな思いが込み上げる。

信長は恐らく、義昭の子を将軍に就け、幕府を存続させるという約定を反故にするだろう。今後は幕府という権威に頼ることなく、自らが天下を運営していくつもりに違いない。

足利の幕府は、自分の代で終わる。それも、人の力では抗いようのない、歴史の流れというものだ。

ならば、これからは政から離れて、平穏の中で生きるのも悪くないかもしれない。義昭が信長に敵対しなければ、菊幢丸も殺されるようなことはないだろう。

「反織田陣営の諸大名は、なおも健在です。これに上杉、毛利《もうり》、さらには関東の北条《ほうじょう》や九州の大友、島津《しまづ》までも加えれば、信長を討ち滅ぼし、都に返り咲くことも夢ではございませぬ」

道が下りになってもなお、秀政は何かに取り憑かれたかのように喋り続けた。その全身からは、都への未練と、信長への憎悪が滲み出ている。

奪われたものは、何としても奪い返す。受けた屈辱は、相手を殺すことで返す。そんな理屈で生きている秀政は、骨の髄まで武士なのだと、義昭は思った。

結局自分は、武士になりきることができなかった。我が身を顧みて、義昭は苦笑する。武士ではない者に、武門の棟梁など務まるはずがなかったのだ。

「秀政」

もう、やめにしよう。口に出しかけ、義昭は視界の隅にかすかな違和を覚えた。

右手の雑木林。薄暗い木立の奥に、何かがいる。明らかに、獣の類ではない。

声を上げようとした刹那、弦音《つるおと》が響いた。林の中から無数の矢が放たれ、従者や女房衆の体に突き立つ。頭上を矢が掠め、烏帽子が飛んだ。

「落ち武者狩りじゃ。身を隠せ！」

叫ぶや、義昭はさこの袖を引き、近くの荷車の陰に隠れた。積まれた葛籠《つづら》や重箱に、次々と矢が突き立つ。

恐怖は、遅れてやってきた。足が震え、背中に冷たい汗が滲む。槇島城では、恐怖などど感じなかった。だが、政から離れようと決意しかけている今は、死ぬのが恐ろしい。

本当に落ち武者狩りなのか。不意に、疑念が湧いた。

落ち武者狩りの手にかかったとなれば、信長は将軍殺しの悪名を着ずに済む。百姓に殺される将軍のいる幕府など、滅びて当然。世間はそう受け止め、織田家を次の天下人と認めるだろう。

さこの息が荒い。見ると、矢が掠めたのか、小袖の右肩が血に染まっている。

憤怒が、恐怖に取って代わった。信長。あの男にだけは、天下は渡さない。

わずかに顔を出し、辺りを窺う。十人近くが矢の餌食となり、道に倒れていた。逃げ遅れた女房衆の一人が喉を貫かれ、声を上げることもできずに呆然と座り込んでいる。

矢の雨がやみ、喚声が沸き起こった。林の中から、槍や刀を手に二十人ほどが飛び出してくる。身なりこそ粗末だが、その統制の取れた動きは、落ち武者狩りの百姓とは思えなかった。

「者ども、続け！」

別の荷車の陰に隠れていた秀政が、先陣を切って飛び出した。だが、中間や小者、人足の多くは逃げ去り、後に続く者は十数人しかいない。たちまち、二人が槍を受けて倒された。

「待っておれ、さこ。すぐにあの者どもを片付けて、薬師《くすし》に診せてやる」

言って、義昭は太刀の鯉口を切った。

「余はいつの日か、必ずや信長を討ち果たし、都に返り咲く。そして、菊幢丸を救い出してみせる」

己に言い聞かせるように呟き、立ち上がる。

「余は日ノ本全土の武門の棟梁、征夷大将軍、足利義昭である」

太刀を掲げ、高々と名乗りを上げた。殺気に満ちた敵の視線が、一斉に降り注ぐ。

「将軍の首はここにあるぞ。覚悟のある者だけが、奪いにまいれ！」

ここで死ぬはずがない。なぜか、義昭は確信していた。自分が殺されるとすれば、信長と再び相見《あいまみ》えた時だけだ。

後の世で、愚かな将軍と嘲笑されようと構わない。この命がある限り、抗い続けてやる。もう一度、反織田勢力を結集し、都を奪還する。信長を討って幕府を再興し、足利の天下を取り戻してみせる。

もう、恐怖は微塵も感じない。太刀を握りしめ、義昭は前へ踏み出す。

終章

駕籠を止めて外に出ると、彼方に懐かしい東寺五重塔がそびえていた。

ついに、帰ってきたのだ。私は感慨に耽《ふけ》り、両の目を細める。

久方ぶりの京を目の前にして、私の心は浮き立っていた。冬空の下に広がる町並みに目をやれば、戦乱で荒れ果てたかつての姿が嘘のように思える。

「まいろうか」

私は従者に声をかけ、再び駕籠に乗り込む。

槇島城での敗戦は、もう十五年近くも前のことだ。あれから私は河内国若江、紀伊国由良を経て備後国《びんごのくに》鞆《とも》の浦《うら》へと流れ、毛利家の庇護を受けることとなった。

その頃、世人は私を「流れ公方」、「貧乏公方」などと呼び、物笑いの種にしていたという。禄を失った家来たちは次々と私のもとから離れ、妻のさこも去っていった。伝え聞くところでは、さこはその後、信長の養女となり、高位の公家に再嫁したという。信長に差し出した菊幢丸も、将軍職を継ぐという約束は当然反故にされ、奈良興福寺へ入れられた。

それでも私は、足利将軍家再興の望みを捨てはしなかった。いつか信長を倒し、京へ戻る。その一念で、毛利、武田、上杉、本願寺などと手を組み、織田家打倒を画策し続けた。

そして天正《てんしょう》十年六月、信長は明智光秀の手により京、本能寺に斃《たお》れる。その報せを聞いた私は狂喜した。光秀は主君殺しの大義名分を得るため、私を京へ呼び戻すに違いない。そう考えたのだ。

しかし、光秀はそのわずか十数日後、山崎の合戦に敗れ、滅亡する。光秀を討ったのは、あの木下藤吉郎改め、羽柴筑前守秀吉《はしばちくぜんのかみひでよし》である。

主君の仇を討って織田家中の主導権を握った秀吉は、柴田勝家を滅ぼし、徳川家康を降し、瞬く間に天下人の座にのし上がった。さらに、朝廷から豊臣《とよとみ》の姓を賜り、関白の職に就く。幕府に代わってこの国を治める、新たな仕組みを作り上げようという意図は明白だった。

旧織田領を平らげた秀吉に、毛利輝元《てるもと》も四国の長宗我部《ちょうそかべ》元親《もとちか》も、九州の島津義久《よしひさ》も膝を屈する。時代は変わった。もはや、幕府や将軍家の権威など、誰も必要としてはいない。私は痛感せざるを得なかった。

私は秀吉の勧めに応じ、帰京を決意した。京を望みながら果たせず、自分を置いて時世が動き続ける様を指を咥《くわ》えて眺めることに、身も心も疲れ果てていたのかもしれない。

天正十六年正月、私は秀吉とともに参内《さんだい》し、正式に征夷大将軍の職を辞した。代わって、秀吉からは一万石の禄を与えられた。所領は、私が秀吉と戦って敗れた、あの山城国槇島の地である。かつて自分に敗れ、膝を屈して和を請うたことを忘れるな。秀吉はこの所領宛行《あてがい》に、そんな意味を籠めたのかもしれない。私は腹を立てるでもなく、ありがたく受け取った。

私は今後、秀吉の御伽衆《おとぎしゅう》に加わることとなった。御伽衆には、秀吉の主筋だった者や、没落した各地の旧守護大名、名門と呼ばれる者たちが多く名を連ねている。言うなれば、低い身分から成り上がった秀吉が集めた、きらびやかな装飾の品だった。

「大樹」

秀吉のもとを辞したところで、声をかけられた。

「藤孝……いや、今は幽斎《ゆうさい》であったな」

細川藤孝は本能寺の変の後、上役だった光秀に与せず、剃髪して幽斎と号していた。だが完全に隠退したわけではなく、秀吉から重用され続けている。

幽斎と再会したのは、昨年の夏だった。私の帰京について話し合うため、幽斎が備後の鞆を訪れたのだ。その席で、かつてのわだかまりは互いに水に流している。顔を見るのは、その時以来だ。

「大樹、一万石を安堵されたと聞き及びました。おめでとうございます」

「まあ、くれるというからにはもらっておこうと思うたまでじゃ。それより、大樹はよさぬか。私はもう、将軍でも何でもないのだ」

「はっ、申し訳ございませぬ」

「そうだ、ちょうどよい。暇ならば付き合え」

私は踵を返し、待たせてあった駕籠に乗り込む。

向かった先は、清水寺だった。坂を上ったところで駕籠を下り、幽斎と連れ立って舞台に立つ。

「久方ぶりに、この景色を見たいと思い立ってな」

「亡き信長公とともに美濃から上洛なされた折、この舞台で都を眺めました。あれからもう、二十年近くが経ったのですな」

「道理で、互いに老け込むわけだ」

顔を見合わせて苦笑すると、私は欄干に手をつき、眼下に広がる京の町に目を向けた。

低い場所から見るとわからなかったが、都は大きく様変わりしていた。町は永禄元亀の頃より大きく拡がり、上京には秀吉が築いた巨大な聚楽第《じゅらくだい》の天守が、都を睥睨《へいげい》するように鎮座している。その周囲には、諸国の大名の屋敷が整然と建ち並んでいた。

「変わったな。時世も、この都も」

このまま何事も無ければ、あと二、三年で、日ノ本は豊臣家のもとに統一されるだろう。幕府は名実ともに滅び去った。百年を超える戦国乱世はようやく終結し、これからは豊臣の世が始まる。

「ところで一つ、訊いておきたいことがあった」

私は幽斎に向かって訊ねた。

「本能寺の変の折、そなたは何ゆえ、光秀に与しなかったのだ。そなたが加わっていれば今頃、光秀が天下の主となり、そなたも数カ国を領する大大名だったのではないか？」

「さて」

幽斎は微笑し、少しの間を開けて答えた。

「これ以上、京の都を戦乱に巻き込みたくなかったのやもしれませんな」

「どういうことだ？」

「光秀殿が関白殿下に勝っていれば、やがて大樹を京へお招きし、足利の幕府を再興することとなったでしょう。しかしそれでは」

「この国は治まらぬ。そう考えたか」

「御意」

京に足利将軍家がある限り、足利の血を引く者を擁して天下の権を握ろうとする者が必ず現れる。戦国の世はいつまでも続き、京は戦乱の巷であり続ける。それが、幽斎には耐えられなかったのだろう。

「かつてはこの都こそが、天下人の座る玉座だった。ここで行われた無数の戦は、いったい何だったのか。やはりここには、魔物が棲《す》むのであろうな」

「戦国の世は、この地で始まり、天下に覇を唱えんと望む者たちがこの地を奪い合うことで、激しさを増していきました」

何かを物語るように、幽斎が話しはじめた。

「いえ、戦国の世となるはるか昔から、数え切れぬほどの武人が京を夢見、志半ばで斃れていきます。しかし、信長公は安土《あづち》に、関白殿下は大坂に、その本拠を置きました。今や日ノ本の中心は、殿下のおわす大坂です。京は、その役割を終えたと言ってよいでしょう」

「だがその間、京は武士と民との別なく、夥しい量の血を吸ってきた。やはり、美しくも、恐ろしき地よ」

「されど、これで京は、本来あるべき姿へと生まれ変わることができまする」

「本来の姿……とは？」

「かつてこの地に都を築いた人々は、平らかで安んじた世を願い、ここを平安京と名付けました。それから八百年の時を経てようやく、その願いがかないつつある。そうは思われませぬか？」

歌人としても知られる幽斎らしい見立てに、私は納得しつつ、小さく笑った。

「この国の中心から外れたからこそ、あるべき姿を手に入れられる、か。何とも皮肉な話よ」

あるいは京に巣食う魔物も、あまりに多くの血を吸い過ぎて、眠りについたのかもしれない。私はふと、そんなことを考えた。

魔物が再び目覚めることがあるとすれば、それはいつのことだろう。十年後か、それとも百年、二百年の後か。いずれにしろ、次の天下を争う舞台に私が関わることはない。

欄干から手を離し、私は幽斎に向き直った。

「京へ戻ったばかりだが、ちと旅に出ようと思う」

「それは。いったい、何処《いずこ》へ？」

幽斎の表情が、かすかに曇る。行先次第では、厄介なことになると考えているのだろう。

「なに、そう遠くはない。奈良だ」

「まさか、興福寺へ？」

私は頷いた。

「義尋《ぎじん》に会ってみとうてな。あれはもう十七になるが、乳飲み子の時に別れたきりじゃ」

別れたというよりも、捨てたと言った方が近いと、私は思った。己が生き延びるために、生まれたばかりの息子を敵方へ差し出したのだ。

あれからずっと、あの時の決断を悔いながら生きてきた。思い余って、幾度か文を認《したた》めもした。しかし、返書が送られてきたことは一度も無い。

義尋は、私を恨んでいるだろうか。恨んでいるに決まっている。だが一度だけ、一目だけでも会って、詫びを言いたい。もしかすると私は、そのために帰京を決めたのかもしれない。

「しかし、よろしいのですか？」

「たとえ殺されたとて、致し方あるまい。それでも、行かねばならんのだ」

天下人の夢は潰えた。もはや、未練など欠片も無い。だが一人の人として、悔いを残したまま終わりたくはなかった。

「そういえば幽斎、そなたは茶人としても名を成しておるそうじゃな。奈良から戻ったら、そなたの点《た》てた茶を飲んでみたい。構わぬか？」

「先の将軍家を我が茶室にお招きできるとは、恐悦至極。腕によりをかけ、おもてなしいたしましょう」

「何の。私もそなたも今となっては、ただの老いぼれではないか」

「確かに」

顔を見合わせ、私と幽斎は笑った。

主要参考文献

榎原雅治・清水克行編『室町幕府将軍列伝』（戎光祥出版、二〇一七年）
日本史史料研究会監修、平野明夫編『室町幕府全将軍・管領列伝』（星海社新書、二〇一八年）
呉座勇一『応仁の乱　戦国時代を生んだ大乱』（中公新書、二〇一六年）
小谷利明・弓倉弘年編『南近畿の戦国時代』（戎光祥出版、二〇一七年）
藤井崇『大内義興　西国の「覇者」の誕生』（戎光祥出版、二〇一四年）
小島道裕『描かれた戦国の京都　洛中洛外図屛風を読む』（吉川弘文館、二〇〇九年）
今谷明『戦国三好一族　天下に号令した戦国大名』（洋泉社MC新書、二〇〇七年）
今谷明『天文法華一揆　武装する町衆』（洋泉社MC新書、二〇〇九年）
河内将芳『日蓮宗と戦国京都』（淡交社、二〇一三年）
久野雅司『足利義昭と織田信長』（戎光祥出版、二〇一七年）
奥野高広『足利義昭』（吉川弘文館、一九八九年）

文春文庫

乱《らん》都《と》

定価はカバーに表示してあります

2023年4月10日　第1刷

著　者　天《あま》野《の》純《すみ》希《き》
発行者　大沼貴之
発行所　株式会社 文藝春秋

東京都千代田区紀尾井町 3-23　〒102-8008
TEL 03・3265・1211(代)
文藝春秋ホームページ　http://www.bunshun.co.jp

落丁、乱丁本は、お手数ですが小社製作部宛お送り下さい。送料小社負担でお取替致します。

印刷製本・凸版印刷

Printed in Japan
ISBN978-4-16-792028-9